가
정

사
정

가정 사정

조경란 연작소설

문학동네

차 례

가정 사정

정미는 카키색 니트의 양쪽 소매를 뜯어냈다. 줄일 만큼의 시접을 초크로 표시해두고 어깨는 가위로 잘라 올이 풀리지 않도록 진동둘레를 오버로크로 박았다. 늘어난 니트의 어깨를 줄이는 작업이다. 지난여름에 청바지의 밑단을 살리면서 길이를 줄이러 처음 가게에 왔던 손님이 다시 찾아와 맡긴 옷이었다. 그때 바지 두 벌 수선값 중 한 벌 가격만 받았다. 여름에 추가로 수선을 해주거나 일이천원짜리는 공짜로 해주면 손님들은 대개 가을 겨울에 수선할 옷들을 가져오고 그렇게 단골이 되는 경우가 많았다. 정미는 잘라낸 소매의 어깨 부분에 폭이 일 센티미터가 채 안 되는 바이어스 테이프를 신중히 박음질했다. 실이 좋고 값비싸 보이는 니트였다. 어깨 중심선과 소매산에 진동둘레를 맞춰 핀을 꽂았다. 이제 재봉틀로 박음질하고 이음 부분을 안쪽에서 다림질해주면 완성된다.

늘어난 걸 줄여도 다시 늘어나고 마는 원단이 니트라고 손님에게 미리 말해줘야 할까. 나중에 항의하러 올 수도 있으니까. 가슴이 조이려고 했다. 모르는 사람의 옷을 만질 때면 늘 그랬고 수선집을 낸 지 십 년 가까이 돼가는 지금도 그랬다. 처음엔 양장洋裝이라는 말에 끌려 시작하게 된 일이었다. 그러나 옷 수선은 옷 짓기와는 정반대다. 먼저 옷을 자르고 박음질을 풀어내야 시작이 가능하고, 만들었던 순서와는 거꾸로 봉제선을 뜯어낸 후 완성할 수 있는 일이다. 정미는 재봉틀의 바퀴를 돌렸다. 엄마라면 이럴 때 옷은 낡고 늘어나고 해어지고 유행에 뒤처지게 돼 있는 거라고 말했겠지. 그런 당연한 사실에 필요 이상 마음을 쓰는 게 정미의 단점이라고 담담한 소리로 짚어주었을지도 모른다. 옷이 무서우면 못 하는데. 외환위기가 오기 전까지 양장점으로 살림을 꾸려나갔던 엄마가 입버릇처럼 정미에게 했던 말이다. 상황에 따라 정미는 그 말을 바꿔 생각했다. 결혼이 무서우면 못 하는데. 엄마가 무서우면 안 되는데.

맞은편 벽에 걸린 커다란 일력을 정미는 빤히 보았다. 오늘 날짜가 공휴일로 붉게 인쇄돼 있었다. 12월 20일 대통령 선거일. 선거는 예정과 달리 지난 5월에 치러졌다. 오늘은 공휴일도 선거일도 아니었다. 날짜에 까만 펜으로 줄을 그어두었지만 자신의 생일이라고 적어두지는 않았다. 올해 두 번 남은 수요일 중 하루였다. 엄마는 마흔다섯 살이 되는 정미를 보지 못하고 돌아가셨다. 어쩌면 아버지도 마흔여섯 살이 되는 정미를 보지 못하게 될 수도 있다. 그 반대의 경우가 생길지도 알 수 없다. 이런 짐작은 하루를 보내는 데 아무 도움이 안 된다. 안경을 고쳐 쓰고 정미는 다시 재봉틀 바퀴에 손을 올렸다.

겨울철에는 주로 찢어지거나 불에 탄 자국이 있는 옷들이 들어온다. 오늘 안으로 수선을 마쳐야 할 두껍고 무거운 옷들이 작업대에 쌓여 있었다. 그 외에도 오버로크기, 색색의 재봉실, 재단 가위, 다리미, 망치, 커터 칼, 펜치, 한 움큼씩 모아둔 지퍼나 호크 같은 부자재들이 널려 있다. 집중이 안 되는 이유가 어디에 있는 걸까. 가게문을 닫고 나서가 아니라 벌써부터 소주 한 컵이 마시고 싶어지는 이유도. 너는 그런 사람이 아니잖아. 정미는 들리는 소리라고는 재봉틀 돌아가는 소리뿐인 여섯 평 남짓한 공간에 혼잣말을 툭 내뱉고는 자리에서 일어났다. 이은 양쪽 어깨를 안쪽에서 다림질하고 니트를 뒤집자 형광등 아래로 먼지가 날아올랐다. 옷을 작업대 위에 편평히 폈는데도 왼쪽 어깨선이 오른쪽보다 짧고 그래서 왼쪽 소매가 반대쪽보다 짧아 보였다. 왼쪽 소매를 한 번 쭉 잡아당겼다가 놓았다. 처음에 어깨선을 자를 때 똑같은 치수로 잘라냈다. 자신이 방금 전에 한 일을 믿어야 한다. 그래도 완성된 옷이 정미 눈에는 짝짝이처럼 보이기만 했다.

관리 일지를 책상에 펼쳐두고 윤씨는 자리에서 일어났다. 기재해야 할 특기 사항이나 지시 사항은 없었다. 오전 일곱 시 십분, 퇴근 시간이 지나 있었다. 지난달에 처음 근무를 시작한 신참 경비팀장 최씨는 아직도 정해진 출근 시간 전에 나와야 한다는 관례를 모르는 눈치였다. 윤씨도 다른 일곱 명의 동료들도 최씨에게 이렇다저렇다 말하지 않았다. 서로 문제를 일으키기엔 좋지 않은 시기였다. 이웃한 오래된 아파트 단지에서 경비원들에게 한꺼번에 해고 통지서를 보낼 거라는 소문이 돌았다. 최저임금 인상을 앞둔 때였다. 이 아파트 입주자 임원회에서도 관리비 인상 문제로 경비원 수를 줄일 거라는 말이 흘러나왔다. 사실일 가능성이 컸다. 올해 초만 해도 열 명의 경비원 중 두 명이나 해고되었다. 같은 일을 하는 사람들 사이에서 안 좋은 말이 새나갈 때가 아니었다. 모두가 고용 불안에 시달리기는 마찬가지였으니까. 윤씨는 맞춘 듯 제시간에 와 입주민들의 차량 열쇠를 챙기는 최씨를 못 미더운 눈으로 바라보다가 경비초소를 나왔다.

지하철역은 정문에서 가깝지만 버릇처럼 후문 쪽으로 돌

아갔다. 경비원이 아파트 정문으로 출퇴근하는 모습을 달가워하지 않는 주민들이 있다는 사실을 눈치챈 후부터였다. 경험이 중요한 일이었다. 왜 이래요, 살 만큼 사신 분이. 때로 요령이 더 중요할 때가 있지 않습니까? 동료 몇 명이 모여 최씨와 처음 술자리를 가진 날 그가 한 말을 윤씨는 못 들은 척했다. 최씨라면 요령을 부려도 괜찮은 나이일 테고 실제로 그는 이제 막 육십을 넘긴 모양이었다. 윤씨는 내년이면 칠십이 되지만 가능한 한 오래 일하고 싶었다. 이런 생각을 하게 될 줄은 몰랐다. 아내가 떠나고 나서 생긴 변화였다. 하루에도 몇 번씩이나 밑도 끝도 없이 가라앉던 기분도 몸을 움직이면 대체로 견딜 만해졌고 그래서인지 직업에 애착이 처음 생겼다. 그러나 아들 생각을 하면 모든 것이 달라졌다.

상점들은 아직 문을 열지 않았고 버스 정거장에도 몇 사람만 눈에 띌 뿐이다. 기습적인 추위가 이어지다가 오랜만에 아침 기온이 영상으로 회복되었지만 공기는 여전히 건조했다. 늦가을부터 가뭄이 이어지고 있었다. 뉴스에서 수위가 낮아진 댐과 저수지들, 자갈밭으로 변한 상수원을 봤다. 전국에서 이는 크고 작은 산불과 평년보다 훨씬 적은 강수일수도. 바닥을 드러낸 고향의 천川이 화면에 나올 때마다 윤씨는 텔레비전을 꺼버렸다. 어렸을 적 고향에서 농사를 짓던 어른들이 가장 무서워하는 재해도 가뭄으로 보였다.

이 도시라고 다를 게 없을 터였다. 아파트 뒤편 야산에서 산불이 일어날까봐 순찰을 도는 시간도 길어졌다. 누가 시킨 일이 아닌데도 윤씨는 엘리베이터 알림판에다 물 절약을 촉구하는 공고를 붙여놓았다.

지하철역으로 가는 길 내내 보지 않을 수 없는 W타워는 오백오십오 미터나 되는 초고층 빌딩이었다. 구름 사이로 해가 조금씩 드러나면 타워는 동쪽 면부터 부분적으로 은빛으로 빛나기 시작했다. 십 년 전 공사가 시작될 때부터 올봄에 공식 개장을 하는 모습까지 윤씨는 모두 지켜봤다. 타워는 보는 방향에 따라 가늘고 긴 한 자루의 붓, 혹은 가느스름하게 빚어놓은 도자기로 보이기도 했다. 유리로 마감된 타워는 차갑고 화려하게 우뚝 서 있었다. W물산의 건물이었다. 아들은 W물산의 계열사에 입사했었다. 아들이 면접을 보는 날 윤씨는 어렵게 휴가를 내고 동네 택시 기사의 차를 예약해 함께 갔다. 크면서 말썽 한 번 부린 적 없는 아들이었지만 대기업 입사 시험까지 순탄하게 합격할 줄 몰랐고 그만큼 뿌듯했다. 저 타워를 보기만 해도 가슴에서 흑, 하고 올라오는 흐느낌 같은 걸 억누르느라 걸음을 멈춰야 하는 날이 올 줄은 알지 못할 때였다.

역 계단을 내려가는데 휴대전화 진동이 울렸다. 딸은 그날 이후로 퇴근 시간에 맞춰 자주 전화를 걸어왔다. 윤씨는 사흘 전 딸의 생일을 기억하고도 전화하지 않았다. 앞으로

14

남은 시간 동안 할 수 있다면 딸하고도 더 멀어지고 싶었다. 좋은 아버지가 되지도 못했고 그러기도 늦었으며 지금으로서는 딸이나 자신이나 각자의 인생을 사는 것만으로도 벅찰 테니까. 지상과 다른 조도 때문인지 한순간에 시야가 어두컴컴해지는 듯했다. 앞으로 스물네 시간 동안 쉴 수 있었다. 그 시간은 온전히 나 자신을 위해서만 쓰리라. 윤씨는 다리에 힘을 주고 계단을 마저 내려갔다.

12월의 마지막날인 일요일에 정미는 아버지 집으로 갔다. 집에 자주 가는 편이 아니었고 버스를 두 번이나 갈아타야 하는데도 어느새 밑반찬을 만들어 영업을 쉬는 일요일마다 가서 아버지와 저녁을 먹고 냉장고 정리를 마치고 돌아오는 게 습관이 됐다. 달라진 건 아버지도 마찬가지다. 부엌 살림에 관해서라면 엄마가 살아 있을 때 아버지는 밥통의 밥이 다 되면 주걱으로 한 번 저어줘야 떡처럼 뭉치지 않는다는 기본조차 몰랐던 사람이다. 지금은 흑미, 현미를 적절하게 섞어 밥도 짓고 어묵에 고춧가루를 넣고 볶아서 가끔 도시락도 싸가지고 다닌다. 냉장고에 달걀, 양배추, 애호박 같은 식재료가 늘 준비돼 있고 냉동실에는 시판 사골국이 떨어지지 않는다. 잘 알게 된 것 같다고 생각했는데도 남자들은 때때로 예상치 못한 모습을 보여줄 때가 있었고 아버지도 그랬다. 정미가 보기에 아버지는 예전보다 더 청결에 신경쓰고 건강식에 관심을 갖고 말도 많아진 듯싶었다. 그게 그 사고 이후부터인지 당신의 담낭 수술 후부터인지 확신할 수는 없지만. 그런데도 걸음걸이는 눈에 띄게 느려지고 집에서는 어떤 것을 햇볕에 충분히 말리지 않았을 때 나는 냄새가 난다는 걸 아버지는 모른다.

정미는 집에서 삶아 온 새꼬막을 무치고 대구탕을 끓였다. 떡국을 끓일까 싶었지만 아버지는 해가 바뀌고 나서 동료들과 먹기로 했다며 달가워하지 않았다. 아버지가 식탁으로 술 한 병을 가져왔다. 둘이 반주로 마시던 보통 소주가 아니었다. 요즘은 드물어졌지만 명절이나 연말에 아버지는 종종 아파트 주민들에게 선물을 받아 오기도 했다. 누가 주신 거예요? 내가 샀다. 마지막날 아니냐. 오늘 같은 날은 좀 괜찮은 거 마셔도 좋겠지. 정미는 문득 아버지 얼굴을 봤다. 전보다 자주 만나도 낯설기만 해지는. 고급스러워 보이는 사각 병에 담긴 소주를 아버지가 유리잔에 삼분의 일쯤 따르곤 얼음을 찾았다. 여느 때처럼 맥주잔에 반 컵씩 따라 마시고 싶었지만 정미는 아버지가 시키는 대로 했다. 돌아보면 아버지와는 다툴 일이 없었다. 아버지는 자식들과 그럴 일을 만들지 않았고 평생 중요한 순간마다 자리를 피했다. 정미가 여상을 졸업하고 엄마 양장점에서 일을 배우다가 일찌감치 집을 떠나고부터는 더욱 부딪칠 일이 없었다.

얼음과 증류주 그리고 일요일 저녁. 조용한 대화와 갓 지은 밥 냄새. 이런 적은 없었다. 그것도 이 집에서 아버지와. 저녁식사 자리를 만들거나 외식 기회를 만들었던 사람은 늘 동생이었다. 그때마다 정미는 자신의 가족을 누가 먼 데서 본다면 한 차양 밑에 모여 서로 무심히 다른 쪽을 바라보는 사람들 같아 보일 거라고 생각하곤 했다. 그런데도 때때로 어떤 일 앞에서는 그 차양 아래로 모여들 수밖에 없는 날들이 생겼다. 정미는 새꼬막과 시장 반찬집에서 사온 백김치에만 젓가락을 가져가는 아버지에게 혹시 드시고 싶은 게 있냐고 물었다. 날이 추워지니까 가끔은 갈치섞박지가 먹고 싶을 때도 있긴 하지. 겸연쩍다는 듯 아버지가 말했다. 정미가 어렸을 적부터 엄마는 고향에서 먹던 그 김치를 김장철마다 담갔고 겨울밤이면 갈치섞박지에 미지근하게 덥힌 막걸리를 마시는 게 아버지의 낙이었다. 저도 담글 줄 알아요, 아버지. 괜찮다, 뭐 혼자 얼마나 먹겠다고. 정미는 대구탕 그릇을 아버지 쪽으로 밀었다. 김장철은 지났다. 지난 11월 말에 배추와 무 값이 폭등한 탓도 있었지만 혼자서 김장을 담그겠다는 생각은 해보지 못했다. 이제 그걸 먹을 사람도 없으니까.

라디오 제가 하나 가져갈게요, 가게에 있는 게 고장나서요. 윤씨는 고개를 끄덕이며 말했다. 이따가 자정에 불꽃놀이를 한다고 하더라. 어디서요? W타워에서. 정미는 잠깐 긴장했다. 아버지가 또 동생 이야기를 하려는 걸까. 술병을 들어 아버지와 자신의 잔에 술을 따랐다. 새해맞이라나. 아파트 근처까지 교통이 꽤 복잡해질 거야. 아버지는 동생이 입사했을 때 동료 경비원들에게 아직 공사중인 그 고층 빌딩이 잘 보이는 식당에서 크게 한턱을 냈다고 들었다. 텔레비전에서 보여줄까? 자정이면 대개 보신각종 치는 모습을 보여주잖아요. 오늘 근무였으면 경비실 앞에서도 볼 수 있었을 텐데. ……일 힘들지 않으세요? 매일 나갈 데가 있다는 게 어디냐. 곧 정년이시잖아요. 호적엔 내년에 일흔으로 돼 있으니까. 원하셨던 대로 낚시나 슬슬 다니시면 되겠네요. 글쎄다, 촉탁 계약이 가능해서 근무가 연장되면 좋겠지.

아버지가 일을 좋아한 적이 있었나. 정미는 빈 밥공기를 들고 자리에서 일어나 개수대 물을 세게 틀었다. 일요일마다 잘 모르는, 이제 알아가야 할 아버지와 저녁을 먹는 사람. 정미는 손바닥만한 주방 창에 비친 자신의 까맣고 쪼그라든 얼굴을 흘긋 보았다. 언제부터인가 혼자가 되었다. 일찍 집을 나온 후로 몇 번인가 동거를 했고 엄마는 그 점을 내내 문제삼았다. 식도 올리지 않고 혼인신고도 하지 않는 걸 두고 마치 사랑에 눈이 멀어 도덕마저 잊어버린 여자인 듯 몰아세웠으니까. 그러나 누군가와 잠시 만났다가 헤어지는 경우가 나은지도 몰랐다. 가족과는 그럴 수 없으니까.

언제부터인가 정욱은 가족 여행 이야기를 꺼냈고 부모님을 모시고 갈 만한 장소를 알아보았다. 난 빼주는 거다. 정미는 처음부터 못을 박았다. 나이가 열세 살이나 차이 나서 그런지 정욱은 어렸을 적부터 정미 말이라면 순순히 수긍하고 지나갔다. 아니, 가족 모두에게 그랬다. 엄마가 서른세 살에 낳은 아이였다. 정미가 초등학교 졸업을 앞두고 있던 때, 엄마 말대로라면 인생을 처음부터 다시 시작하고 싶은, 그럴 자신도 있는 적절한 시기라고 느끼던 때 생긴 애가 정욱이었다. 그 말은 곧이곧대로 들어도 좋았을 것이다. 정미에게 그 말은 꼭 아무것도 모르던 스물에 자신을 출산한 일을 포함한 이전의 인생은 다 지워버리고 싶다는 의미로 다가왔고, 어쩌면 그 불가능함이 자신과 엄마 사이에 늘 끼어들었던 문제라고 느껴졌다. 자연스러운 남매 관계에 대해서 잘 알지도 못했지만 정욱과 그렇게 되긴 어려웠다. 정미 스스로 정욱의 누나가 아니라 이모나 작은엄마 같다고 느끼곤 했으니까.

누나, 베트남은 어떨까, 제주도가 나을까? 정욱은 정미에게 자주 메시지를 보내고 가게에 들렀다. 갑자기 부모님과 여행은 왜? 라고 물었을 때 정욱은 정미를 보지 않고 말했다. 드릴 말씀이 있어서. 만나는 사람이 있다고는 했다. 어떤 사람이냐고 물었을 때, 정욱의 얼굴에 지나가던 홍조를 정미는 부러운 눈으로 봤다. 사랑을 알아가는 서른두 살 동생의 표정을. 같이 살고 싶은 사람을 만났어, 누나. 그래. 정미는 고개를 끄덕거렸다. 정욱은 부모에게 이제 독립을 하겠다는 이야기를 꺼내려는 모양이었다. 아들이 전부라고 여기며 살던 엄마가 어떤 반응을 보일지 예상할 수 없었고 그러고 싶지도 않았다. 뭘 그렇게 먼 데까지 가서, 그냥 집에서 얘기하지. 정미는 만류하고 싶었다. 정욱의 노력을 엄마는 물거품으로 만들 게 뻔했으니까. 멋진 풍경 속에서라면 엄마도 날 이해해주지 않을까. 정욱은 기대를 버리지 않았다. 만나는 사람이 동성이라는 사실을 누나가 눈치채고 있다는 것도, 그 얼마 후의 앞날도 모른 채.

아버지는 깊이 잠든 듯했다. 아버지가 늙었다는 사실을 정미는 욕실에서 처음 깨달았다. 바닥 타일 줄눈에 낀 곰팡이를 아버지는 더이상 알아보지 못했다. 뻣뻣한 솔로 곰팡이를 문질러 닦은 후 앞치마를 벗고 소파에 앉아 리모컨을 눌렀다. 술은 이제 그것만 마시는 거다, 누나. 정미는 정욱의 다정한 목소리를 흉내내며 술을 따랐다. 화면마다 반짝이는 옷을 입은 배우와 가수들이 보였고 꽃다발과 박수갈채와 감사의 말이 넘쳤다. 정미는 텔레비전의 볼륨을 줄이고 엄마와 정욱이 즐겨 앉던 자리에 다리를 뻗고 누웠다. 진흙 속에 들어갔다 나온 사람처럼 저녁 한끼 차렸을 뿐인데도 온몸이 무겁고 처졌다. 도수가 높은 술이었다. 문득 새로 아버지의 코 고는 소리가 들렸다. 그때 그 여행에 아버지까지 같이 갔더라면 어땠을까. 정미는 두 팔로 몸을 감싸고 돌아누워 말했다. 자정까지만 누워 있자, 불꽃놀이를 보여줄지도 모르니까. 여행 하루 전날 아버지는 오른쪽 갈비뼈 아래쪽에 심한 통증을 느꼈다. 동료 경비원이 구급차를 불렀고 그날 담낭 수술을 받았다. 지체됐다면 패혈증으로 번졌을 거라고 의사는 말했다. 병원에서 정미는 동생과 엄마를 집으로 돌려보냈다. 이틀 후면 퇴원해도 된다니까 걱정하지 말고 두 사람은 여행 다녀오라고. 공항에서 엄마는 정미에게 전화를 걸었다. 비행기랑 호텔 예약금도 아까우니까 정욱이랑 잘 다녀올게. 얘, 남들처럼 우리도 가족 여행 갈 뻔했는데.

역에서 아파트 방면 출구로 나왔을 때 윤씨는 뭔가 잘못됐다고 느꼈다. 헐벗은 가로수 밑과 인도 가장자리마다 종잇조각들이 녹다 만 눈처럼 쌓여 아파트 단지 쪽으로 길게 이어져 있었다. 누군가 잘게 자른 흰 종잇조각들을 거리에 쏟아부어놓은 듯했다. 윤씨는 비닐봉지를 한 손에 들고 단지 쪽으로 걸었다. 새해 첫날 아침의 출근을 축하하며 누가 일부러 뿌려놓은 듯한 종잇조각들. 윤씨의 눈에 그렇게 보였다면 아침에 잠자리에서 일어났을 때처럼 마음이 덜 무거웠을지 모른다. 종잇조각들은 거리의 흙먼지와 섞여 잿빛으로 변해가고 있었고 걸을 때마다 가볍게 공중으로 후르르 떴다가 흩어져버렸다. 누가 이런 짓을 했는지, 원. 윤씨는 다시 기분이 나아졌으면 해서 비닐봉지를 흔들며 걸었다.

짧은 점심시간에 난로와 양은냄비가 있는 경비초소에서 떡국 한 그릇 끓여먹으려고 챙겨 온 떡과 사골 팩이 든.

아파트 후문 안쪽에서 최씨가 싸리비로 바닥을 쓸고 있었다. 가슴이 덜컥 내려앉는 기분이었다. 자기 퇴근 시간 십오 분 전부터 관리소에서 지급해준 방한복을 사복으로 갈아입고는 곧 문을 열고 뛰쳐나갈 듯 초소 안을 서성거리는 사람인데. 저 지저분하게 쌓여서 날리는 종잇조각들이 오늘 자신과 무관한 일이 돼버리기는 틀린 모양이었다. 최씨는 방한복 소매로 이마를 문지르곤 윤씨에게 주민들 출근 시간 전에 단지 내에 널린 종잇조각부터 치워야 할 것 같다고 퉁명스럽게 말했다. 윤씨는 무슨 일이냐고 물었다. 어젯밤 일 모르시죠? 최씨는 팔을 뻗어 W타워를 가리켰다. 참, 새해 맞이 불꽃놀이를 한다고 했는데. 혹시 텔레비전에서 중계를 해주면 깨워달라고 딸에게 일러두고 잠이 들어버렸다. 저기서 불꽃이랑 같이 종이 꽃가루도 터뜨렸답니다, 십 분 동안이나요. 그게 우리 아파트 단지까지 날아왔단 말입니까? 윤씨는 못 믿겠다는 표정으로 새삼 고층 빌딩을 올려다봤다. 타워에서 아파트 단지까지 사 킬로미터도 넘게 떨어져 있을 텐데. 난들 알겠어요. 우리만 고단하게 생겼습니다그려. 경비초소까지 가는 쪽에도 온통 종이 꽃가루들이 널려 있었다. 그러니까 이게 다 어젯밤 축제 때 뿌린 꽃가루란 말이에요? 윤씨에게는 종이 꽃가루가 아니라 쓰레기, 그것도 작고 얇고 가벼워서 풀풀 날리는 골치 아픈 쓰레기처럼만 보였고 그렇다는 걸 감추고 싶지도 않아서 그만 언성을 높이고 말았다. 경비초소 앞에서 최씨가 빗자루를 건넸다. 민원 들어오기 전에 빨리 쓰셔야겠어요. 그럼 수고하십쇼.

평일이라면 정신없이 바쁜 아침 시간이었다. 출근할 주민들의 자동차를 빼기 쉽게 정리해야 하고 한바탕 그 일을 마치고 나면 택배 화물차들이 몰려올 시간이 된다. 오늘이 연휴라 한꺼번에 출근할 차량이 없고 택배 차들이 오지 않는 것만 해도 다행이었다. 윤씨는 다른 라인의 경비원들과 아파트 단지 곳곳에 쌓인 종잇조각을 쓸어내기 시작했다. 종잇조각만 쓸어내는 일은 불가능했다. 바싹 마른 가로수 이파리에 담배꽁초 등 각종 쓰레기가 섞여서 대용량 봉투가 애드벌룬같이 부풀었다. 쓰레기로 채워진 애드벌룬이라니. 윤씨는 적절치 못한 자신의 상상에, 점심은커녕 벌써 오후 세시가 돼가도록 물 한 잔 마실 틈을 내지도 못했다는 사실에, 계획한 대로 하루를 보낼 수 없는 데에 화가 나려고 했다. 건조한 바람이 계속 불어왔고 그럴 때마다 쓸어낸 노고를 비웃기라도 하듯 종잇조각들이 흩어져 날렸다. 허리가 끊어질 듯 아팠다. 허공에서 종이 몇 개가 나비처럼 날아와 눈앞으로 지나갔다. 윤씨는 허리를 펴고 종잇조각이 날아오는 방향으로 황망히 몸을 돌렸다. 아……! 윤씨는 고개를 높이 든 채 저도 모르게 입을 벌리고 말았다. 일부러 누가 날리기라도 하는 양 아파트 옥상에서부터 종잇조각들이 떨어져내리고 있었다.

십사층짜리 아파트 옥상 가장자리마다 짐작대로 꽃종이가 쌓여 있었다는 데에, 그리고 짐작보다 그 양이 훨씬 많은 데에 윤씨는 실망하고 놀랐다. 들고 올라온 빗자루와 쓰레기봉투 하나만으로는 어림도 없어 보였다. 윤씨는 옥상 가장자리에 서서 열 동도 넘는 단지를 내려다보았다. 거리가 있어서 그런지 종이 꽃가루들은 군데군데 아직 녹지 않은 눈 더미 같아 보였고 그것은 사실 쓰레기보다는 여전히 어떤 흔적, 한때 사람들을 환호하게 만들었던 결정체로 보이기도 했다. 윤씨는 옥상에서 W타워와 아파트 단지와 호수와 구區 일대를 둘러보았다. 바람이 불 때마다 우르르 몰려다니다가 간간이, 그러나 끊임없이 허공으로 날아가버리는 옥상의 하얀 쓰레기들도. 윤씨는 뭔가를 알아버린 듯 고개를 주억거렸다. 어젯밤에 분 바람은 남서풍이었을 것이다. 게다가 꽃종이를 뿌린 곳은 고층이 아닌가. 얼핏 헤아려봐도 고도 오백 미터쯤 되는. 그 바람과 그 고도에서 불꽃과 함께 쏘아올려진 종잇조각들은 멀리, 생각보다 먼 데까지 날아갔을 거였다. 그저 내 집 앞을, 단지를 쓸어내는 정도만으로는 끝나지 않을 일이 분명해 보였다.

윤씨는 옥상 바닥에 앉아 방한복 양쪽 주머니에 넣어 온 초코파이 두 개를 한꺼번에 뜯었다. 배가 고픈 줄도 몰랐지만 이제 옥상을 내려가면 휴게 시간은커녕 내일 아침 퇴근 시간까지 단 일 분도 쉴 수 없게 될 게 뻔했다. 아침에 지하 철역을 빠져나올 때부터 들었던 예감이었고 적어도 오늘은 틀릴 것 같지도 않았다. 물이라도 한 병 챙겨 올 걸 그랬다고 윤씨는 멘 목을 큼큼거리며 생각했다. 불꽃놀이는 아름다웠을까? 자다가 요의를 느껴 일어났을 땐 새벽 한시가 넘어 있었고, 소파에 돌아누운 채 앓는 소리 같은 숨소리를 내며 잠든 딸의 익숙한 뒷모습 때문에 윤씨는 한참을 그대로 서 있을 수밖에 없었다. 딸은 아내를 닮아서 그런지 중학교 입학 후로는 키가 더이상 자라지 않았다. 평균 키보다 십여 센티미터나 모자라는 딸은 서른이 넘고 마흔이 넘을 때마다 거기서도 한 뼘씩 줄어드는 것처럼 보였다.

윤씨가 보기에 딸은 번듯한 사내를 데리고 온 적도 없었고 사랑받으며 살아본 적도 없었다. 딸 또래의 입주자들이 남편과 자식들을 앞세우고 지나다닐 때마다 윤씨는 고개를 돌리곤 했다. 아내와는 어쩌다 서로 어린 나이에 같이 살게 됐고 애가 생겼고 결혼을 했고 자식들이 커가는 걸 지켜보기만 했는데도 반평생이 흘러버렸다. 윤씨는 아내가 죽고 나서야 자신이 좋은 남편이 아니었을지도 모른다는 짐작이 들었다. 결혼한 사이에 마땅히 지켜야 할 약속을 위반한 적이 없었다는 것과는 다른 문제였다. 그런데도 아내는 죽으면서 자신을 변화시켰고 그 변화 때문에 윤씨는 앞으로의 날들에 지금껏 알아보지 못한 남은 활기 같은 게 있을지도 모른다는 기대를 하게 됐다. 아내와 아들에게 벌어진 일에 대해선 떠올리기는 해도 입 밖으로는 꺼낼 수 없었다. 보지 말아야 하는 인생의 한 구덩이를 본 느낌이 들었고 아직은 아무것도 깊이 묻어두기 어려웠다. 윤씨는 화장실로 들어가 여느 때와 달리 문부터 잠갔다. 그렇게 하면 딸과 둘이 있을 때마다 느껴지는 무거운 마음을 잊을 수 있다는 듯이.

밍크나 가죽 같은 특수 원단의 옷보다 양복이나 숙녀복 상하의를 줄이는 일감이 더 많이 들어오는 동네였다. 이삼 년 전부터는 등산 바지를 꿰매고 오래 입은 점퍼의 깃과 지퍼를 교체하는 일도 늘었다. 시간이 걸리는 수선부터 해나가는 게 마음이 편했다. 견장이 달린 트렌치코트의 품을 줄인다거나 절개가 복잡한 재킷의 어깨를 줄이는 일 같은. 수선을 마친 옷들을 옷걸이에 걸어두고 정미는 라디오를 틀었다. 벌써 오후 세시였다. 천변에 나가려면 늦어도 한 시간 안에는 출발해야 어두워지기 전에 돌아올 수 있다. 찢어진 청바지 한 벌을 누비고 생선가게 주인이 맡긴 추리닝 소매 길이만 줄이면 오늘은 일을 마쳐도 된다. 이미 낡을 대로 낡아 옷감이 반질반질해진 상태였지만 정미는 말없이 추리닝을 받아들었다. 시장통에서 현금을 가장 많이 보유한 상인이라는 소문과 별개로 정미에게는 일감을 자주 갖고 오는 단골손님이었다. 조르개, 혹은 시보리라고 부르는 추리닝 소매는 완전히 낡아 새것으로 교체하지 않으면 안 돼 보였다. 잘라낼 부분을 표시해놓고 핀으로 고정했다.

분실하기 쉬운 단추, 지퍼, 고리를 모아놓은 부자재 정리함 밑에서 정미는 상자 하나를 꺼냈다. 점퍼나 추리닝 수선에 필요한 조르개는 원단 소매시장에서도 필요한 만큼만 낱개로 구하기 힘들다. 그래서 가족들이나 아는 사람들에게서 버리거나 입지 않는 옷을 구해 잘라두고 쓴다. 상자에 흰색과 초록색의 줄무늬 조르개와 군청색 조르개 두 쌍이 들어 있었다. 정미는 군청색 조르개를 만지작거렸다. 질이 좋은 두툼한 면으로 만들어진 후드 티에서 잘라낸 조르개였다. 정욱이 일 년간 교환학생으로 가 있던 도시의 대학 기념품점에서 산 옷으로 가슴팍에는 노란 실로 학교 엠블럼이 수놓아져 있었다. 아버지가 엄마와 정욱의 방을 정리해야 하지 않겠느냐고 말을 꺼냈을 때 정미는 못 들은 척했다. 아버지 집 소파에서 텔레비전을 보고 있거나 무심코 잠들었다 깨어났을 때, 누구도 그 죽음에 관여하진 않았지만 어딘가 모르게 꼭 그렇지만도 않을지 모른다는 희미한 불안이 느껴지곤 했다. 이렇게 살아 있어서인가. 정미는 라디오의 다이얼을 휙 돌렸다. 템포가 빠른 노래가 흘러나왔다. 아직 일과가 끝나려면 몇 시간이 남았고 그 시간만큼은 정신을 똑바로 차리고 있어도 모자랐다. 정미는 다시 작업대 의자에 완

강히 몸을 붙이고 앉는 것으로 불안을 실밥처럼 떼어내곤 줄무늬 조르개를 추리닝 소매에 한쪽씩 박음질하기 시작했다. 옷 말고도 수선이 필요한 데는 많았고 지금은 그런 생각에 빠지기에 적절한 때가 아니었다.

가게문을 잠그려는데 대문을 나서는 옆집 주인 여자와 마주쳤다. 손에 패딩을 들고 있었다. 골목에다 누가 이런 걸 그려놨나 몰라요. 옆집 여자가 동네 애들이 분필로 그려놓은 사방치기 선을 털 슬리퍼 뒤축으로 문지르며 말했다. 주춤거리다가 정미는 그 옆의 배수로를 덮고 있는 담배꽁초와 비닐, 그리고 작고 흰 종잇조각들을 되는대로 주워 한쪽으로 모아두었다. 몇 해 전 여름인가, 집중호우가 쏟아졌을 때 이 골목에도 큰 물난리가 날 뻔했다. 배수로를 막고 있던 쓰레기가 원인이었다. 나중에 제가 치울게요. 정미는 그녀가 들어갈 수 있도록 가게문을 열었다. 옆집 여자만 봐도 위축되는 기분이었다. 지난달 정장 재킷 이후, 여자가 다시 수선을 맡기러 올 줄은 몰랐다. 여자는 작업대 위로 옆구리께가 찢긴 신사용 패딩을 펼쳐 보이며 수선이 가능한지 물었다. 겉감과 똑같은 여분의 옷감이 필요한 작업이라 정미는 선뜻 대답하지 못하고 패딩의 이쪽저쪽을 살펴보는 시늉을 했다. 당신 옷은 수선하기 싫다고 말하고 싶었다. 또 실수하게 될 것 같아서. 정미는 해보겠다고 말했다. 이틀 후에 올까요? 안경을 밀어올리며 정미는 밀린 일이 많아서 일주일 후에 찾으러 오면 좋겠다고 대답했다. 이번엔 틀림없겠죠? 하는 표정으로 옆집 여자는 가게를 나갔다.

지난여름에 오랜 이웃이었던 옆집이 집을 팔고 나갔다. 새 집주인 부부가 골목집을 돌며 세 겹짜리 화장실 휴지 두 팩씩을 돌렸다. 증축을 할 텐데 소음이 나도 양해해달라고. 증축은 늦가을까지 이어졌고 정미는 자신의 지하 수선실과 일층 살림집에서 귀마개를 하고 지내야 했다. 인부들이 일을 시작하는 아침 여섯시부터 퇴근하는 오후 다섯시까지. 새 이웃이 준 화장실 휴지를 거의 다 쓸 무렵 공사는 마무리됐다. 한 골목에서 마주쳐도 인사도 없이 지냈다. 상황이 나빠진 건 지난달 그 집 주인 여자가 정장 재킷의 수선을 맡기고 나서였을 것이다. 뒤판과 허리 라인을 줄이는 작업이었다. 시간이 오래 걸렸고, 완성된 옷을 입어본 여자는 만족한 표정으로 값을 지불하고 갔다. 이튿날 여자가 옷을 다시 들고 와 말했다. 여기 라벨이 없어졌네요. 정미는 아차 싶었지만 가게 구석구석을 털어내듯 뒤져봐도 명함 사이즈만했던 라벨은 찾을 수 없었다. 뒤판을 줄일 때는 중심 절개선을 따라 목 부분까지 뜯어내야 하기 때문에 라벨도 얄얄이 떼어 분리해놓아야 한다. 그런 경우 마지막에 빼놓지 않고 해야 할 일이 바로 라벨을 제 위치에 다시 다는 거였다. 변명의 여지가 없는 일이었다. 옆집 여자는 한마디만 하고 돌아섰다. 하긴 그게 어떤 브랜드이거나 한지 어떻게 알겠어요.

코트 주머니에 손을 찔러넣고 정미는 천변 산책로를 걸었다. 한파가 시작된 후부터 자전거 타는 사람들도 부쩍 줄어들었다. 어제까지만 해도 낮 기온도 영하였고 정미도 시장에 가서 장을 봐 오는 걸로 산책을 대신했다. 수선실에서 일하는 시간이 중요한 만큼 좁은 그 공간에서 벗어나 있는 때도 필요했다. 아무 일이 없어도 하루에 몇 분쯤은 걷고 식욕이 없어도 밥을 챙겨 먹는다. 그저 엎드려 사는 기분만으로는 버틸 수가 없으니까. 엄마와 정욱이 꿈에 보일 때가 많았다. 아버지도 그러냐고 물어본 적은 없었다. 대신 정미는 겨울 운동화 한 켤레를 새로 샀고 하루에 삼십 분씩 천변을 걸었다. 지금은 황량해도 봄이면 구청에서 씨를 뿌린 쑥부쟁이며 차조기가 올라오고 벚꽃이 피는 길이었다. 정미는 특히 가을 천변 길을 따라 피어나는 선명한 진노랑, 다홍의 코스모스들을 좋아했다.

천변 맞은편 아파트촌에 하나둘 불이 켜졌다. 이 동네로 이사왔을 때 아버지는 낚싯대를 챙겨 와 몇 시간이나 천변에 앉아 있었다. 낚시를 하는 사람은 아버지밖에 없었고 낚시가 허용된 곳인지 아닌지 몰라 정미는 초조했다. 그날 역시 빈손으로 낚시를 접은 아버지는 말했다. 낚싯대 끝에 글쎄 수면에 거꾸로 비친 아파트 옥상이 드리워지더구나. 그 소리가 아버지의 다 벗어진 정수리를 볼 때처럼 어딘가 모르게 쓸쓸하게 남은 건 지금의 기억 때문일까. 정미는 주머니에서 휴대전화를 꺼냈다. 신호가 가도 아버지와 통화가 연결되는 경우는 드물었다. 다시 해야지 싶을 때쯤 전화가 걸려올 때도 있지만. 사흘 전인가 아버지와 통화했다. 통화 말미에 아버지는 비나 좀 시원하게 쏟아졌으면 좋겠다고 말했다. 비는 왜요? 쓰레기 때문에. 쓰레기요? 어, 그런 게 좀 있다. 별일 없지? 라고 묻고 아버지는 정미가 대답도 하기 전에 전화를 끊었다. 정미가 알기로 당분간 비 예보는 없었다.

세무서 직원 식당에서 점심으로 백숙이 나왔다. W물산에서 일주일 동안 구區의 아파트 경비원들과 환경미화원들에게 무료로 점심을 제공하고 있었다. 세무서 직원들이 식당을 이용하는 시간 앞뒤는 피해야 했다. 백숙을 좋아하지 않는 윤씨는 깍두기 국물에 밥을 말았다. 소한이었다. 눈이 많이 오는 고향에서는 폭설로 길이 끊길 때를 대비해 먹을거리를 쌓아두곤 했다. 신김치를 숭덩숭덩 썰어 넣고 끓인 두부찌개 생각이 났다. 희끔하게 분이 난 곶감이 먹고 싶었고 얼음을 띄운 수정과 한 그릇도 마시고 싶었다. 윤씨는 수저를 내려놓았다. 요즘 들어 자주 옛날 생각이 났다. 이제 가봐야 아무도 없는 데였다. 수령이 오래된 느티나무만은 아직 남아 있을지 모르지만.

더 먹으라고 함께 온 경비원들이 채근했다. 셋이서 무슨 이야기들을 나누고 있었는지 생활이라는 단어가 귀에 들어왔다. 글쎄, 생활이라는 말을 들으면 뭐가 떠오르느냐고, 아파트 애들이 와서 그런 걸 묻더라고. 학교 숙제나 뭐라나. 그래서 박씨가 인터뷰를 했나, 애들하고? 그랬지. 뭐가 떠오른다고 했는데? 쪼들리다. 뭐, 그 말밖에 떠오르는 게 없다고 했지. 에이, 그래도 초등학교 애들한테. 그러는 양씬 무슨 말이 떠오르는데? 거 뭐냐, 어려워지다? 꾸리다? 허, 그거 보라고, 거기서 거기라니까. 윤씨는? 얼른 생각이 안 나는데. 그게 뭐 어렵나. 책임지다, 라고 말할까 망설이다가 윤씨는 피다, 라고 대꾸했다. 어, 그거 듣던 중 제일 힘이 나는 말일세. 동료들이 왁자하게 웃었다. 말이야, 나 같으면 빨랫감 같은 거라고 대답했을 거 같네. 오십 중반부터 줄곧 홀아비로 지낸다는 앞 동 방씨가 운을 뗐다. 빨랫감이라니? 그 집은 매일매일 빨랫감이 나오지 않나? 어느 날은 양말짝만한 게 나오고 어느 날은 이불만한 게 나오고. 매일 끝도 없이 나온단 말이지, 혼자 사나 둘이 사나. 꼭 매일매일의 걱정거리처럼 말야. 자네 집은 안 그런가? 사는 게 원래 그런 거 아니겠나. 빨랫감처럼 걱정거리가 생기고. 그럼 요즘은 뭔가? 이건 빨랫감 정도가 아니라 전쟁이지 전쟁. 종이 꽃가루 전쟁? 아, 맞네 맞아. 제길, 이놈의 것 치워도 치워도 끝이 없어. 불꽃놀이라고 그랬나. 원, 본 사람 따로 있고 치우는 사람 따로 있네그려. 그나저나 언제쯤 끝나려나.

자, 그만 슬슬 가볼까. 또 미친듯이 쏟아내보자고.

새해가 시작된 후로 경비초소에서 잠시라도 한가하게 텔레비전이나 라디오를 듣고 있을 짬이 없었다. 아직도 종잇조각들을 치우는 일이 급선무였고 일이 커지자 W물산 직원들까지 동원된 상태였다. 불꽃놀이를 준비했던 W물산 측은 결국 사과문을 냈다. 물에 녹는 종이 꽃가루를 썼고 발사 후 타워를 둘러싼 호수로 떨어져 녹을 거라고 예상했다고 했다. 행사 당일, 강한 남서풍이 불 줄도 몰랐고 또 꽃가루가 그렇게 멀리 날아갈 거라고는 예측하지 못했다고. 동료들 말에 의하면 불꽃과 함께 뿌려진 종이 꽃가루의 양이 이점 오 톤이나 된다고 했다. 십오 킬로미터 정도 떨어진 신도시까지 날아갔다는 말은 사실인데도 믿기 어려웠다. 민원 때문에 구청 홈페이지가 마비될 정도였고 기자들까지 찾아온 모양이었다. 전문가들은 종이 꽃가루가 날아갈 수 있는 반경을 고려하지 않은 관계자들의 실수를 지적했다. W물산 관계자들은 종이 꽃가루가 친환경 소재로 만들어져서 인체에 해를 끼치지 않을 거라고 주민들을 안심시켰지만, 그것 또한 대기가 건조한 겨울에 사용한 점이 잘못이며 게다가 올겨울 내내 지속되고 있는 건조주의보를 무시했다는 비난이 쏟아졌다.

십 분 동안의 화려한 새해맞이 불꽃놀이가 경비원들에게는 뜻하지 않은 일거리를 뿌렸고 할 수 있는 선택이란 두 가지가 있었지만 입장에 따라 한 가지나 마찬가지일지도 몰랐다. 비가 쏟아져서 종이 꽃가루가 녹기를 기다리거나 헛수고처럼 쓸고 또 쓸어내거나. W물산에서도 직원들이 종이 수거에 나섰지만 아파트 안은 어쨌든 경비원들 몫이었다. 경비원 숫자가 줄어도 청소 구역이 줄지 않는 것처럼 종잇조각을 치우는 일도 그래 보였다. 물에 녹는 종이라는데 비는 오지 않고 치우고 돌아서면 또 어디선가 종잇조각들이 바람을 타고 끈질기게 날아왔다.

경비초소에서 윤씨는 패딩점퍼를 벗어 옷걸이에 걸고 작업복으로 갈아입었다. W물산에서 나눠준 패딩점퍼는 너무 길어서 일하는 데 거추장스러웠다. 여느 때 같으면 순찰을 돌 시간이었다. 순찰 시간도, 하루에 여섯 시간 무급으로 쓰게 돼 있는 휴게 시간도 모두 종잇조각을 쓰는 데 바치고 있었다. 그렇다고 일지에 휴게 시간을 쓰지 않았다는 기록을 사실대로 남길 수도 없었다. 해고 걱정도 종잇조각 같았다. 사라지지도 지금으로서는 없앨 방법도 없는. 윤씨는 휴대전화를 확인했다. 딸에게 두 번인가 부재중 전화가 와 있었다. 통화한 게 어제 같은데. 혹시 집에 호스 있느냐고 딸이 물은 게 떠올랐다. 갑자기 호스는 왜? 그냥 좀 쓸데가 있어서요. 집에는 없고, 아파트 관리 창고에서 찾아보겠다고 했다. 딸은 무슨 말인가 하려는 듯 머뭇거렸고 윤씨는 못 들은 척 전화를 끊었다. 다시 태어난다면 자식들하고 자연스럽게 대화하는 방법을 터득할 수 있게 될까. 아내와도 마찬가지였다. 이야기가 시작되는가 싶으면 곧장 불만이나 불평으로 이어지곤 했고 서로 나이가 들수록 더 그랬다. 딸에게 그런 통명스러운 노인으로만 비춰질까봐 긴말은 일단 피하고 본다. 지금은 서로에게 어떤 불편도 끼치지 않고 지내는 편이 나았고 앞으로도 그게 나을지 몰랐다. 호스를 찾아보겠다고 했는데, 그럴 여유가 좀처럼 나지 않는다.

털모자를 눌러쓰고 윤씨는 싸리비 대신 긴 집게와 대용량 비닐봉지를 챙겨 아파트 뒤편 야산으로 향했다. 다른 동의 경비원들에게도 말해 옥상의 종잇조각들은 쓸어낸 상태였다. 높은 곳에 쌓인 쓰레기부터 처리하는 게 순서였고 이번엔 야산이 문제로 보였다. 보기 드물게 밤나무가 여러 그루 심어진 데지만 지난가을 작은 산불이 난 후로 출입을 통제하고 있었다. 기척이 없어서인가, 어째서 뱀 생각이 나는지 몰랐다. 뱀이 왜 밤나무를 좋아하는지도. 윤씨는 비척비척 산을 올랐다.

종이 꽃가루와 뒤섞인 채 쌓인 나뭇잎들이 발밑에서 조각조각 부서졌다. 골라내야 할 흰 종이들이 천지에 널린 듯 보였다. 윤씨는 자리에 쭈그리고 앉아 종잇조각을 쓰레기봉투에 담기 시작했다. 끝이 없는 일 같아 보여도 오늘은 이 일로 하루를 보낼 수 있다. 하루는 당연하게 주어지지 않고 언제 끝장나버릴지 아무도 장담할 수 없었다. 예보에 없어도 내일 당장 장대비가 쏟아질지, 기록적인 남서풍이 또 불어올지 누가 알 수 있단 말인가. 아내와 아들이 처음 함께 간 여행에서 그런 참변을 당할 거라고 그 누구도 알아차리지 못한 것처럼. 윤씨는 한차례 몸을 부르르 떨고는 내일 퇴근 후의 아침을 그려본다. 집에 가서 반나절 잠을 푹 자고 일어나 방씨 말마따나 걱정거리처럼 매일 나온다는 빨래를 널어놓고 간소한 술상을 차려 가족들이 싸우고 오해하고 울고 그래도 함께 모여 밥을 먹는 드라마를 볼 수도 있다. 격일마다일지라도 아무나 그런 하루를 보낼 수 있는 건 아니지 않은가.

윤씨는 허리를 두드리며 사위를 둘러보았다. 추위 때문인지 눈 주위가 시큰하고 얼얼했지만 지금은 여기가 적당한 자리처럼 느껴졌다. 주변을 의식할 필요는 없었다. 고개를 끄덕거리며 윤씨는 자신의 오늘을 자디잔 쓰레기 종이로 뒤섞인 그 야산에 거듭 펼쳐놓았다.

철물점에서 사온 십이 미터짜리 호스를 정미는 보일러실 안쪽에 세워두었다. 온수 수도꼭지가 얼어붙은 지 이틀째였다. 물이 졸졸 흐르도록 온수를 틀어놓는다는 걸 또 잊어버렸다. 지난겨울까지만 해도 수도가 녹을 동안 호스를 옆집 일층 세탁실 수도꼭지에 연결해 물을 빌려 쓰곤 했다. 그것도 오래 이웃했던 옆집이 이사가기 전까지였고 올겨울은 여태까진 온수가 얼 정도의 강추위는 없었다. 새로 이사온 옆집 주인 여자에게 호스의 한끝을 내밀 수 있을까. 정미는 가스레인지에 솥을 올려놓고 물을 끓였다. 그 물을 아껴 머리를 감고 물수건을 만들어 몸의 접히는 부분만 우선 닦아냈다. 며칠 안에 수도가 녹는다면 아쉬운 대로 당분간은 이렇게 지낼 수 있을 것 같았다. 옆집에서 마지막으로 온수를 끌어다 썼을 때는 지금처럼 혼자가 아니었다. 둘둘 만 호스를 동네 철물점에서 들고 오는 길에 문득 마지막으로 떠난 남자가 한 말이 떠올랐다. 사람과 살기에 문제가 좀 있지, 윤정미씨란 여자. 그에게 그 말을 하는 이유가 무엇인지 물어볼 수도 있었을 텐데. 사람과 살기에 문제가 없어 보이려면 어떻게 해야 하는지, 자신은 무엇과 살 수 있는 사람인지 간혹 혼자 묻다가 정미는 그만두었다. 어쩌면 그 말은 자신을 밀어뜨리려는 말과 같을지 모르니까.

옆집 초인종을 눌렀다. 주인 여자가 털 슬리퍼를 끌고 계단을 내려왔다. 정미는 여자에게 지난번 맡긴 패딩의 목둘레 지퍼 안쪽에 든 내지 후드 천을 잘라 써도 되겠느냐고 물었다. 그 천을 쓰면 후드는 쓰지 못하게 된다. 여자는 그러세요, 했다. 그슬린 자국을 수선할 수 있다면. 라벨을 잃어버린 실수가 아니었으면 물어보지 않고 수선했을 텐데. 저기요, 정미는 다시 말을 건넸다. 그럼 내일 찾으러 오라고, 그때까진 수선해놓겠다고. 옆집 여자가 웃는 얼굴로 말했

다. 내일은 일요일이니까 월요일에 찾으러 갈게요. 여자는
덧붙이고 돌아섰다. 남편이 좋아하는 옷인데 수선이 가능해
서 다행이라고. 여자가 웃자 웃지 않을 때보다 더 나이들어
보였고 자연스럽게 느껴졌다. 며칠 후에는 여자에게 호스
한끝을 내밀며 아쉬운 소리를 해도 될지 모른다는 기대감이
생길 만큼.

　골목 위쪽에서 택배 차가 내려오다 멈췄다. 한 청년이 무
거워 보이는 택배 상자를 들곤 정미 이름을 불렀다. 발신인
이 아버지로 돼 있었다. 정미는 사인을 하고 상자를 받으려
고 했다. 무거워서요. 청년이 상자를 가게 안으로 들여놔주
고 갔다. 잊은 줄 알았더니 생일 선물로 뭘 보내신 걸까. 그
런 일은 지금까지 한 번도 없었는데. 박스에 인쇄된 내용물
과 축축한 상자 귀퉁이를 보다가 정미는 커터 칼로 테이프
를 갈랐다. 비닐을 풀기도 전에 냄새가 훅 끼쳤다. ……참,
아버지도. 정미는 팔짱을 낀 채 이십 포기쯤 돼 보이는 절임
배추를 물끄러미 내려다보았다.

　돋보기를 끼고 신사용 패딩 목둘레 안쪽에서 내지 천을
꺼내 가위로 조심스럽게 잘라냈다. 불에 그슬려 거위 털이
비어져 나온 부분에 응급처치로 붙여둔 테이프를 떼고 손바
닥만하게 자른 후드 천을 덧대 박았다. 노루발의 높이와 바
늘땀의 간격을 좁게 조절했다. 정미에게 재봉을 가르칠 때
엄마는 옷본 모양으로 오린 신문지를 주고는 박음질 연습

을 시켰다. 그래서 얼마나 섬세해야 하든 박음질에서만큼은 실수하지 않게 되었다. 엄마를 엄마가 아닌 사람으로 만났다면 더 잘 지낼 수 있었을지도 모른다는 생각이 들 때가 있다. 잡념을 털어내느라 정미는 속도를 내서 재봉틀을 돌린다. 패딩 오른쪽 밑단도 왼쪽의 덧붙인 부분처럼 박음질했다. 균형이 맞춰졌고 수선의 흔적은 찾아보기 힘들었다. 옷에 붙은 먼지를 털어내고 비닐 커버를 씌워 옷걸이에 걸었다. 똑같은 원단이 없으면 안 되는 수선도 더러 있었다. 그럴 땐 어떻게든 수선할 그 옷 자체에서 같은 원단을 구하는 게 중요했다. 그리고 봉합흔을 잘 숨기는 것. 그것도 기술이라면 기술이었다.

아버지에게 걸려온 전화를 받을 때 정미는 반사적으로 벽시계를 봤다. 이런 이른 오후에 전화를 해오는 경우는 드문 일이다. 순찰을 돌 시간이거나 휴무라면 집에서 밀린 잠을 잘 시간인데. 정미는 얼른 네, 저예요, 했다. 별일 없냐고 아버지가 물었다. 그럼요, 아버지는요? 저기, 큰애야…… 아버지는 잠시 뜸을 들였는데 그 몇 초의 시간이 정미에게 얼마나 길게 느껴졌는지 모를 것이다. 정미는 재촉하지 않았다. 아버지는 전화를 걸어서 자신의 상태에 대해 말할 수 있는 상황이니까. 나쁘지 않다. 아니, 괜찮다고 정미는 가슴을 쓸어내리고 싶었다. 아버지는 망설이다가 오른쪽 다리 골절로 지금 입원했다고 말했다. 정미는 곧장 못마땅해지려고

했다. 아버지가 성가신 일을 만들어서 미안하다는 어조로
말했으니까. 아버지가 근무하는 아파트에서 가까운 병원이
었다. 이 주 동안은 꼼짝 못한다고 하는구나. 아버지는 잘못
을 비는 사람같이 말했다. 정미는 아버지 집에 들러 갈아입
을 옷가지를 챙겨서 가겠다고 했다. 정말 올 거냐? 그럼요.
그래, 그럼. 네, 기다리시라니까요. 아버지가 자신을 기다리
지 않을지도 몰라 정미는 버럭 큰소리로 말하곤 전화를 끊
었다.

　가게문을 닫아걸기에는 이른 시간이었지만 병원에 갔다
오늘 내로 돌아오지 못할 수도 있었다. 정미는 작업대를 정
리했다. 온풍기를 끄고 다리미 전원도 껐다. 라디오를 끄려
고 할 때 세시 뉴스가 끝나려는지 일기예보가 나왔다. 내일
저녁에 비 소식이 있다고 했다. 해갈에 도움을 줄 정도는 아
니어도 모처럼 건조한 대기를 가라앉힐 만한 비가 내릴 거
라고. 정미는 라디오를 껐다. 옷을 갈아입고 가방을 챙겼다.
밖으로 나가 가게 미닫이문을 닫으려다 말고 정미는 다시
들어왔다. 종이 한 장을 찾아 작업대에 올렸지만 적당한 말
이 떠오르지 않았다. 혼자 병실에 누워 있을 아버지가 생각
났다. 정미는 검은색 매직으로 또박또박 썼다. **가정 사정으
로 쉽니다.** 가게문을 닫고 셔터를 내리고, 그 위에 안내문을
붙였다. 바람에 테이프가 떨어져나갈지 몰라 손바닥으로 판
판히 문질렀다. 아버지에게 비 예보를 전해드려야지. 그보

다 먼저 아파트 야산에는 왜 올라가신거냐고 싫은 소리부터 할지도 모르지만. 그늘진 골목을 정미는 빠른 걸음으로 내려갔다.

내부 수리중

기태는 평소에도 말이 많은 사람은 아니었다. 필요한 말과 그렇지 않은 말을 구분할 줄 아는 게 장사하는 사람에게는 도움이 됐고 그게 버릇이 되었다. 대개는 아내에게도 그랬다. 어제 생긴 두 가지 일 중 하나는 아내와 자신에게 동시에 일어난 일이고 다른 하나는 그렇지 않았다. 그래서 기태는 두번째 일에 대해서 아직 아내에게 말하지 않았다.

아내는 가게 창가 자리 앞을 서성거리며 오른손으로 이마를 긁고 있었다. 생머리를 하나로 묶고 초록색 앞치마를 두른 뒷모습만 보면 처음 만났던 때와 달라 보이지 않았다. 아내에게 자신은 그렇게 보이지 않을 것이다. 체중이 붇고 새치가 늘었다. 마흔한 살, 동갑인데도 어느 땐 자신이 아내보다 훨씬 나이가 들었다는 느낌이 들었고 최근 들어 더 그랬다. 가게를 리모델링한 후 지금처럼 주방 개수대 쪽에 서 있으면 어쩔 수 없이 아내의 뒷모습을 자주 보게 되었고 그럴 때마다 마음이 푹 꺼지는 기분이 들곤 했다. 평수가 좁아도 손님들에게 깨끗하고 청결하게 보이는 게 중요하다며 주방을 오픈형으로 개조해야 한다고 주장한 사람은 아내였다. 맞은편 상가 건물에 프랜차이즈 분식집이 들어설 때였다. 좁은 실내가 환하고 넓어 보이도록 흰 타일과 나무로 마감하고 네 개뿐인 탁자도 우드 테이블로 바꾸었다. 그 때문인지 아내 말대로 젊은 손님들이 늘었다. 그러나 오늘은 달랐고 앞으로 얼마나 더 그럴지 알 수 없었다. 오후 세시가 지났을 뿐인데 더이상 손님이 올 것 같지 않았다. 점심 주문 전화도 없었고 하교한 학생들도 오지 않았다. 사실 그렇지 않은데도 거리가 썰렁해 보이기까지 했다.

태선생님에게 어제 연락이 왔다. 좋은 일이 있을 때만 연락을 하는 분이었다. 삼 년 전 태선생이 재혼을 했을 때 뵙고는 만나지 못했다. 아내는 아직 태선생을 만난 적이 없었다. 어쩌다보니 그렇게 되었다. 태선생 일에 아내가 관심이 없는 건 당연한 일인지도 몰랐다.

아내가 의자를 끌어당겨 창가에 앉았다. 이마에 벌겋게 자국이 났을 텐데. 기태는 앞치마를 벗어 고리에 걸고 손을 씻었다. 어젯밤 당분간 공원이 폐쇄될 거라는 공고가 아파트 엘리베이터에 나붙었다. 아침에는 상가 사람들 사이에서 여러 말이 떠돌고 터무니없는 소리도 나왔다. 정확히 어떤 일인지 저녁 뉴스에서나 확인할 수 있겠지만 뉴스도 믿을 만하지는 않다고 기태는 아내에게 말했다. 그럼 우리 같은 사람은 뭘 믿어야 하느냐고 아내가 되묻자 기태도 더는 할말이 없었다.

이른 아침부터 공원 입구에 폴리스 라인이 쳐지고 경찰과 국과수 직원들이 수색 작업을 하고 있다고 했다. 취재진이 몰렸고 공원 주변으로 경찰차가 여러 대 주차돼 있었다. 상가 사람들이 가보자고 할 때 기태도 아내도 가지 않았다. 피해자의 부모를 어떻게 보겠느냐고, 아내가 말했다. 불안해질 때면 아내는 오른손 검지와 중지로 천천히, 거기에 붙은 뭔가를 떼어내려는 듯 이마를 긁는 버릇이 있었다. 그럴 때는 얼른 아내 옆으로 가서 앉아야 하고 같이 살아오는 동안 대부분 기태는 그렇게 했다. 이마를 긁는 아내의 손을 부드러운 힘으로 붙잡으면 아내는 조금 놀란 듯, 그러나 안심이 된다는 순한 얼굴로 기태를 돌아보곤 했으니까. 그 손을 기태가 처음 잡았던 게 자신들의 시작이었다고 떠올리자 더 많은 순간이 기억나려고 했다. 지금보다 어리고 지금보다 무모했던 시절이었다. 기태는 리모컨을 눌러 가게 벽에 걸린 텔레비전을 켰다.

동네 공원에 관한 소식은 저녁 여덟시가 돼서야 뉴스에

나왔다. 일찍 문을 닫고 들어가자고 해도 아내는 폐점 시간까지 가게에 있겠다고 고집을 세웠다. 기태는 아내가 하루종일 차갑게 대하는 데 서운해지려고 했다.

아직도 앞치마와 위생모를 벗지 않은 아내가 김밥 세 줄을 썰어 저녁으로 내왔다. 어묵 국물을 기태가 후루룩 들이켜자 아내가 여보 좀 조용히 해봐, 하더니 볼륨을 높였다. 화면에는 헬리콥터에서 찍은 공원 풍경이 나왔다. 자신들의 아파트에서 걸어서 십 분, 근방 주민들과 마찬가지로 기태와 아내가 휴일마다 산책하러 가는 데였다. 산을 끼고 만든 공원이라 나무도 울창하고 여러 코스의 산책로와 등산로도 있었다. 놀이터, 쉼터도 있어서 아이들이 있는 가족이나 노인들도 즐겨 찾았다. 개나리, 벚꽃, 목련, 산수유가 필 때는 그 환한 빛깔처럼 이곳에 자신들만의 집을 갖고 산다는 사실에 뿌듯해지곤 했다. 게다가 가게도 코앞이었다. 이십 년 동안 닦아온 기태의 터전이 모두 여기에 있었다.

결혼 이야기가 나오기도 전부터 아내는 집에 대한 애착을 서슴없이 드러냈다. 제일 먼저 갖고 싶고 한 살이라도 더 일찍 갖고 싶은 게 집이라고. 기태의 마음을 읽기라도 한 듯 아내는 집이 있어야 튼튼하게 아이도 키우죠, 라고 덧붙였다. 그 말에 기태는 고개를 끄덕이면서도 튼튼하다는 게 생활인지 아니면 아이를 말하는 것인지 의아했다. 아무튼 그 열망 때문에라도 그녀와 같이 있으면 한시라도 빨리 집을 갖게 될 것처럼 느껴졌다. 기태는 결혼 후 아내와 집을 갖는 일에 전력을 다했고 비록 대출금 액수는 크지만 작은 주공아파트에 입주하게 되었다. 그제야 아내는 처음으로 마음을 놓는 눈치였다. 그러나 기태는 그후로 자신이 집을 갖기 위해 포기해야 했던 것, 아직 갖지 못한 것을 하나씩 은근히 짚어가게 될 줄 몰랐다. 아내에게 하지 않는 말이 늘어가면서 그녀가 다른 사람으로 느껴질 때가 있었다. 아내는 거북이처럼 보였다. 느려도 원하는 건 반드시 해내고, 불안할 때면 집 같은 등딱지로 머리와 팔다리를 재빨리 숨기는. 아니면 집을 짊어진 달팽이나 예민한 소라게로 보인다고 할까. 처음 만났을 때는 그녀가 개나리라고 생각했다. 흔하고 익숙해서 아무도 귀하게 여길 줄 모르는 수수한 꽃. 기태는 자신의 선택을 후회한 적이 없다고 믿었다.

아내는 이제 양손으로 이마를 긁어대고 있었다. 기태는 채널을 돌리고 싶었다.

낯선 이들이 취재를 나오기 시작한 것은 지난달 10월 중순, 이곳을 중심으로 연쇄살인을 저지른 범인이 미해결로 남아 있던 네 건의 사건에 대한 범행을 자백한 후부터였다. 삼십 년 전 여름에 초등학교 2학년 여자아이가 실종된 사건이 그중 하나였다. 오 개월 후 마을 주민들이 그 공원에서 소녀의 치마와 책가방 등 유류품을 발견했지만 경찰은 단순 가출 사건으로 처리했다. 아홉 살, 소녀의 나이가 너무 어려서 연쇄살인과의 연관성에 대해서는 생각하지 못했다고.

어떻게 저럴 수가 있어. 아내가 갈라지는 소리를 냈다.

범인의 자백이 사실이라면 열네 명의 피해자 중 그 소녀가 가장 어린데다가 재수사 이후 진행되는 첫 수색 작업이었다. 너무 오랜 세월이 흘렀는데 뭘 찾을 수가 있기는 한 걸까. 경찰은 땅을 파지 않아도 지표에서 삼 미터 아래까지 탐사할 수 있는 장비와 인적자원을 총동원해서 피해자의 유골을 찾는 작업을 시작했다고 밝혔다.

무려 삼십 년이나 흘렀잖아. 기태는 저도 모르게 고개를 내두르며 말했다. 그동안 토지개발과 도시개발로 인해서 지형이 크게 바뀌었다. 그걸 모르는 사람은 없었다. 기자는 마지막 멘트를 전했다. 용의자가 소녀를 유기했다고 진술한 장소는 공원에서부터 백 미터 떨어진 곳이며 그곳에는 이미 아파트가 들어서서 사실상 수색 자체가 불가능하다고.

*

토요일에도 동네 상황은 달라지지 않았다. 잠깐 나갔다 오겠다더니 다시 수색을 시작한 공원 입구까지 다녀온 모양인지 남편이 옆 상가 한복집 아주머니와 같이 가게로 들어왔다. 칠십이 가까운 한복집 아주머니는 이 동네에서 태어나고 자란 토박이였다. 지난달 범인이 자백할 때부터 또 한

번 동네가 시끄러워지겠다고, 그때는 아직 아무 일도 일어나지 않았는데도 걱정을 크게 했었다. 아파트값 땅값 떨어지는 게 문제가 아니라 이 도시 인식이 나빠질 거라고. 연쇄살인범이 잡히고 나서도 부정적인 도시 이미지를 씻어내는 데에는 상당한 시간이 걸렸다. 아주머니는 이번 재수사로 다시 타격이 생기면 도시 개발계획도 물건너갈지 모른다고 했다. 이 년 전에 시청 대강당에서 도시 기본 계획 재수립을 위한 공청회가 열린 적이 있었다. 연호는 '주민생활의 기반을 튼튼하게 다지는 도시'라는 공약이 가장 기억에 남았다. 그 공약이 실현될 것이라는 믿음만으로도 이 도시에 살 만한 가치가 있어 보였고 여기에는 이미 자신들의 집이 있었다.

한복집 아주머니에게 점심에 드시라고 김밥 도시락 두 개를 포장해 드렸다. 남편이 아주머니를 배웅하러 나간 사이에 손가방에서 두통약을 한 알 찾아 먹었다. 11월이 되었고 엄마 기일이 곧이었다.

잠이 잘 오지 않은 건 꽤 오래전부터였다. 마흔 살이 되었을 때 연호는 자신이 어떤 시점에 다다랐다고 느꼈지만 누구에게도 털어놓지 못했다. 그건 마치 장애물 없는 평지를 조심해야 하는 이유를 대는 것만큼이나 설명하기 어려울 거였다. 연호는 남편에게 말하면 어떨지 상상했다. 나이 탓이겠지. 남편은 그렇게 대꾸할 것이다. 그러곤 슬쩍 연호의 기색을 살피며 그게 정확하게 어떤 시점이라는 거야? 라고 물을지도 모른다. 남편은 불편한 모든 것은 덮어두려는 버릇이 있었고 언젠가 연호가 그런 점을 지적했을 때 당신은 그럼 하루를 어떻게 무사히 보낼 수 있는 거냐고 싫은 소리를 했다. 아무 일도 일어나지 않고 매일매일이 엇비슷하지만 곧 어떤 일인가가 자신들에게 벌어질 것만 같은 느낌이 든다고 말할 수는 없었다.

상가 사람들 말대로 수색 작업이 끝날 때까지 장사는 포기해야 할 것 같았다. 공원을 수색중인 경찰들이 길목을 막고 선 것도 아닌데 동네 전체가 숨을 죽인 분위기였다. 손님이 어제보다 없었고 여느 토요일과도 같지 않았다. 남편도 테이블에 신문을 펼쳐놓고 앉았다. 야유회나 소풍 철이 오면 아르바이트생이나 설거지만 담당하는 아주머니를 쓰기도 할 정도로 보통은 한가하게 앉아 신문이나 텔레비전을 볼 틈을 내긴 어려웠다. 무언가 조금씩 달라지는 게 눈으로 보이는 듯해서 연호는 가만히 앉아 있기 어려웠다. 연호는 김을 펼치고 콩나물 육수를 넣고 지어 양념한 밥을 한 줌 쥐어 평평하게 눌렀다. 진미채를 넣고 한 줄, 달래무침을 넣고 한 줄 꾹꾹 말았다. 살인범이 아홉 살 소녀를 강간하고 암매장했다고 밝힌 장소가 유류품이 발견된 공원에서 백 미터 거리라고 했다. 백 미터.

연호는 자신이 집을, 저층이지만 밝고 환한 그 집을 얼마

나 좋아하는지 떠올리려고 했다. 남편과 그 아파트를 마련
하기 위해 보낸 지난 시간도. 남편 말대로 그 좋은 때 꽃이
피는 줄도 단풍이 물드는 줄도 몰랐던 시간들. 원래 이 자리
에 있던 떡집에서 일했던 남편은 사장이 인근에 상가를 사
면서 가게를 접게 된 걸 기회라고 판단했다. 임대료가 감당
할 수 있는 정도였던 게 행운의 시작이었다고. 남편이 내고
싶어하던 한정식집을 말리고 대신 수익성이 더 커 보이는
분식집을 제안한 건 연호였다. 길게 보면 기름이나 쌀 같은
범용 상품까지 옵션으로 붙은 프랜차이즈는 이익이 크지 않
아 보였다. 동네 장사라는 걸 잠시도 잊은 적이 없었다. 연
호는 동네 사람들 셋이 와서 일 인분을 시키면 이 인분을 내
주었다. 나이가 든 동네 사람들에게는 심심하게 간을 한 겨
울의 시래기김밥이나 봄가을의 달래김밥, 학생들에게는 유
부주먹밥과 해물라면, 고기라면이 잘 팔렸다. 가게를 처음
열었던 십 년 전만 해도 과당경쟁 같은 건 걱정하지 않아도
되었다. 이 년 전 앞 상가에 프랜차이즈 분식점이 생길 때
리모델링을 하고 손이 많이 가는 음식과 철판으로 끓이는
떡볶이를 메뉴에서 없앤 건 잘한 결정이었다. 미세먼지가
많아지면서 길에 내놓은 음식을 선뜻 먹으려는 손님도 줄었
고 프랜차이즈 업장에 뒤지지 않게 보다 깨끗하고 위생적으
로 보이도록 해야 할 것 같아서 새 단장을 했다. 포장도 실
링기를 들여서 하고 위생 모자와 투명 마스크도 늘 착용했

다. 매출은 한창때만 못했지만 남편 말대로 이제 조금씩 쉬어가면서 일해도 될지 몰랐다. 그러나 열아홉 살 때부터 연호는 쉬어가면서 일을 해본 적이 없었다. 자기 소유의 집이 생긴 것도 처음이었다. 집을 갖고부터 수면에 문제가 생긴 사실을 자신도 납득하기 어려웠다. 지금 가진 것들을 계속 갖고 있을 수 있을까. 김, 참기름, 단무지, 달걀, 시금치, 당근, 유부, 밥. 연호는 집중하고 싶었다. 주걱, 뒤집개, 냄비, 젓가락, 식칼, 물컵, 티슈 통. 공원에서 백 미터, 아파트, 땅속, 아니다. 자, 다시 시작하자. 연호는 김 한 장을 새로 도마에 깔았다.

손님도 없는데 그만해 여보. 남편이 신문에서 눈을 떼지 않고 말했다.

뭐가 새로 나왔어? 연호는 새로 만 김밥에 참기름을 바르고 통깨를 뿌리며 물었다. 아무 냄새가 맡아지지 않아 김밥이 모형처럼 보였다.

그때 동네 사람들이 참새잡이를 하다 발견한 거래. 남편이 내키지 않는다는 듯 대답했다.

그애를? 연호는 정확히는 그애의 찢어진 치맛자락과 책가방이라고 말했어야 했다고 생각했다.

범인은 살기 싫다는 생각이 들어 스스로 목숨을 끊기 위해 산에 갔다가 그 초등학생을 보고 범행을 저질렀다고 밝혔는데, 연호는 그 뉴스를 남편에게 들려주지 않았다. 부모가 가져다놓은 것인지, 유류품이 발견된 곳으로 추정되는 산길에 꽃다발 두 개가 놓여 있다는 말도 남편에게 하지 않았다. 시신을 유기한 장소는 그곳에서부터 백 미터 떨어진 곳이라는 말도, 뉴스 동영상을 혼자 여러 번 반복해서 봤다는 말도. 동네 사람들 누구도 지금 그게 우리 아파트는 아니겠지, 라고 소리 내어 말하지 않는 것처럼.

손님이 없으니까 지루하네, 꼭 병원에 입원해 있을 때처럼. 남편이 잠깐 고개를 들어 창밖을 보더니 말했다.

몇 년 전 남편이 한 달 동안 입원해 있던 때가 떠올랐다. 잘린 손가락 두 개를 이어붙인 자리가 아무는 동안 연호가 걱정했던 건 남편의 손이 아니라 남편이 떡집의 절단기 같은 기계를 만지지 못하고 일을 쉬게 될지 모른다는 거였다.

애가 그때 왜 혼자 야산엘 올라갔을까. 연호는 작게 웅얼거렸다. 학교 끝나고 같이 집에 갈 친구가 없었을까.

여보, 지금 남쪽엔 단풍이 들고 제주에는 억새가 장관인가봐. 남편이 신문에서 눈을 들어 연호를 보았다. 아까 나갈 때 벗는 걸 잊었는지 점퍼 안에 아직 앞치마를 두르고 있었다. 이럴 때의 남편은 가끔 중요한 뭔가를 잃어버린 침울한 소년처럼 보이기도 해서 연호는 얼른 시선을 돌렸다.

이참에 우리도 가게 쉬고 어디 여행이나 갔다 올까?

남편 목소리가 정말 어디 가고 싶은 데가 있는 것처럼 들리는 게 의외였지만 연호는 그때까지만 해도 그가 쓸데없는 말을 한다고 여겼다.

늦은 오후까지 손님을 기다리다가 연호는 가게를 나왔다. 입동을 앞두고 있는데도 초겨울치고는 연일 기온이 높았다. 지난해에 비하면 거의 가을 날씨같이 느껴지는데도 외투 주머니에 두 손을 찔러넣고 주먹을 쥐었다. 걸어서 십 분, 공원에 가볼 수도 있었다. 연호는 상가 건물을 돌아 공원 쪽이 아닌 다른 방향으로 몸을 돌렸다. 공원에서 날아왔는지 꽁지깃이 검은 갈색 산비둘기 두 마리가 편의점 파라솔 밑에서 날개를 파닥거리고 있었다.

내과 의사에게 연호는 잠을 잘 못 자는데다가 심장이 불규칙하게 뛰는 때가 잦아졌다고 말했다. 모든 증세를 다 말할 수는 없었다. 의사도 동네 사람이었다. 중학생 딸과 아내를 캐나다로 유학 보내고 혼자 사는 엇비슷한 연배의. 어쩐지 최근엔 나이가 들어 보이고 말투에 기운이 없어진 의사가 술을 자주 마시는 건 아니냐고 물었다. 연호는 그냥 어떤 생각을 하면 심장이 더 그렇게 뛰고 조인다고 했다. 그게 어떤 생각이냐고, 의사가 물었다.

*

아내는 월요일 아침에야 마음을 바꾸었다. 가게로 출근까지 한 뒤였다. 아내가 주방을 정리하는 사이에 기태는 펜션에 전화를 걸어 오늘 바로 투숙할 수 있는지를 물었다. 태선생 별장에서 가까운 펜션에서 하루를 보내고 그다음날 선생을 뵙고 오는 게 혼자 세웠던 계획이었다. 그때부터 염두에 둔 펜션이었는데도 기태는 서둘러 예약을 하느라 자신이 무슨 실수를 했는지 알아차리지 못했다. 아내는 잔치를 화요일에 하는 집이 있냐고 하면서도 태선생에 대해서 더 물어보지 않았다. 기태가 신세를 많이 진 고등학교 은사로 알고 있고 그 정도면 충분한 정보라고 여기는 것 같았다. 수요일에 태선생에게 다른 일정이 잡혀 있다는 말도 그 밖의 다른 말들도 기태는 하지 않았다. 아내는 일박 이일만이라고 못을 박으며 가게 셔터를 내렸고 집으로 가 짐을 꾸렸다. 기태는 마트에 잠깐 들러 태선생께 드릴 선물을 샀다. 겨우 하룻밤 여행인데도 아내는 캐리어가 다 찰 정도로 짐을 챙겨넣어 기태는 포장해 온 선물을 틈을 벌려 집어넣어야 했다.

수색 작업 때문인지 지하 차도 쪽 교차로에 경찰 차량 서너 대가 정차돼 있었다. 거리 곳곳에 방송사 로고가 붙은 차량도 눈에 띄었다. 기태는 교차로에서 신도시 방면 우회전 신호를 기다리면서 시계를 보았다. 벌써 오전 열한시가 넘었지만 펜션까지는 차로 한 시간 반밖에 걸리지 않았고 태선생 댁은 거기서 이삼십여 분이면 충분해 보였다. 펜션 입실도 세시부터라고 했다. 용문산 밑에 유명하다는 백숙집에서 점심을 먹고 펜션에 가면 될 거라고 아내에게 일정을 말했다. 아내는 가게에서 늘 하나로 묶던 머리를 풀고 흐린 보랏빛 모직 코트를 입고 있었다. 코트를 입기 전에 아내는 선생님 댁 잔치가 내일이라고 했지? 하면서 입고 갈까 말까 망설이던 블라우스를 둥글게 말아 구두와 함께 캐리어에 넣었다.

이 차 같이 타는 거 정말 오랜만이네. 아내가 레버를 당겨 좌석 위치를 조절하며 말했다. 차를 타고 다닐 일도 없는데 집 다음에 아내가 원하는 게 무엇일까 떠올리다 생각해낸 게 자동차였다. 2013년식 차량인데도 주행거리가 이만 킬로미터도 안 됐고 서로 말은 하지 않았지만 그때만 해도 아이를 포기하지 않았을 때였다. 눈이 부시는지 아내가 햇빛 가리개를 내렸다. 아내 말대로 같이 차를 탄 것도, 집과 가게가 아닌 다른 곳으로 함께 가는 것도 오랜만이었다. 게다가 이번에는 꼭 뵙고 싶었던 태선생님도 뵐 수 있게 돼서 기태는 생전 처음 쉬는 날이 아닌데도 가게문을 닫았다는 사실을 잠시 잊었다. 월요일, 출근 시간도 지난 시각이었다. 이대로라면 짐작보다 빨리 목적지에 도착할 듯싶었다. 기태는 속도를 줄이고 차창을 조금, 바람이 드나들 정도로만 열었다. 평소와 달리 아내는 요 며칠 휴대전화를 손에서 놓지 않았고 자주 들여다보았다.

펜션에서 저녁엔 바비큐를 먹을 수 있대. 그것도 세 시간 동안 무제한으로. 당신 좋아하잖아. 기태는 말이 많아졌다.

바비큐는 당신이 좋아하지. 휴대전화를 주머니에 넣고 팔 당호 쪽으로 고개를 돌리며 아내가 말했다. 무덤덤한 말투였다. 아내를 정면에서 본다면 여행이 아니라 하는 수 없이 잠시 몸을 피하러 가는 사람의 얼굴일 거다. 그게 사실이라고 해도 지금 기태는 그런 아내의 표정은 보고 싶지 않았다. 상황이야 어쨌든 하루이틀쯤은 둘이서 그동안 보내지 못한 시간을 가져볼 수도 있는 것 아닌가. 지금까지 단 한 번도 그랬던 적 없이 살아왔으니까. 순간 기태는 평정심을 잃는다고 느꼈고 그것이 아내의 태도 때문인지 아니면 자신이 지나치게 예민해져서 그런 건지 알 수 없어서 주먹으로 핸들을 한번 내려치고 싶은 충동을 꾹 눌렀다. 아내가 손을 뻗어 음악방송에 주파수를 맞추었다. 고개를 조수석 쪽으로 돌렸는데도 바람 때문에 아내의 머리카락이 뿔뿔이 흩어져서 얼굴이 잘 보이지 않았다.

아내가 왜 때로 어렸을 때의 어머니처럼 두려울 때가 있는지 기태는 짚어보고 싶지 않았다. 아내가 자주 하는 말, 나한테 가족은 당신밖에 없어 여보. 그 말만은 어느 면으로 위로가 되기도 했다. 그건 기태도 마찬가지였고 그런 말을 할 때 아내의 표정은 슬퍼 보이기까지 했다. 가족이 단지 둘뿐이라면 하지 않아도 되는 생각은 밀쳐두는 게 나았다. 기태가 결혼을 앞두고 태선생을 뵈러 갔을 때 선생은 부부 사이에 하지 말아야 할 말과 생각들을 알아차리는 게 의무만큼이나 중요하다는 조언을 해준 적이 있었다. 의무만으로도 무거울 텐데 그 외의 것들을 떠올리자 스물다섯의 기태는 자신이 없어졌다. 그런 그가 풀이 죽어 보였는지 태선생이 양손으로 기태의 어깨를 꽉 잡았다가 놓았고 결혼식에는 오지 않았다.

펜션 입구로 경사가 가팔라 보이는 나무 계단이 길게 이어져 있었다. 기태는 무거운 캐리어를 들고 계단을 올라갔다. 아내는 하루나 이틀이나 챙길 짐은 마찬가지라고 했지만 기태가 이해할 수 없는 무게였다. 일층 사무실에서 열쇠를 받고 이층 숙소로 올라갔을 때 기태는 자신의 첫번째 실수를 깨달았다. 하얀 시트가 깔린 침대와 전망이 좋은 커다란 창문과 발코니를 아내도 기대했을 텐데. 전망이 나쁘지도 창문이 작지도 않았지만 방은 기대와는 달랐다. 넓고 큰방 한구석에 이불 몇 채가 개어져 있고 좌식 테이블이 놓여있을 뿐이었다. 취사도구가 하나도 없는데 싱크대가 있는 것도 낯설고, 무엇보다 방이 너무나 넓다는 데 기태는 당황했다.

여긴 보통 펜션이 아니라 리조트네. 아내가 실망감을 숨긴 목소리로 방을 둘러보며 말했다.

그게 차이가 있는 건 줄 몰랐어. 사 인 이상이 기준이라고 해서 그럼 더 넓은 방을 주겠구나 했지. 기태는 캐리어를 한

쪽으로 밀어놓고 점퍼를 벗어 이부자리 위로 던졌다. 평일이라 할인 가격이라는 말에 솔깃하다니. 그게 사 인 기준 가격이라는 것도, 단둘이 호젓하게 보낼 수 있는 데라기보다 단체로 오는 손님들이 많은 데가 펜션이라는 사실도 기태는 알지 못했다.

그래도 방이 운동장처럼 넓어서 괜찮네, 뭐. 아내가 등을 돌리며 창문을 열었다. 오른쪽 하늘색 별채 건물에 가라오케라는 간판이, 밑으로는 펜션 진입로와 좁은 계곡과 양쪽으로 나누어진 주차장과 족구장 같은 부대시설들이 보였다. 더 멀리로는 구역을 나눈 채 비워둔 공터와 물이 빠진 미니 풀장, 그 옆으로 단풍이 진 성긴 숲으로 연결된 길이 있었다. 계절 탓인지 투숙객으로 보이는 사람도 없고 계곡도 나무도 다 말라빠진 듯 보였다.

여긴 여름휴가 철에 오는 덴가봐. 기태는 담배도 라이터도 없는 주머니에 양손을 집어넣으며 말했다.

그렇게 미안해하지 않아도 돼, 여보. 아내가 희미하게 웃으며 기태를 올려다봤다.

짐을 다 꾸리고 현관을 나서기 전에 아내가 집안을 둘러보던 게 떠올랐다. 겨우 캐리어 하나 챙겼을 뿐인데도 이사 갈 짐을 들어낸 집을 보는 것 같다고 말했던가. 기태는 계속 예민해져 있는 아내를 현관 밖으로 먼저 내보내고 베란다 창문을 잠갔다. 아내가 무슨 생각을 하는지 모르지 않았다.

그래서 이 뜻밖의 짧은 여행에 기대를 걸어야 했다. 그게 불과 몇 시간 전의 일이었다. 아파트 현관문을 닫을 때 기태는 저도 모르게 집안을 둘러봤다. 아내 말대로 어째서인가 짐을 다 들어낸 집처럼 서늘했고 오 분 전까지만 해도 거기서 생활했다는 것이 믿기지 않았다. 어린 희생자를 수색중인데 이 모든 상황이 그저 조용히 종료되기만을 바라도 되는 건지 그것조차 확신이 서지 않았다.

캐리어를 눕혀놓고 잠금장치를 돌리던 아내가 비밀번호가 뭐였지? 라고 물었다. 기태는 아내 옆으로 가 털썩 앉았다. 보일러가 작동되기 시작했는지 바닥에 온기가 돌았다. 한참이 지나도록 아내도 기태도 비밀번호를 기억해내지 못했다. 초기 설정 번호였을 0000도 아내와 기태의 생일도 결혼기념일 날짜도 모두 틀렸다. 캐리어는 열리지 않았다. 마지막으로 캐리어를 사용한 게 언제인지도 기억나지 않았다. 그저 일뿐인 삶을 살아오다가 갑자기 가게문을 닫고 집을 비우고 최소 사 인용이라는 휑뎅그렁한 방에 지금 아내와 둘이 앉아 있었다. 침묵 속에 각자 캐리어 안에 든 것을 떠올리면서. 아내는 이마를 긁으려던 손을 슬그머니 내려뜨렸고, 뭐 어떻게든 될 거라고 기태는 생각했다.

일층 식당으로 내려가자 매점이 보였다. 간단한 세면도구를 팔고 있었고 아내 말대로 느긋하게 저녁을 먹다보면 비밀번호가 떠오를 거였다. 단체 손님에게나 어울릴 법한 대형 테라스 겸 식당에 저녁을 먹으러 온 투숙객은 두 테이블 밖에 없었다. 기태가 가족으로 보이는 여덟 명이 둘러앉은 테이블에서 멀리 떨어진 자리로 가려고 하자 직원이 이미 기본 반찬이 차려진 그들 앞자리로 안내했다. 그 가족을 등진 자리에 아내를 앉게 하고 기태는 맞은편에 앉았다. 부모를 모시고 아이들과 함께 온 기태 또래의 형제들인 듯싶었다. 어린애들 둘은 밥에는 관심 없다는 듯 태블릿을 세워놓고 이어폰을 한 짝씩 귀에 나눠 끼고 있었다. 기태는 스페셜 패키지로 예약해서 목살이나 통삼겹살 외에도 훈제 오리구이와 새우도 먹을 수 있다고 아내에게 알려주었다. 생맥주도 세 시간 동안은 무한정으로 마실 수 있다고. 검은 바지에 스태프라고 쓰인 흰 셔츠를 입은 남자가 바비큐 그릴에 숯불을 피우고 긴 집게로 고기를 뒤집기 시작하자 연기가 피어올랐다. 기태는 아내와 플라스틱 맥주잔을 부딪쳤다.

아내는 고기를 거의 먹지 않고 틈틈이 휴대전화를 들여다보면서 표면이 딱딱하게 말라가는 도토리묵만 젓가락으로 집었다 놨다 했다. 기태는 아내가 술이라도 마시는 걸 다행으로 여기면서 부지런히 그녀의 잔을 채웠다. 싱겁고 미지근했지만 연거푸 생맥주를 마시자 얼굴이 붉어지는 게 느껴졌다. 아내의 눈도 충혈됐다. 하루가 길었다. 테이블에 먹지 않는 고기가 쌓여가는데도 기태는 두툼한 숯불구이를 부위별로 날라 왔다. 저녁을 먹고 나면 너무 넓고 휑한 그 방으로, 달라진 게 없는 마음으로 아내와 둘이 들어가야 했고 그 방을 채울 만한 다른 것이 아내와 자신에게는 없어 보였다. 불편해진 집을 떠나오느라 큰돈을 썼는데도 가슴이 무겁기만 해서 기태는 연신 먹고 마셨다. 앞 테이블과 거리가 떨어져 있는데도 생일, 졸업, 승진, 가족 여행 같은 일상적인 말들이 기태의 귀에 들어왔다. 그런 말들이 어떤 사람들에게는 아픈 소리가 될 수도 있다는 걸 그들은 평생 알지 못할 것이다. 그런데도 그들은 스스로 말소리를 낮췄고 고기를 가지러 갈 때도 기태네 테이블을 지나치지 않으려고 돌아가는 듯했다.

휴대전화를 테이블에 뒤집어두고 아내는 펜션 진입로의 불이 켜진 가로등과 이제 어두워져 흐릿해진 산등성이를 둘러보았다. 테라스 한쪽에 쳐놓은 바람막이 비닐이 크게 부풀어올랐다 꺼졌다. 천장 가림막 너머로 희미한 별이 몇 개 뜬 밤하늘이 보였다. 일기예보가 맞는다면 내일은 흐리고 약간의 비가 내린다. 약간의 비란 얼마만큼의 양일까. 기태는 아내의 목소리를 놓쳐서 뭐라고 했어? 라고 물었다.

그애 부모 말이야. 기태는 눈을 돌리려고 했다.

여태 폐인처럼 살아왔대.

……여기까지 와서, 여보, 다른 얘기 하자. 넘어가지 않는데도 기태는 훈제 오리 한 점을 입에 넣고 우물거렸다.

사는 게 사는 게 아니었을 거야.

세상에 그런 사람들이 얼마나 많은지 이제야 알았느냐고 기태는 빈정거리고 싶었다. 당신이 요즘 이러는 거 우리 아파트 때문이야, 아니면 애가 불쌍해서 그러는 거야? 그렇게 묻고 싶은 대로 묻는다면 이 밤은 간단하게 조각조각 찢어져버리고 말 거였다. 기태는 밑반찬 접시 위로 어설프게 손을 뻗어 아내의 손을 잡으려고 했다.

　그애가 살아 있다면 우리 나이쯤 됐을 거야. 아내는 의자 등받이로 상체를 획 젖히곤 두 손으로 얼굴을 감싸며 흐느끼기 시작했다.

　기태는 저도 모르게 앞 테이블 쪽을 봤고 다른 사람들 눈에 자신들이 부부로 보이지 않을 거라는 생각부터 했다.

*

　조식을 먹고 와서 연호는 남편에게 아무래도 태선생 댁에 못 가겠다고 말했다. 남편의 얼굴로 곤란하다는 표정이 잠깐 지나갔지만 그게 자신이 가지 않겠다고 해서인지 아니면 트렁크에 든 선물 때문인지 알 수 없었다. 서로가 기억하는 네 자리 숫자를 돌리고 또 조합해서 맞춰봐도 캐리어는 꿈쩍도 하지 않았다. 간밤에는 남편이 매점에서 사온 세면도구로 이를 닦고 속옷을 갈아입고 잤다. 캐리어가 열리지 않는데도 크게 불편한 점이 없다는 데 약간 놀라긴 했지만 태선생 댁에 입고 가려고 주름이 안 가게 돌돌 말아 넣은 블라우스와 구두를 떠올리자 생각이 달라졌다. 남편 말대로 코트를 벗지 않으면 안에 입은 낡은 스웨터는 가릴 수 있지만 연호는 남의 집 잔치에 운동화를 신고 가서 두꺼운 외투도 벗지 못한 채 밥을 먹고 인사를 나누며 어색하게 앉아 있을 모습을 떠올리다 남편에게 혼자 다녀오면 어떻겠냐고 물었다.

그들은 계획을 다시 세워야 했다. 잔치는 낮 열두시 반부터고 펜션에서 태선생 전원주택이 있는 양서면까지는 자동차로 삼십 분 거리였다. 펜션 퇴실 시간은 오후 세시. 연호는 그때까지 펜션에 있다가 세시부터는 주차장에서 가까운 카페에 있겠다고 했다. 퇴실할 때 챙길 짐이라고 할 것도 없었다. 캐리어를 입구 쪽으로 먼저 밀어놓고 남편은 그럼 네시에 주차장에서 만나자고, 출발하면서 전화하겠다며 고개를 끄덕였다. 그거 그냥 입고 가면 어때서. 남편은 딱 한 번 그렇게만 말했을 뿐이었다. 머리를 말리고 거울 앞에서 연호의 핸드로션을 얼굴에 바르고, 어제부터 입고 있는데도 단정해 보이는 네이비색 셔츠에 허리 밑까지 내려오는 정장용 점퍼를 걸치는 남편을 연호는 보았다. 어제와 달라진 게 없는데도 남편이 아니라 다른 남자처럼 느껴져서 먼지를 털어주는 척 남편의 등에 손바닥을 슬쩍 갖다대봤다. 남편으로서는 알아도 한 남자로는 아직 잘 모르는 사람.

낯선 방에서 아침 열한시에 혼자가 되다니. 막상 남편이 자신을 남겨둔 채 혼자 펜션을 나가자 연호는 자신의 선택을 조금은 후회했다. 남편이 자동차를 몰고 진입로를 빠져나가는 모습을 베란다에서 지켜보았다. 보통은 가게에서 점심 손님 준비를 하고 있을 때였다. 아무것도 하지 않아도 되는 오전 시간을 지금 손에 쥐고 있다는 게 믿기지 않았다. 앞으로 다섯 시간이 연호 앞에 펼쳐져 있었고 당장은 떠오르지 않지만 몇 가지 기분 전환이 될 일들을 하게 될 수 있을지도 몰랐다.

긴 가뭄에 펜션 앞 계곡은 물이 말라 있었다. 계곡이 아니라 양쪽으로 금방이라도 퍼석거리며 부서져버릴 듯한 크고 작은 돌멩이들이 놓인 웅덩이처럼 보였다. 군데군데 드러나고 깎인 황토 가장자리에 어린 나무들이 한 줄로 위태롭게 심겨 있었다. 헐렁하게 묶었던 목도리를 풀어 다시 목에 감고 연호는 펜션 뒷길로 방향을 잡았다. 마른 나뭇잎들이 걸을 때마다 발밑에서 버석거렸다. 단풍이 한창이라고 했는데. 색이 바래 칙칙하고 성긴 숲길은 거리가 꽤 돼 보였다. 남쪽은 어디일까. 연호는 두리번거리며 걸었다. 그러고 보니 어제는 엄마 생각을 하지 않았다. 연호는 11월이 되면 언제나 엄마 생각을 했고 실은 찬바람이 불기 시작하면 늘 그래왔다. 언젠가 엄마에게 그때 왜 그랬느냐고 물어보려고 했다. 꼭 한 번쯤은 물어보고 싶었다. 서로가 알고 있는 그날의 분명한 기억에 대해서. 평택 어딘가의 호프집에서 일했다는 엄마는 세상을 등지는 다른 사람들처럼 갑자기 떠났다. 연호가 일곱 살 때의 그 일은 그래서 이제 연호 자신을 제외하고는 아무도 아는 사람이 없게 됐다. 그 여름 풀장에서의 일을 연호는 남편에게 말하지 못했다. 일부러 그런 것은 아니었다. 연호가 처음으로 깊이 사귄, 그러나 자신을 버린 남자의 친구가 남편이었다. 남편에게 자신은 그저 그렇고 그런 친구에게도 버림받은 여자인 것만으로 충분했다. 그 여자가 다른 누구도 아닌 생모에게까지 버려진 적이 있었다는 사실은 둘의 관계에 아무 도움이 되지 않을 테니까.

누구에게도 말하지 못한 그 일은 그래서 가끔 꿈에서 되풀이되었다.

연호는 엄마가 깔아놓은 커다란 타월에 앉아서 꼼짝도 하지 않았다. 여름 이불 대신 두르고 자던, 동물들이 프린트된 타월이었다. 폐장 시간이 되었고 마침내 연호가 뻣뻣한 다리를 간신히 펴고 일어났을 때 아이스크림 가게와 파란색 페인트칠로 세면장이라고 쓰인 철제 간이 문, 그 틈으로 걸어오는 엄마가 보였다. 무엇을 후회하는 사람처럼 보이는 건 꿈이어서 그럴지 모른다. 엄마가 왔고, 화가 난 듯 보였고 둘은 다시 버스를 타고 늦은 저녁에야 집으로 돌아왔다. 자 봐, 어두워지니까 다 괜찮아지잖아. 일곱 살 여자아이가 자신에게 뜨거운 입김을 불어넣으며 속삭이는 것으로 꿈은 끝났다.

아직 열두시도 되지 않았고 가을 숲엔 차갑지도 부드럽지도 않은 바람과 기운이 꺾인 듯한 햇살이 비쳐들고 있었다. 흐려지다 비가 올 거라고, 매점에서 우산을 사라고 했던 남편의 말은 빗나갔다. 연호는 문득 남편이 오후 네시에 펜션 주차장으로 자신을 데리러 올까, 의심이 일었다. 남편이 딴 생각에 빠질 때 연호는 가슴이 조금씩 조이는 걸 느꼈다. 남편은 어디든지 갈 수 있고 원한다면 돌아오지 않을 수도 있었다. 게다가 남편은 지금 태선생을 만나러 갔다. 연호에게는 그런 데가 없었다. 찾아갈 곳이 아무데도 없었고 그래서 안전한 집으로 빨리 돌아가고 싶었지만 지금은 돌아갈 방법이 없고 게다가 한 번도 와본 적 없는 길을 걷고 있었다. 며칠 전까지만 해도 예정에 없던 일이었다. 시간을 돌리는 건 불가능했다. 그렇게 할 수 있다 해도 다른 일을 더 맞닥뜨릴 수도 있었고 어떤 일은 신경안정제를 먹는 것만으로는 견뎌내지 못할 수도 있었다. 누구나 모르는 길에 혼자 남겨질 때가 있다고 생각하며, 연호는 앞을 보며 걸었다. 가끔 눈을 들면 바싹 마른 갈참나무, 상수리나무들의 가지가 머리 위에 얽혀 있었고 빛을 받은 나무들은 묘목처럼 아주 가늘게 보였다.

탁 탁, 앞에서 모자를 쓴 두 여자가 손에 든 나뭇가지를 흔들며 걸어가다가 휘어진 왼쪽 샛길 쪽에서 무언가를 봤는지 걸음을 멈추고 말했다.

　저거 돼지 아나?

　저거 돼지 아냐.

　다리가 긴 게 돼지 맞는데.

　돼진 저렇게 안 걸어.

　그럼 돼지 아빠구나.

　돼진 어디 간 거지?

　날도 추워지는데.

　돼지 아빠 따라가볼까?

　그럴까, 돼지 찾을 수 있을지 모르니까.

　쪼쪼쪼, 돼지 아빠, 돼지 아빠.

　여자들은 그렇게 말하고서도 그 자리에 가만히 서서는 같은 쪽을 바라보고 있었다. 나무로 가려진 왼쪽 샛길에서 바스락 소리가 들렸다. 넓은 등산용 모자만 제외하면 여자들 옷차림은 가까운 데 사는 사람들 같아 보였다. 연호는 여자들 옆을 지나쳐 가다가 그녀들에게 혹시 근처에 호수가 있냐고 물었다.

　키가 큰 여자가 연호가 아니라 동행을 보고 말했다.

　숲에 와서 호수를 찾네.

　키가 작은 여자가 연호를 봤다. 눈이 가늘고 뺨에 검은 점이 하나 있었다.

　여긴 강을 건너 왔죠?

연호는 그렇다고 대답했다.

호수가 있긴 있어요.

그런데 멀지.

호수를 왜 가요, 여기 강이 가까운데.

가까이서 보니 어딘가 모르게 쌍둥이처럼 닮은 여자 둘이 두서없이 말했다. 사사삭 바람소리가 들렸다. 연호는 알겠다고 묵례를 하곤 걸음을 옮겼다.

저 걷는 것 좀 봐, 돼지 아빠도 이제 많이 늙었네.

살아 있으니까 늙기도 하는 거지.

그래, 오늘도 살고 내일도 살고.

여자들은 아직 그 자리에 그대로 서 있는 것 같았다.

*

기태는 펜션 주차장에서 기다리고 있다고 메시지를 보냈다. 아내는 전화를 받지 않았고 카페에도 없었다. 네시 십분 전에 기태는 간신히 약속 장소에 도착했다. 아내와 낯선 데서 한 약속이라서 오늘은 그 약속에 늦으면 안 될 것 같은 마음이 들었다. 설명할 수 없었지만 어제 집을 떠나면서부터 아내와 자신이 조금씩 다른 사람이 돼버린 기분이 드는데다 이제 집으로 돌아가야 할 시간이었으므로 그 이전의 관계로 돌아가고 싶었다. 기태는 히터를 약하게 틀었다.

아내가 혼자 갈 만한 데가 있었을까. 오늘 아내가 보낸 다섯 시간에 대해서 기태는 묻지 않을 요량이었다. 그러나 아내는 기태에게 물을지도 모른다. 태선생 댁에서 보낸 시간에 대해서.

기태는 아내에게 할 말을 떠올렸다. 조금은 연습이 필요해 보였다. 아침에 펜션을 빠져나갈 때 기태는 자신이 어디로 가야 할지 알고 있었다.

기태가 다니던 특성화고등학교에 태선생이 부임한 건 2학년 때였다. 조리반 실습 때 기태는 그때껏 한 번도 듣지 못한 말을 태선생에게 들었고 그것이 자신을 칭찬하는 말이라는 데 충격을 받았다. 처음 듣는 말, 처음 겪는 일이라고 모두 기억하게 되진 않는다. 그러나 태선생의 격려는 기태의 선택에 확신을 주었다. 그 고등학교의 조리과를 선택한 것만으로도 남들보다 먼저 출발선상에 선 게 맞아 보였다. 작아도 언젠가 자신만의 번듯한 식당을 갖게 될 줄 알았다. 태선생이 기대했듯이. 분식집을 열게 됐을 때 기태는 선생에게 사실과 약간 다른 소리를 했다. 아내에게는 괜찮은 것들이 선생에게는 그렇지 않았다. 어떤 부끄러움들이 솔직해지려는 감정을 가로막았다. 지금보다 더 나아지는 건 불가능해 보였고 그런 마음이 자신을 보잘것없는 사람으로 느끼게 했다. 마흔이 넘었을 뿐인데 벌써 지쳐버린 기분이라고 말할 수는 없었다.

아내가 보지 못하도록 마트에서 포장을 부탁한 선물은 캐리어에 들어 있었다. 선물은 아무데서나 다시 사도 됐다. 그러나 기태는 캐리어가 열리지 않는 게 일종의 암시라고 여기고 싶었고 펜션을 빠져나오자마자 연수로 방면으로 차선을 바꿨다. 차라리 잘된 일인지도 몰랐다. 캐리어가 열리지 않은 것도, 가지 않겠다고 한 아내의 결정도. 태선생이 풀어볼 선물 상자 안의 첫돌짜리 아기 옷과 신발 한 켤레를 보지 않을 수 있었으니까. 겨우 하루뿐이지만 가게문을 닫고 떠나자고 했을 때 사실 아내가 동의할 줄은 몰랐다. 기태가 아는 아내는 태풍이 동네를 휩쓸고 지나가도 문 닫는 시간이 될 때까지 가게를 지킬 사람이었다. 선생님 댁 잔치가 첫손녀의 돌잔치라는 건 오늘 같이 출발하게 되면 말하려고 했다. 태선생이 처음으로 기태에게 전한 좋지 못한 소식도 함께.

태선생 댁으로 가는 대신 어제 아내와 점심을 먹은 산밑의 식당으로 간 기태는 일 인분이 주문되는 메뉴를 먹은 후 국립공원 매표소로 갔다. 아내와 떨어져 있는 다섯 시간 중에서 채 한 시간이 지나 있었다. 막상 시간이 주어졌는데도 특별히 하고 싶은 게 없다는 데 잠깐 놀랐다가 그 시간이 눈 깜짝할 새 지나갈 거라고 생각하자 마음이 급해졌다. 절 입구에서 산 정상까지 다녀오기엔 시간이 부족해 보여서 마당만큼이나 크고 너른 바위가 있다는 데까지 걸어갔다 오기로 했다. 산을 오르기에 적합한 신발도 옷차림도 아니었다. 이 킬로미터쯤 오르는 동안 숨을 헉헉 몰아쉬었고 축축한 낙엽을 밟아 몇 번인가 미끄러지기도 했다. 계단이나 바위가 보일 때마다 기태는 앉아서 쉬어야 했고 그때마다 충분히 쉬었다. 그래서 목적지인 그 넓은 바위까지 당도했을 땐 쉬었다 가고 싶은 마음보다 내려가고 싶다는 마음, 아내와의 약속 시간에 늦지 말아야겠다는 마음이 앞섰다.

벌써 네시 이십분이 지나고 있었다. 어두워지려는지 서쪽 하늘에 일순 붉고 환한 빛이 띠처럼 일렁였다. 아내는 길을 잃은 걸까. 혼자서 어딜 간 걸까. 기태는 점퍼 주머니에 손을 찔러넣고 어깨를 움츠렸다. 우리가 오늘 무사히 집으로 돌아갈 수 있을까. 기태는 운전석 창문을 약간 열었다. 어쩌면 아내는 오지 않을 수도 있었다. 한 달간의 입원생활을 마치고 퇴원한 날, 식탁에 앉아 물을 마시는데 발바닥에 무언가 자잘한 것들이 밟혔다. 아내가 병원에서 가져온 빨랫감을 세탁실에서 정리하는 소리가 들렸다. 기태는 자잘하지만 분명하게 밟히는, 바닥재와 색깔이 엇비슷해 눈에 잘 띄지 않는 그것들을 손바닥에 올려놓고 보았다. 바싹 마른 포도씨였다. 누군가 식탁에 앉아 포도를 먹다가 바닥에 씨앗들을 떨어뜨린 모양이었다. 그러니까 포도를 먹을 때 씨앗을 먹지 않는 사람이. 아내는 포도를 좋아했다. 씹을 때 오독거리는 느낌이 좋아서, 영양분이 거기 다 있다는 이유로

껍질과 씨까지 포도알 전체를 야무지게 꼭꼭 씹어먹는 사람이었다. 더는 친구도 가족도 없는 사람인데. 기태는 세탁실에서 나온 아내에게 집에 누가 온 적이 있느냐고 물었다. 아내가 이상한 소리를 한다는 투로 말했다. 이 집에 우리 말고 올 사람이 어디 있다고 그래, 여보. 기태는 물을 한 잔 다 비웠고 아내가 보지 않을 때 식탁 밑에 떨어져 있는 포도 씨앗들을 깨끗하게 치웠다.

아내가 오지 않는다면 어떻게 해야 할까.

빗방울이 하나둘씩 운전석 차창으로 떨어지기 시작했다. 이제야 하고 싶은 일을 찾은 것 같았다. 기태는 기다렸다. 눈을 감고 있다가, 다시 기다렸다. 차창을 두드리는 작은 소리가 났고 아내가 차에 올라탔다. 아내는 몸을 돌려 들고 온 국화꽃 한 다발을 뒷좌석에 두었다. 민낯의 아내는 피곤하고 지쳐 보이고 운동화에는 진흙이 묻어 있었다. 심상한 소리로 왜 이렇게 늦었느냐고 묻자 아내가 헝클어진 머리를 끈으로 묶으며 기태를 빤히 보고 말했다. 당신, 나 기다렸구나.

기태는 시동을 걸고 차를 출발시켰다. 출발지가 어디든 집으로 가는 길만은 머릿속에 있다. 어제 왔던 길을 되짚어 지금 그들은 같이 집으로 가고 있었다. 기태는 터널을 빠져나가면서부터는 속도를 높였다.

태선생님 댁에는 잘 다녀온 거지? 아내가 정면을 보고 물었다.

손님들이 정말 많더라. 나도 안 가도 될 뻔했어. 그리고 기태는 솔직하게 말했다. 유방암이 폐까지 번져서 태선생님이 입원하신다는 소식을 들었다고.

천천히, 아내가 신중하게 고개를 끄덕였다. 그게 어떤 인사를 하는 듯 보였고 다시 만날 수 없을지도 모르는 태선생을 위해 기태도 그렇게 했다. 학창시절 아버지 장례식장에서 마지막까지 검고 단단한 돌처럼 자리를 지켜주었던 태선생을 떠올리며. 아내는 한참 동안 말이 없다 이런 소리를 했다. 그냥 가서 뵐 걸 그랬네, 오늘 나도.

교차로에서 기태는 방향을 잘못 들 뻔했다.

당신은, 당신은 오늘 뭐 했어?

내 이름 얘기, 당신한테 했었지?

……호수?

기억하네.

어머님이 당신 낳고 어디 가서 이름 좀 지어달랬더니 호수 이름 중에서 하나 고르라고 했다면서.

응, 아는 점집에 가서. 그러면 나중에 좋은 일이 생길 거라고.

우리 처음 만났을 땐가, 연호라는 이름이 남자 같다고 하니까 당신이 말해줬잖아.

바다도 아니고 강도 아니고 하필 왜 호수였을까.

그래도 못이나 늪보단 넓고 깊잖아.

당신 참 농담도 못해. 아내가 주먹으로 기태의 오른팔을 툭 쳤다.

이번주 금요일이 벌써 입동이야.

입동 때 추우면 그해 겨울이 춥고 따뜻하면 그해 겨울이 그렇다던데.

사람들은 그걸 어떻게 알았을까, 당장 내일 일도 모르는데.

경험으로 아는 거겠지.

아무튼 그 말이 맞는다면 올겨울은 춥진 않겠네, 여보.

아내는 좌석 깊이 몸을 묻고 잠이 들었고 기태는 잠을 쫓느라 껌을 하나 씹었다. 팔당대교를 지날 때 기태는 변함없이 흐르는 강물과 하류 어디쯤에서 쉬고 있을 고니떼를 떠올렸고 아내의 숨소리를 주의깊게 들었다. 그리고 그 숨소리를 주의깊게 듣고 있는 자신도 느꼈다.

수색 작업이 끝났는지 경찰차는 보이지 않았다. 어둠이 내렸고 비도 계속 흩뿌리고 있었다. 문득 아내가 잠든 사이에 공원 입구로 한번 가볼까 싶은 마음이 일었다. 그러나 해가 뜨면 아내가 갈 것이다. 흰 국화꽃 한 다발을 들고 그 소녀의 유류품이 발견된 장소로. 아침부터 어딜 갔다 왔냐고 물으면 아내는 뭐라도 하고 싶어서, 라고 우물거리겠지. 기태는 아내를 모르지 않았다. 아내가 깨지 않도록 기태는 조심히 방지턱을 지나 가게 앞에 차를 비스듬히 댔다.

기억났어. 기태가 시동을 끄자 아내가 눈을 뜨며 말했다. 캐리어 비밀번호. 아내가 눈을 반짝거렸다. 그날이잖아, 여보.

두 사람은 차에서 내렸다. 아, 기태는 자신도 기억났다는 듯 고개를 끄덕이곤 어제 가게를 떠날 때 셔터에 붙여놓은 안내문을 떼어냈다. **내부 수리중**. 셔터를 올리자 유리문으로 불이 꺼진 가게 안이 들여다보였다. 불이 꺼져 있을 집이 떠올랐다. 아내를 기다리는 동안에도 기태는 잠시 떠나온 집 생각을 하고 있었다. 아내가 펜션 주차장으로 걸어올 때 기태는 알 것 같았다. 어떤 집에 불이 꺼져 있다고 해서 사람이 없는 건 아니라고. 어제와 똑같은 옷을 입었지만 어제와는 달라 보이는 아내에게 기태는 말했다. 불을 켜야겠어, 여보. 아내가 산의 젖은 흙을 여기저기 묻히고 있는 기태를 봤다. 기태가 가진 불안들을 물끄러미 들여다보는 눈빛으로. 이제 그들은 알게 될 것이다. 시작된 지 구 일 후 수색은 성과 없이 종료된다는 것과 그 일과 무관한 듯 조금씩 나빠져가는 것들에 대해서. 그래서 아내가 지금부터 자신들이 시도하는 모든 게 뜻대로 되지 않을 수도 있다는 마음을 밀어내는 힘으로 가게문을 잡아당기는 것 같아 보여서 기태는 자신의 부족한 손으로 얼른 아내의 손을 맞잡았다.

양파 던지기

그는 세입자를 만나본 적이 없었다. 어머니는 그 남자가 훤칠한데다 좋은 일도 하고 인사성도 밝아 보인다고 말했다. 오다가다 마주친 게 다였을 텐데도 어머니는 자신의 눈썰미를 확신했고 그는 모친의 말을 흘려들었다. 세입자와 가깝게 지내봐야 좋을 게 없다는 게 그의 생각이었다. 커피잔을 들고 이층 베란다로 나갔다. 4월 말인데도 아침저녁으로 바람이 쌀쌀했다. 앞마당의 매화나무 위로 비늘구름이 동쪽으로 밀려나고 있었다. 울타리 대신 심어놓은 매화나무들 쪽에서 바라본다면 지금 자신은 아담한 목조주택 이층에서 커피를 즐기는 느긋한 사람처럼 보일지 몰랐다. 그런 일요일도 있지만 오늘은 아니었다. 어머니가 일찍 대중목욕탕에 가고 없는 시간이었다. 세입자와 문제가 생겼다고 아직 말하지 못했다. 그 별채에 세를 들이기로 한 사람도, 관리하기로 한 사람도 그였으니까. 그는 이층 난간 너머로 아래를 내려다보았다. 세입자가 사는 파란색 슬레이트 지붕을 얹은 별채가 바로 내려다보였다. 가깝지만 그에게는 먼 데였다. 용건이 있어도 거기까지 가서 문을 두드리기에는 이른 시간이었고 아직 그렇게까지 하고 싶지는 않았다.

목제 난간에 몸을 기댄 채 세입자가 집밖으로 나오기를 기다리다가 어쩔 수 없이 그는 자신이 바라던 사람이 되지는 못했다고 느꼈다. 삼 년 후면 오십 세가 된다. 그 나이면 적어도 한 가지는 이룬 게 있을 줄 알았다. 다시 어머니와 살게 될 줄도, 아내와 아들과 떨어져 지내게 될 줄도 몰랐다. 게다가 일요일 아침에 세입자의 기척이나 살피고 있어야 한다니. 멧새 소리가 들렸다. 그가 좋아해본 적이 없는 새였다. 들뜬 소리로 뭔가를 재촉하는 것처럼 들려서.

그는 휴대전화를 꺼내 사진 찍어둔 계약서를 열어보았다. 임차인 기중구, 나이 오십오 세.

사실 그는 이번 세입자에 관해서 아는 게 없다시피 했다. 그들이 방을 보러 왔을 땐 직장에 있었고 계약하던 날에는 어머니 또래의 칠십대 여성이 혼자 왔다. 세를 들 사람의 이모라고 했다. 쪽을 찌듯 뒤로 넘긴 백발 머리와 일하다 그대로 온 듯한 패딩 속의 전대가 눈에 띄었다.

우리 기선생이 밝고 따뜻한 방을 원합니다. 내 가보니 그 방이 딱 마음에 들었습니다.

여자는 작고 쑥 들어간 눈을 재빨리 굴리며 말했다. 그러곤 패딩 지퍼를 다 내리고 전대에서 도장을 꺼내며 쉰 목소리로 그에게 물었다.

그런데 선생님께서는 직장이 어디십니까?

조심스럽지만 꼭 알아야겠다는 어투처럼 들려서 그는 내키지 않는 눈으로 복덕방 주인을 봤다. 그의 시선을 잘못 읽어냈는지 주인이 대신 대답했다. 그가 내려오기 전까지 어머니 집 마당을 관리해주던 사람이었고 어머니처럼 동네 토박이였다.

그런 좋은 데서 일하시니 안심입니다. 우리 기선생을 잘 부탁합니다.

그는 여자가 깊이 고개를 숙인 채 내민 손을 절반만 잡고 악수했다. 조카가 무엇을 하는 사람인지부터 물어봐야 했다고 생각했을 땐 계약이 끝나 있었다. 복덕방 주인에게도 세입자의 이모는 지나치다 싶을 만큼 허리 숙여 인사했다. 지난 1월이었고 방이 석 달째 비어 있다가 나간 거였다.

집을 지은 지도 이십 년이 넘었다. 어머니는 그때 서양식 목조주택을 원했고 이삼 년 후인가 마당이 쓸모없이 버려진다면서 별채를 한 채 더 지었다. 그래서 마당에 들어서면 얼핏 어울리지 않는 작은 이층 주택과 낮은 조립식 별채가 마

주보는 형국이었다. 일찍 세상을 떠난 아버지야 그렇다고
쳐도 돌이켜보면 어머니는 그 집에서 혼자가 된 셈이었다.
누나도 떠났고 그도 먼 데서 자신의 가정을 꾸렸다. 누나는
이 집으로 돌아와 별채에서 몇 달을 다시 산 적이 있지만 그
것도 오래전 일이었다. 그는 계절이 바뀔 때쯤 집에 한 번씩
다녀가곤 했다. 아내에게 말하지 않고 간 적도 있었다. 아내
와 어머니는 처음부터 사이가 좋지 않았고 아내는 결혼 전
부터 홀시어머니를 모시지 않겠다고 잘라 말했다. 그 말을
전한 적이 없는데도 어째서인가 어머니는 다 꿰뚫어본 사람
처럼 말하고 행동했다. 그런 사람들이 가까워질 리 없었다.
어머니가 별채를 짓겠다고 할 때도 가장 못마땅해한 사람은
아내였다. 여보, 난 절대로 거기 내려가서 살지 않을 거야.
아내는 두 손으로 그의 얼굴을 잡고, 자신의 눈을 똑바로 보
게 하고 말했다. 그는 고개를 끄덕거렸다. 그가 보기에 아내
는 자신보다 위기관리 능력이 뛰어난데다 가족을 지키기 위
해서라면 그게 무엇이든지 분명하게 선을 그을 줄 알았고
그러는 게 안전한 삶이라고 여기는 사람이었으니까.

*

재단 사람들은 다섯시가 되면 무리를 지어 시청 뒤 단골
술집이나 낚시터 옆 한정식집으로 뿔뿔이 흩어졌다. 할일을

다 마쳐도 그는 다섯시 오분까지 자리를 지키고 있다가 사무실을 나왔다. 발령된 지 일 년이 다 돼가는데 아직 무람없이 저녁을 먹자고 할 만한 동료를 사귀지 못했다. 나고 자란 데여도 그는 타지 사람에 가까워 보일 거였다. 재단은 서울과 세종시, 그리고 강 하나를 경계로 구역이 나뉜 N시 옆의 이곳 J시, 이렇게 세 군데 있었다.

그는 시내를 통과해 N시로 향하는 고속도로 쪽으로 차를 몰았다. 지는 해의 오렌지빛 햇살이 차창 앞으로 쏟아져 내렸다.

지난해 봄 그가 승진 명단에 올랐다는 말이 돌았다. 그는 십오륙 년간 자신을 봐온 한본부장에게는 솔직해지고 싶었고 그게 자신과 조직을 위한 일이라고 믿었다. 저녁식사 자리에서 아직 그 중책을 맡을 자신이 없다고 털어놓았다. 한본부장은 입사 때부터 그를 따로 불러서 임원들이 지나치게 내향적인 직원을 좋아하지 않는다는 조언을 해주었고 그는 그 말에 동의했다. 재단의 일은 부서별, 조직별 팀워크가 중요했다. 학교로 돌아가 논문을 마칠 게 아니라면 재단은 안정적인 직장이었다. 그는 머리가 좋은 편이었다. 필요한 일과 해야 할 일을 적절히 선택하고 결정했다. 자신에게 필요한 사람은 한본부장처럼 리더십을 갖춘 외향성 상사였고, 직장에서만큼은 자신의 성향을 드러내지 않으려고 노력했다. 긴 시간 동안 그는 그렇게 했다. 가정을 이루지 않았다면 어떤 선택을 했을지 모르지만 그런 것에 대해서는 생각하지 않았다. 그러나 본부장의 표정을 보자 그 고백은 실수처럼 느껴졌다. 조직 개편 후 그는 이곳으로 발령을 받았다. 거긴 지내기 좀 수월할 거야, 이차장. 본부장은 그의 잔에 술을 따르며 덧붙였다. 게다가 본가가 그 근처 아닌가?

차창 왼쪽으로 학 날개 모양의 저수지가 보였다. 거기서부터 어머니 집까지는 사십여 분 정도밖에 소요되지 않는다. 출근길은 보통 한 시간 정도. 이 도시로 발령이 난 것은 아내 말처럼 거의 고향인 N시로 내려가는 것과 같았다. 그러자 아내는 자신이 세운 궤도를 재빨리 수정했다. 태영을 데리고 덴버로 가서 대학에 입학시킬 때까지 체류하겠다는 결정을 내렸다. 여기서는 어차피 힘들어. 아내는 동의를 구하는 눈빛으로 그를 봤다. 아파트를 전세로 돌려서 유학생활에 필요한 자금을 마련하고 그는 태영이 대입에 성공할 때까지 몇 년 본가로 내려가 직장에 다닌다. 이것이 수정안이었고 그가 의견을 보태기도 전에 아내는 다니던 잡지사에 사표를 냈다. 그는 아내의 계획보다 아내가 그렇게 쉽게 사표를 냈다는 점에 더 놀랐다. 아내가 일을 좋아하고 거기서 얻는 커리어를 자랑스러워하는 줄 알고 있었으니까. 태영이가 거기 가면 더는 남의 집 자식들 패고 다니는 짓은 못하겠구나. 어머니는 아내의 의견을 선선히 받아들였다. 어머니와 아내가 그때만큼 한마음이 되는 모습을 그는 본 적이 없었다.

라디오 채널을 맞추고 음악을 틀었다. 다리 밑으로 긴 도넛 모양의 중앙 시장이 형성돼 있고 어머니가 운영했던 삼계탕집도 그곳에 있었다. 테이블이 여섯 개밖에 안 되던가 그랬고, 장사가 잘될 때 투자를 할 테니 더 큰 장소로 옮기라는 사람이 나서도 어머니는 그곳을 고수했다. 가마솥에 들깻가루를 우려 끓여낸 삼계탕이 인기가 많았다. 그 좁은 데서 삼계탕을 팔아 땅을 사고 집을 짓고 남매를 대학 공부까지 시켰다는 사실을 어머니는 자랑스러워한 적도 있었다. 어쨌거나 가게가 어머니의 전부라고 해도 좋은 줄로 그는 알고 있었다. 그러나 몇 년 전에 어머니는 돌연 가게를 처분했다. 어떻게 저희랑 상의도 없이요. 아내가 우물거렸고 어머니는 냉담하게 대답했다. 할 만큼 했다.

그후로 아내는 어머니 얘기가 나오면 높낮이 없는 말투로 이렇게 말했다. 원진씨, 난 당신 어머니 정말 존경해.

오늘은 금요일. 매주 금요일 밤 열시에 그는 아내와 영상통화를 한다. 그는 아내에게 아직 말하지 못했다. 여기서는 일부러 사람들하고 잘 어울리기 위해 외향적인 척할 필요가 없어 가끔은 크나큰 안도를 느낀다고. 하지만 아내는 직장에 있는 그에 관해 알지 못한다. 누나라면 그게 원래 너인데, 그런 말을 해주었을지 모른다. 그는 얼결에 액셀러레이터를 밟았다가 제풀에 놀라서 속도를 늦췄다. 누나 생각을 하고 있다니.

저녁 여섯시 반이 넘었는데도 어머니는 외출복 그대로 거실 등나무 소파에 앉아 있었다. 분주히 움직이는 어머니를 보는 데 익숙해서인지 그는 하마터면 어머니가 앉은 채로 돌아가신 줄 알았다고 말할 뻔했다. 어머니와는 가게 때문에 가까워질 틈이 없었고 그는 어려서부터 누나와 둘이 집에 남겨졌다. 가게 일을 그만뒀어도 어머니는 시장 사람들과 모임이 잦았고 약속도 많았다. 자연공원 안에 최근 새로 생긴 게이트볼 모임에 구경을 나가고부터는 더 그랬다. 금요일과 주말을 제외하고 그는 일층 주방에서 혼자 밥을 차려 먹었다.

팔은, 어떻게 된 거예요?

어머니는 오른쪽 팔꿈치에 보호대 같은 걸 차고 있었다. 그는 식탁 의자를 당겨 출근 가방을 내려놓고 물었다.

애들이 있었어.

애들이라고요?

자연공원에, 그거 뭐냐 요즘 바퀴 달린 거.

······전동 킥보드요?

그거 탄 학생 둘이 쏜살같이 지나가면서 등을 밀려고 하더라.

그는 머릿속으로 그 장면을 그려봤다. 영상을 되돌려서 확인해보려는 사람처럼.

얼마나 다치신 거예요?

어머니 맞은편으로 가 앉으며 그가 물었다. 깁스할 뻔했는데도 어머니는 문자 한 통 보내지 않았다. 이럴 때마다 그는 누나의 일에 자신이 아무 역할도 하지 못했다는 데 어머니가 아직도 화를 내는 것만 같다고 느꼈다.

팔꿈치 관절이 탈구될 수도 있었대.

어머니는 남의 일처럼 말하곤 잿빛 커트 머리를 왼손으로 쓸어넘겼다. 어머니가 언제 저렇게 늙으셨지. 그는 얼른 눈을 아래로 내렸다.

신고는 안 하셨어요?

놀라게만 한 거니까.

거기 킥보드 못 갖고 들어가는 데잖아요. 관리사무실로 항의하셨어야죠.

그는 이제 화가 나려고 했다.

안 다쳤으면 됐지.

가만 놔두면 그 녀석들이 계속 그럴 거 아녜요.

늙은이, 집에나 처박혀 있어.

네?

녀석들이 그렇게 소리치고 달려나가더라.

어머니는 손으로 입을 가리고 피식 웃었다. 그는 고개를 젓고 싶은 마음을 눌러 참았다. 그리고 웃음을 그친 어머니가 말했다. 자연공원을 나오는데 우리집에 세 든 남자를 보왔다고.

방금 전 마당을 가로지르면서 그는 별채 쪽을 흘긋 봤다. 지난 일요일에 세입자는 미안하다고, 기다려달라고 짧게 메시지를 보냈다. 그에게는 제날짜에 월세를 송금하는 세입자가 필요했고 그는 약속한 날짜에 그 네다섯 배쯤의 액수를 매달 아내 계좌로 보내야 할 의무가 있었다. 어머니 말이 맞기도 했다. 한 백팔십도 넘을까, 세입자는 그 나이에 눈에 띄는 장신에 체격도 컸다. 차 안에서 신호를 기다리다가 묵직해 보이는 검정 백팩을 메고 횡단보도 앞에 서 있는 남자를 바로 알아차릴 만큼. 두 손을 푹 주머니에 찌르고 있어서인지 주머니 안에 권총을 쥐고 있는 사람처럼 보이기도 했다. 그는 자신이 기중구를 그렇게 본다는 게 못마땅했지만 기중구에 관한 소문을 듣지 않았더라도 그렇게 보였을 거라고 치부해버렸다. 기중구는 한 줄 더 메시지를 보냈다. 나도 이 방에서 오래 살고 싶습니다.

*

사무실로 다시 들어가는 길이었다. 기중구가 벤치에 앉아서 신문을 읽고 있었다. 그 덩치 큰 남자를 일별하자마자 자신도 모르게 기중구다, 하며 걸음을 우뚝 멈추고 말았다. 재단 건물 앞에는 좁은 도로를 사이에 두고 규모가 제법 큰 쇼터가 있었다. 사무실 사람들이 자주 나가 담배를 피우고 오는 장소이기도 했고 이팝나무가 한창일 때는 사진을 찍으러 사람들이 몰려오기도 했다.

기중구는 그를 알고 있는 듯했다. 머뭇거리다 그가 걸어가자 기중구가 일어나서 고개를 숙였으니까.

검은 모자를 벗고 이마를 드러낸다면 인상이 지금보다는 좋아 보일지도 모른다고 생각하면서 그는 벤치 끝에 앉았다. 아직 한시 반이 지나지 않았다. 그는 그래본 적이 없었지만 점심시간에 나갔다 퇴근 무렵에 들어오는 직원도 있었다. 십 분이면 충분할 거라고 그는 어림짐작했다. 십 분. 기중구에게 정말 당신이 범죄자가 맞느냐고, 이제 막 출소해서 우리집에 세를 든 거냐고 물어볼 수 있을 것이다. 당신도 계약서를 봐서 알겠지만 월세를 이 회 밀리면 임대인은 계약을 파기할 권리가 있다고도.

오늘은 그다지 읽고 배울 게 없습니다.

그가 무슨 말인지 알아차리기도 전에 기중구가 신문을 접었다. 반으로 접고 다시 반으로 접고 한번 더 접어서 손에 말아쥐듯 하곤 팔을 뻗어 허공을 툭 건드리듯 쳤다.

벌써 벌이 있군요.

5, 5월이니까요.

얼떨결에 그가 대답했다.

어디 다녀오시는 길입니까.

중저음의 목소리로 기중구가 느릿하게 물었다. 하관이 넓고 얼굴빛이 맑아서 그런가 태평해 보이는 인상이었다. 어머니 말이 맞을지도 몰랐다. 기중구가 공원을 돌아다니면서 주운 쓰레기를 공원 분리수거장에다 꼼꼼하게 선별해서 버리고 있더라는. 그러나 어머니는 기중구에 관한 소문을 모르고, 모르는 게 나았다. 기중구가 지은 죄는—만약 그게 사실이라면—씻을 수 없을 테니까.

그는 기중구에게 점심시간이었다고 대답했다. 점심을 먹고 들어오는 길이라고는 하지 않았다. 이렇게 대답하면 점심시간에 무엇을 했는지 말하지 않아도 되니까. 그는 작은 거짓말들에 능숙했다. 기중구뿐 아니라 누구에게도 그랬다. 아무도 불편하게 만들지 않고 원하지 않는 말은 하지 않아도 되는 그만의 방법이었다. 그리고 그는 기중구에게 물었다.

어디 다녀오시는 길이세요?

구직을 하려면 몸을 움직여야 하지 않겠습니까.

그는 괜한 걸 물었다고, 단도직입적으로 말해야 했다고 후회했다.

나온 김에 양파도 좀 구하고요.

양파요?

네, 양파가 필요할 때가 있습니다.

N시에서 여기까지 말입니까?

하루가 길지, 거리는 얼마 안 되니까요.

그는 기중구의 이모를 떠올렸다. 묘하게 닮아 있는 그들의 화법을. 그러고 보니 눈동자를 숨긴 듯 가느스름하게 긴 눈도 닮아 보였다. 시간을 확인하곤 그는 빠른 어조로 기중구에게 말했다.

이번달부터는 날짜를 잘 지켜주셨으면 합니다, 선생님.

가능하면 나가달라는 말을 해야겠다고 작정하고 있었다. 기중구가 뭔가를 가늠하는 듯한 눈으로 그를 봤고, 그도 마주봤다. 구 년 형기를 다 채우고 나온 출소자의 눈빛은 생각보다 평범했고 그렇기 때문인지 몰라도 어지간해서는 동요할 것 같지도 않았다. 그가 시선을 돌리려는 걸 낚아채듯이 기중구가 불쑥 말을 뱉었다.

그렇게 못하면 어떻게 하시겠습니까.

묻는 것도, 따지는 것도 같은 어투였다.

이러시면, 곤란합니다.

뭐가 곤란하다는 말입니까. 없이 사는 집도 아니시면서요.

그가 자리에서 벌떡 일어나려고 하자 기중구가 날 만나려고 하지 않으셨습니까? 했다. 계약하는 날부터 느꼈던 석연찮음의 실체를 이제야 눈으로 확인하는 기분이었다. 처음부터 그를 알은척하는 게 아니었는데. 그는 기중구가 앞을 가로막고 선 것도 아닌데 그렇게 느꼈고 그 혼란스러운 불쾌

함 때문에 발이 떨어지지도 않았다. 기중구가 왜 여기 앉아 있었을까. 그는 문득 겁이 났다. 지난달 자연공원에서 전동 킥보드를 탄 녀석들이 자신을 두 번 겨냥했던 때처럼.

고등학교 1학년 정도 돼 보이는 애들이었다. 헬멧도 쓰지 않은 채 전동 킥보드에 두 명이 타고 있었다. 처음엔 그를 칠 듯이 스쳐지나가면서 휘파람을 불었다. 자연공원으로 향하는 좁은 인도에서였다. 자칫했다면 사고가 날 뻔할 만큼 가까운 거리였다. 저, 저 자식들이. 그는 움찔거리면서 중얼거렸다. 자연공원으로 들어가면서는 전동 킥보드 금지 표지판을 보고 마음을 놓았었다. 산책로는 일직선으로 길게 이어진 얕은 오르막길이었다. 산책로를 걷다 오른쪽 길로 빠지면 계곡이 보이는 외진 평지가 나왔다. 평상 마루와 책상 대신으로 쓸 만한 원두막도 있고. 날씨가 풀리면 자주 찾는 장소였다. 그는 자신이 거기서 혼자 하는 일에 대해서 아무에게도 말한 적이 없었다. 그가 납작한 사각형 가방을 고쳐 메는 순간 뒤에서 뭔가 획 지나갔다. 몸이 닿은 듯 그는 비틀거렸다. 집에 처자빠져 있으라니까. 그 녀석들이었다. 킥보드의 속력을 높여 멀어져가며 녀석들이 낄낄거렸다. 좆나 늙은 게. 몇몇 사람들이 그와 소년들을 무심히 보다 눈을 돌렸다. 그는 그애들이 다시 나타날지도 모른다는 짐작 때문에 겁이 났으며 그런 자신에게 실망했다. 한 번은 우연일 수 있지만 두 번은 아니니까. 그애들이 자신을 선택했고 겨냥

하고 있다고 느꼈다. 그애들을 피하는 건 불가능해 보였다. 그는 산책로에서 걸음을 멈췄다. 돌아갈까, 아니면 목적지까지 갈까. 원했던 혼자만의 시간을 차분하게 보낼 수 있을까. 그 순간 아내, 아내 생각이 났다. 아내가 그를 지켜보고 있기라도 한 듯. 아내라면 이럴 때 고래고래 소리치고 잠을 수 없을 게 뻔한데도 사력을 다해 그애들을 쫓아갈 터였다.

언젠가 그는 아내에게 왜 자신과 결혼했느냐고 물어본 적이 있었다. 아내는 고개를 갸웃거리더니 대답했다. 당신은 당신 말대로 싸우는 걸 싫어하고 소심하고 사회성도 떨어지고 출세에 뜻도 없어. 하지만 당신은 좋아하는 게 분명하고 그것에 진심이고 지키려고 해. 그런 남자는 흔치 않아. 땅을 사면 먼저 나무를 잘라내는 사람이 있고 나무를 심는 사람이 있어. 난 후자의 눈으로 당신을 봤고, 그래서 나는 당신이 나를 사랑하도록 내버려둔 거지. 그리고 결혼은 그런 남자랑 해야 안전한 거고. 아내는 부드러운 눈으로 웃었다. 그도 따라 웃었을 것이다. 자신이 바라보는 나는 어떤 사람인지 더는 생각하지 않아도 되었으므로.

옆에서 기중구의 목소리가 들렸다.

그 방에서 어떤 일이 있었는지 저도 압니다.

……

선생님도 저에 대해 알고 계시지 않습니까.

그는 주먹을 꽉 쥐었다. 아까부터 하고 싶었던 게 무언지 그는 깨달았다. 그는 기중구를 한 대 치고 싶었고 이 전과자를 치고 나면 어떤 일이 벌어질지를 먼저 떠올렸다.

하지만, 저한텐 과분한 방입니다.

기중구가 천천히 모자를 벗고 손바닥으로 자신의 머리를 문지르며 말했다. 그 말이 아니었다면 그는 계속 주먹을 쥐고 있었을지도 몰랐다.

내가 따뜻하고 깨끗한 방에서 지내길 바라는 이모님 뜻이었습니다. 나라는 사람한테도 안정이라는 게 필요하지 않겠습니까, 선생님.

*

5월 둘째 주 금요일 저녁에 그는 낚시터 옆 한정식집으로 갔다. 커다란 뚝배기에 든 오리탕을 먹고 있던 동료들이 어쩐 일이지? 하는 표정으로 방석을 내밀어주었다. 말만 한정식집이지 오리를 전문으로 하는 식당인 듯했다. 옆자리 차장이 술을 한 잔 따라주었다. 처음부터 이곳에 올 생각은 아니었다. 왜 한 번도 안 오시는 거예요? 탕비실에서 지원총괄부의 박이 그렇게 묻지 않았다면 누구나 가도 좋은 자리라는 걸 끝까지 몰랐을 터였다. 필요 이상의 노력은 하지 않는 것과 자신이 동료들을 밀어내고 있다고 느끼게 하는 건 다른 일이었다.

그리고 오늘은, 그는 건너 자리에 앉은 박의 빈 잔에 술을 채우며 생각했다. 아내와 영상통화를 하는 금요일이었다. 처음에 그 약속은 열다섯 시간이라는 시차 때문에도 중요한 약속이었으나 차츰 그것 때문에 지키지 않아도 되는 약속이 돼버렸다. 아내는 바빠졌다. 시간을 낭비하고 싶지 않다며 자신도 대학원에 원서를 내고 한인 교회에서 직책을 맡고 하루이틀씩 차를 몰아 태영과 콜로라도 전역으로 여행을 다니기 시작했다. 아내가 하는 일엔 항상 이유가 있었고 그녀 자신보다는 태영과 가족 모두를 위한 일이었다. 내 눈 피하지 말고, 여보, 내 말 이해하지? 아내의 그 목소리를 들은 지도 오래되었다. 영상통화를 시작한 후부터였다. 같은 시공간에 함께 있는 것과 같은 시간이지만 다른 공간에 있는 건 차이가 컸다. 아내는 더이상 그 말을 하지 않았고 그는 이제야 자신이 그런 생각을 한다고 떠올렸다. 금요일 밤 아홉시. 바빠진 아내가 전화를 시도할 때는 그쪽 시간으로 자정을 넘기기 일쑤였고 그가 직장에 있는 오후 시간이 되었다. 태영은 그에게 얼굴을 보이지도 메시지를 하지도 않았다. 태영을 볼 때마다 자신이 깜짝깜짝 놀란다는 사실을 아내는 알지 못한다. 아내는 태영과 떨어져 있어본 적이 없고 아내는 남자가 아니니까.

결혼 전 아내는 임신 소식을 전화로 전했다. 그는 거리에 있다가 플라타너스에 몸을 기대고 들었다. 용기가 있다면 이렇게 말하고 싶었다. 그 작은 생명체가 딸이었으면 좋겠다고. 그 이유를 설명할 수가 없어서 말하지 못했고 그것은 아내에게 영원한 비밀이 되었다. 태영에게 좋은 아버지가 된다는 건 자신에게 처음부터 불가능한 일이었다. 태영에게 도움이 된다면 가능한 한 멀어지는 아버지가 될 것. 그는 오리고기를 한 점 소스에 찍어 입에 넣었다. 가끔 그쪽 시간이 토요일 이른 저녁일 때 아내는 다시 전화를 시도했고 때에 따라 그는 전화를 받기도, 그러지 않기도 했다. 그는 덴버에서의 아내의 삶이 지속되기를 바랐다. 사람들과 어떤 일을 도모하고 활력을 얻고 자신이 아니면 안 될 일을 찾고 태영과 함께하는. 그건 아내에게 어울리는 일이자 자리처럼 보였다. 새벽에 울리는 전화를 그는 못 본 척하고 돌아눕게 되었다. 포기한 듯 벨이 끊어지면 그는 혼잣말을 할 때도 있었다. 여보, 그 녀석들이 자연공원에 상습적으로 나타나는 것 같아. 여보, 우리집에 살인미수범이 살고 있어.

　누군가 방의 파티션을 거두자 노래방 기기가 보였고 동료들이 노래를 부르기 시작했다. 지난 초봄에 J시로 출장을 왔던 한본부장은 이렇게 말했다. J시에서는 할 게 없어, 할 게 없다고. 거기 무슨 문화가 있나? 처음부터 거기에 재단을 설립한 것 자체가 말도 안 되는 일이지. 그는 술에 취한 한본부장을 호텔로 데려다주는 길에 말했다. 저 여기서 잘 지내고 있습니다, 본부장님. 한본부장이 자네 참 안된 사람이야, 안된 사람, 했다. 나는 안된 사람처럼 보이기도 하겠구나. 그는 제 삶의 한 부분을 인정하듯 고개를 끄덕거렸다. 직원들이 그의 손에 탬버린을 쥐여주었다. 그는 박자에 맞춰 탬버린을 흔들었다. 저수지 수면으로 피어오르는 물안개가 이 집의 명물이라고 했다. 다른 날엔 그런 풍경도 볼 수 있을 것이다. 금요일 저녁, 동료들과 적당히 먹고 마시고 노래도 부르고 탬버린도 친다. 그리고 혼자서 시간을 보낼 줄도 안다. 어머니는 정정하고 그가 노후 걱정을 할 만큼 어렵지도 않다. 아내와 아들에게는 매달 약속한 만큼의 생활비를 보내주면 된다. 그런 역할은 별로 어렵지 않고 어쩌면 자신이 원하는 것이었는지도 모른다. 우리 이차장님 탬버린 잘 치시네. 그는 입을 벌리고 웃었다. 저는 탬버린 좋아합니다. 저 여기 사는 것도 좋아할까 합니다. 저 그림 그리는 것도 좋아합니다. 저 여러분도 좋아합니다. 저 실은 좋아하는 거 되게 많은 사람입니다. 이차장, 여기 후식이 오리 날개튀김이야, 고소한 게 아주 그만이야, 벌써 이렇게 취하면 안 되지. 저 실은 오리고기 못 먹습니다. 하하. 그는 일어나서 탬버린을 흔들려고 하다가 취기 때문에 풀썩 주저앉고 말았다.

*

토요일 늦은 오후에 기중구의 이모가 집에 찾아왔다. 어머니가 끓여준 북엇국을 먹고 그때야 취기에서 좀 깨어나 사우나라도 다녀올까 하던 참이었다. 그가 없을 때 기중구의 이모가 다녀가곤 했는지 어머니는 그 여자를 선뜻 집으로 들였다. 그는 계약한 날 이후로 그녀를 보기는 처음이었다. 그때와는 달리 기중구의 이모는 중요한 자리에 다녀온 듯 감청색 정장에 굽이 낮은 구두까지 갖춰 신고 있었다.

사모님, 사장님, 부탁이 있습니다.

그녀는 소파에 앉지도 않고 고개를 숙인 채 말했다. 아. 그는 실망감을 감추지 않고 도로 식탁으로 가 신문을 펴 드는 시늉을 했다. 월세를 미뤄달라는 말을 하려고 이모를 보내다니. 그는 고개를 절레절레 저었다. 재단 앞 쉼터에서 기중구의 말을 끝까지 들었을 때 그는 자신이 실수하는지도 모른다고 짐작했다. 기중구가 나라는 사람도 안정이라는 게 필요하지 않겠느냐고 말했을 때 그것이 완곡한 치기라는 걸 알아차렸어야 했는데. 당분간만 시간을 달라는 기중구의 말에 그는 잠자코 있었다. 작게 고개를 끄덕이면서. 그런 무시무시한 일을 감행한 전과자가 맞는다면 자기 같은 사람은 얼마든지 갖고 놀 수 있고 자신이 두려워하는 게 바로 그것이라는 걸 잊을 뻔했다니. 그는 탁 소리가 나게 식탁에 물잔을 내려놓았다.

기선생이 좀 다쳤습니다.

어머니는 그녀의 손을 잡아 자리에 앉혔다. 그녀의 목소리가 거의 울음을 참는 듯 들려서 그는 저도 모르게 그쪽으로 눈을 돌렸다.

시내에 4성급 호텔이 하나 있고 그게 J시에서 가장 큰 호텔이었다. 최근 리모델링을 마친 그 호텔에서 한 달 동안 점심시간에만 뷔페 가격을 대폭 인하하는 행사를 진행중이다. 기중구에게—그녀 말로는 힘든 데 있다 돌아온 조카에게—좋은 데서 좋은 걸 먹이고 싶어서 예약했고 기중구를 데리고 갔다. 점심식사 후 기중구가 화장실에 갔다 세면대 물을 틀었는데 갑자기 펄펄 끓는 물이 쏟아져나왔다. 두 손에 화상을 입었고, 매니저와 직원 한 명이 기중구를 데리고 피부과에 갔다. 토요일에 문을 연 피부과가 없어서 J시를 뒤지듯 했고 마침내 치료를 받았다. 양손 열 손가락에 일도화상을 입었다고 했다.

그럼 호텔측에 책임을 물으셔야죠, 이모님.

어머니가 조심스럽게 말했다.

기선생이 들어간 데가…… 여자 화장실이었습니다.

어머니가 내민 티슈로 그녀가 재빨리 이마를 훔쳤다.

여자 화장실엘 들어갔다고요?

그는 자리에서 일어나 소파 쪽으로 다가가며 소리를 높였다.

기중구의 이모가 말을 이었다. 화장실 입구에 붙은 그림만으로는 여자 화장실인지 남자 화장실인지가 구분이 안 됐고 female, male이란 글자는 읽지 못했다고. 기중구가 냉수 수도에서 갑자기 뜨거운 물이 왈칵 쏟아지게 한 설비팀에 문제를 제기하자 호텔측은 화장실을 잘못 찾아 들어간 기중구의 잘못부터 인지시켰다. 그러곤 병원비를 처리하고 뷔페값을 돌려주는 선에서 일을 마무리하자고 제안한 모양이었다.

그래서 이모님 부탁이 뭔데요?

안경을 벗으며 어머니가 차분하게 물었다.

기선생 손에 내일까지 물집이 안 잡히면 다행이라고 합니다. 월요일에 다시 병원에 가봐야 하는데, 월요일엔 제가 장사를 쉴 수가 없습니다. 오늘 거기 가려고 일을 쉬었거든요. 병원은 혼자 갈 수 있다고 하니까 밥이라도 한끼 챙겨 먹는 것 좀 도와주셨으면 해서요. 고생을 많이 한 사람입니다.

기중구의 이모는 고개를 조아리듯 숙여 보였다.

분에 넘치는 데 가서 비싼 밥 먹이려고 했던 제 잘못입니다.

그는 외면하듯 고개를 돌렸다. 화는 가라앉지 않고 저녁이 내려앉은 매화나무들이 활기를 잃은 듯 보였다. 기중구의 말이 사실이라면 그를 십구 년 동안 키운 사람도 그 방의 첫 월세를 내준 사람도 이모였다. 출소 전에 기중구는 그런 이모에게 약간의 허세를 부려도 좋다고 생각했을지 모른다.

일자리를 준다는 사람도 있고 그런 정도의 월세는 얼마든지 낼 수 있다고.

그때나 지금이나 우리 기선생은, 잘못한 게 없습니다.

무슨 이야기를 하려는 건지 돌연 그녀가 고개를 들고 또 박또박 말했다.

태영 아빠, 그렇게 있지 말고 좀 가서 보고 와라, 상태가 어떤지.

어머니가 그를 못마땅한 눈초리로 올려다보았다. 그가 무언가 할 수도 있는데 그렇게 서 있기만 한다는 듯이. 그는 하마터면 싫어요 어머니, 라고 말할 뻔했다. 저더러 지금 누나 방에 가보라고요?

공사를 한 이후에 그는 한 번도 그 방에 들어가본 적이 없었다.

다행히 기중구는 툇마루에 앉아 있었다. 그는 면바지 주머니에 손을 찔렀다 빼곤 마당을 가로질렀다. 기중구의 열 손가락엔 각각 붕대가 감겨 있고 벌리고 있을 수밖에 없어서인지 양쪽 무릎에 놓은 두 손이 대형 조각상에서 떨어져 나온 부분처럼 보였다. 어린애 눈에는 열 손가락 모두 봉숭아물을 들이려고 비닐로 감아놓은 것처럼 보일 수도 있을 것이다. 자신이 그런 생각을 한다는 데 묘한 실망감을 느끼면서 고개를 흔들곤 이모의 차림과 달리 쥐색 바람막이 점퍼에 낡은 운동화를 신고 호텔 뷔페 식당에 간 기중구를 그

려보았다. 그런 기중구를 바라보는 다른 사람의 눈으로. 고
개를 흔들면서 그는 처음으로 기중구의 생각을 읽어보고 싶
다고 생각했다.

물집은 아마 안 생길 겁니다. 제 피부가 여간 두꺼운 게
아니니까 말입니다.

기중구가 태연스레 말했다.

이렇게 가만히 있으면 안 됩니다. 호텔측에 강하게 항의
하셔야죠.

그는 방의 출입문을 등지고 기중구 옆에 앉으며 말했다.

선생님이 그런 일 당하시면 꼭 그렇게 하십시오.

그는 입을 다물었다. 기중구와 이렇게 나란히 앉는 게 벌
써 두번째다. 기중구와 가까이 있는 건 위험하게 느껴졌다.
교착되는 감정들을 수습해야 하고 그러다보면 어째서인가
매번 마음이 흔들리곤 하니까.

월요일에 병원에 몇시에 가십니까? 점심시간에 제가,

걸어서 갈 겁니다. 다리는 멀쩡하니까요.

기중구가 그의 말을 자르고 대꾸했다.

마음대로 하십시오. 그래도 주머니에 손은 못 넣고 걸어
다니시겠네요.

그거, 지금 농담입니까?

기중구가 어이가 없다는 눈으로 돌아봤고 그는 고개를 끄
덕일 뻔했다. 그럼 기중구가 조금은 다른 사람처럼 보일지

도 몰랐다. 조금은 덜 위협적이고 조금은 덜 웅크린 듯한. 그는 기중구가 올려다보는 하늘을 덩달아 보며 비가 와야 할 텐데요, 라고 중얼거렸다. 그러자 기중구가 기다렸다는 듯 은근한 소리로 덧붙였다.

그러게요. 양파를 좀 던지러 가고 싶은데 말입니다.

*

5월 셋째 주 오후에 그는 기중구와 자연공원 입구에서 만났다. 기중구의 말대로 밤늦게 비 예보가 있어서 그런지 공원에 온 사람들의 숫자가 적어 보였다. 게다가 양파는 냄새가 나니까요. 그 말을 보태면서 기중구는 슬쩍 웃는 듯도 했는데 그가 쳐다보자 다시 무뚝뚝한 표정으로 돌아갔다. 그 사이 양쪽 손도 다 나은 모양이었다. 기중구는 늘 메고 다니는 백팩을 한 손바닥으로 툭툭 쳐 보이곤 산책로 쪽으로 앞장섰다. 자신만 아는 장소로. 그는 자신에게도 그런 데가 있다고 하려다가 잠자코 기중구를 따라갔다. 지난달에 만발했던 산철쭉은 지고 초피나무에 이파리가 무성해지고 있었다. 기중구는 생태 경관 보전 지역이 있는 갈라진 산책로에서 장미 공원 쪽 길로 방향을 틀었다. 초가을에는 구슬처럼 붉은 열매를 맺는 산딸나무로 둘러싸인 장미 공원은 5월 말이면 장미를 감상하려는 방문객들로 북적였다. 양파를 던지러

가는 기중구의 뒷모습은 걸음이 빨라서 그런지 어딘가 모르게 들뜬 분위기를 풍겼다. 거친 바위 틈으로 회양목들이 보였고 장미 공원을 벗어나 성긴 소나무 숲으로 백여 미터쯤 올라가자 물이 흐르는 소리가 들렸다. 무성한 산딸나무들이 울타리처럼 장미 공원을 두르고 있어서 그 너머로는 한 번도 가볼 생각을 해보지 못했었다.

기중구는 익숙한 듯 산길을 올라갔고 간혹 그가 잘 따라오는지 확인하는 눈으로 뒤를 돌아봤다. 그는 문득 자신이 지금 이곳에 있다는 사실을 아는 사람이 아무도 없다는 데생각이 미쳤다. 들개 포획 틀을 지나 그는 기민한 짐승처럼 물소리를 따라 산을 오르는 기중구를 봤다. 저 사람이 정말 그런 일을 저질렀을까? 그는 왔던 길을 거슬러 집으로 돌아갈 수 있었다. 저 너머로 가면 완전히 길을 잃을지도 몰랐다. 마음이니 생각이니 하는 것들, 그러니까 기중구가 구 년동안 수양을 했다는 이야기 따위는 아무렇게나 흘려들으면 그뿐이었다. 가슴에 울분이 쌓인 자의 말을 그토록 쉽게 믿었던 이유가 무엇이었을까. 그날 툇마루에서 그런 이야기를 듣는 게 아니었는데. 그는 굴피나무에 등을 대고 숨을 몰아쉬었다. 기중구가 보이지 않았다. 힘이 빠진 듯한 가느다란 햇살을 손바닥으로 가리며 주위를 둘러보았다. 그의 부재가 돌아가도 좋다는 사인같이 느껴졌다. 아니다. 오늘은 기중구가 하는 일의 목격자가 되어야만 할 것 같은 신호처럼도 느껴졌다. 기중구씨. 그는 큰 소리로 외쳤다. 기중구가 아니라 다른 사람들 귀에 들리기를 바라는 듯. 저 앞에서 기중구가 손을 흔드는 게 보였다. 그는 보통의 오십대 후반 남자처럼 보였고 멀리서 본다면 그들은 아주 친밀해 보일 것 같았다. 그만큼의 거리에서 그는 다시 숨을 한번 가다듬고는 눈앞에 서서 자신을 기다리는 한 남자를, 자신의 세입자를, 동네 고물상 노인을 살해하려다 구 년간 형을 살다 나왔다는 남자를 보았다.

산길을 더 올라가자 비탈 아래로 작은 계곡이 보이고 그 위쪽으로 난간에 붉은 칠을 한 다리도 보였다. 그는 여기에 계곡이 있는 줄 몰랐다. 계곡에는 가뭄 탓인지 거친 바위들이 드러나 있고, 양쪽으로는 아카시아나무가 듬성듬성 심어진 야산이 있었다. 곳곳의 돌탑들이 여기에 종종 사람들이 다녀가고 있음을 보여주는 듯했다. 기중구는 계곡의 넓고 큰 바위로 올라가 백팩을 내려놓고 두 다리를 뻗고 앉았다. 그는 기중구의 맞은편 바위에 걸터앉아 생수를 한 모금 마셨다. 등에서 땀이 났고, 장미 공원에서 불과 십여 분 올라왔는데 전혀 다른 장소에 와 있는 듯싶었다.

딱 일곱 개만 던집니다.

기중구는 백팩을 열었다. 검은 봉지에서 양파를 하나 꺼내 손에 쥐었다. 자리에서 일어나 신중히. 그는 밑으로 물이 졸졸 흐르는 바위 위에 선 채로 제구력을 점검하는 선수 같아 보이는 기중구를 올려다봤다. 기중구는 정말로 양파를 던지려는 모양이었고 그것이 새삼 믿기지 않아서 헛웃음이 나려고 했다. 기중구는 허공에 팔을 크게 한번 휘두르더니 오륙 미터쯤 떨어진 다리의 콘크리트 지지대를 겨냥해서 양파를 던졌다. 뜻밖의 퍽 하는 둔탁한 소리에 그는 깜짝 놀랐다. 기중구가 그를 돌아보며 어색하게 웃었다. 이렇게 양파 한 알에 기댈 때가 있습니다. 그런 의미인가.

어떤 생각이, 어긋난 뼈처럼 저도 모르게 튀어나오려고 할 때가 있으니까요.

그날 툇마루에 앉아서 기중구는 혼잣말을 하듯 말했다. 붕대로 감긴 자신의 열 손가락을 내려다보면서.

가끔 그 딱딱해지려는 생각을 멀리 던져버려야 합니다.

기중구는 두번째 양파를 던졌다. 뭉그러진 양파는 다리 밑 계곡으로, 바위 위로 떨어졌다.

같은 꽃이어도 사람들은 화장실 앞에 핀 꽃은 사진을 찍지 않습니다.

기중구는 하고 싶은 말이 많은 듯했다.

저란 놈한테도 가치라는 게 있으면 좋겠습니다.

그는 기중구가 세번째, 네번째 양파를 던지는 모습을 지켜보았다.

생각이 너무 쌓이면 제대로 살아갈 수가 없으니까 말입니다.

기중구는 이제 허리를 숙이곤 다섯번째 양파를 고르고 있었다.

선생은, 그런 때 없으십니까. 같이 **양파를 던지러 갑시다.**

농담이 아닌 줄은 알았지만 저렇게 온 힘을 다해서 양파를 던질 줄은 몰랐다. 그는 양파가 콘크리트 다리 하부에 부딪쳐서 내는 묵직한 소리에 사로잡힌 듯 자리에서 꼼짝도 하지 않았다. 왜 지금 이 장면을 웃어넘기면서 볼 수 없는 건가. 그는 다시 생수를 마셨다. 해가 지려는지 능선이 저녁빛으로 붉어졌다. 기중구가 양파를 던질 때마다 새소리, 계곡 물소리도 잠깐씩 멈추고 아무 소리도 들리지 않는 것 같았다. 기중구는 자기 안에 가라앉지 못하고 일렁이는 깊은 감정을 확인하고 들여다보지 않으면 그것이 마침내 커지고 쌓여서 굳어갈 거라고 말했다. 마치 느린 퇴적처럼 말입니다, 라고.

그렇다면 저도 양파를 던지고 싶을 때가 있을지도 모르겠군요.

그는 자신이 기중구에게 그렇게 말한 적이 없다고 믿었다. 그는 멀리 던져버리고 싶은 생각들을 떠올렸다. 그런 것이 없지 않았다. 잊으려고 하는 것, 잊고 싶은 일, 돌이켜보고 싶지 않은 순간들. 자신 안에 겹겹이 웅크리고 있지만 한번도 꺼내보지 않았던 것들.

그는 누나에 관해 아무에게도 말해본 적이 없었다. 누나가 왜 스스로 생을 저버릴 수밖에 없었는지 지금도 알지 못했으므로. 그는 이제 아내와도, 어머니와는 더더욱 누나에 관해 말하지 않게 되었다. 그러나 누나를 떠올릴 때마다, 한때 누나가 작업실로 썼던 그 방 앞을 지날 때마다 누군가의 손가락이 심장을 꽉 쥐고 놓아주지 않는 느낌이 들곤 했고 때때로 그 느낌은 너무나 실재적이어서 몸이 앞으로 쏠릴 만큼 생생한 통증이 전해졌다. 성인이 돼서도 불안할 때마다 그가 손가락을 빨고 잔다는 걸 유일하게 아는 사람. 너는 아직 너를 다 모를 뿐이야. 그가 자신에 대해 혼란스러워할 때마다 누나는 다정하게 말했다. 그는 손바닥으로 얼굴을 쓱 문질렀다. 양파의 매운 냄새가 사방에 진동했다. 누나 생각이 날 때는 피하듯 생각을 멈춘다. 그것이 그가 지금까지 써오던 방법이었다.

기중구는 진심을 다해 양파를 한 알, 한 알 천천히 던지고 있었다. 그는 픽 웃었다. 다리 위에서 누군가 내려다본다면 안돼 보이는 두 중년이 술주정하는 것처럼 보일 것 같아서. 때에 따라서는 어떤 생각인가를 멀리 내던져버려야 살아갈 수 있는 사람이 있다는 걸 모르는 눈에는.

그는 기중구가 이 인적 없는 장소에서 혼자 해왔을 일을 바라보았다. 종종, 아니 어느 땐 자주 백팩에 양파를 가득 담아 와선 여기서 저런 시간을 보내야만 하는 한 외로워 보이는 늙은 사람의 모습을. 기중구는 앞으로도 구직에 실패

할 거고 구 년은 보상받을 길이 없으며 환한 방에서 살 만큼의 월세를 내지 못할 터이고 좋은 데서 대접받으며 밥 한 끼 먹지 못하리라. 양파를 던진다고 해서 기중구를 둘러싼 편견과 소문은 사라지지 않을 것이다. 그러나 양파를 던지는 일로 잠깐이나마 기중구가 그 밤을 견딜 수 있다면. 기중구는 말했었다. 밤을 무사히 보내야 아침을 보니까요, 그렇게 하루씩 더 삽니다.

자신이 목격한 이 기이하고도 우스꽝스러운 장면에 대해 그는 누구에게도 말할 수 없다는 것을 알았다. 그는 비틀거리며 자리에서 일어났다. 해가 완전히 지기 전에 자연공원을 나가야 했고 여기까지 폐장을 알리는 확성기 소리가 들릴 것 같지 않았다. 늦은 밤 비가 오면 양파 냄새도 빗물에 씻겨 사라진다고 했다. 그는 엉덩이를 툭툭 털었다. 가까운 곳에 떨어진 양파를 다시 봉지에 주워 담던 기중구가 건너뛰듯 바위를 넘어왔다.

선생도 한번 던져보시겠습니까.

그에게 양파 한 알을 내밀며 기중구가 독려하듯 말했다.

*

해당화를 스케치하고 있다가 그는 아내의 전화를 받았다. 토요일 새벽 두시가 넘은 시간이었다. 점심시간만 이용해 화실을 다니는 것만으로는 진전이 없어 보였다. 그는 자신에게 크게 뭔가를 바라는 사람은 아니었다. 그러나 다시 그림을 그리기 시작하면서부터는 달라졌다. 자신의 가치에 대해서 생각하게 되었으니까. 가끔 그는 예전처럼 어머니가 방문을 벌컥 열고 꽃을 그리는 자신을 실망과 질책을 담은 시선으로 쏘아보는 상상을 하곤 했다. 그런 일은 이제 일어나지 않을 거였다. 그런데도 그는 전화가 울렸을 때 가슴이 뛰었다. 뭐 하고 있었어, 당신? 아내가 물었다. 그는 전등 스위치를 끄고 화면이 벽을 향하도록 조절하곤 침대로 올라가 앉았다. 또 어떤 진심이 아닌 말들을 자신이 하게 될까. 어, 여보. 그는 부끄러움을 지우려는 듯 목소리를 높여 아내를 불렀다.

아내는 태영이 좋아하는 그룹이 공연한다고 해서 어제 덴버에서 십육 킬로미터쯤 떨어진 레드록스 야외 원형극장에 다녀왔다고 했다. 아내의 얼굴이 햇볕에 그을려 보였다. 흰색 티셔츠를 입고 어깨까지 오는 생머리를 한 아내는 더 젊고 생기 있어 보였다. 이 주 만의 영상통화였다. 대평야와 로키산맥의 붉고 거대한 암벽 사이에서 일몰을 보다가 아내는 그만 돌아가고 싶다는 생각을 했다고 말했다. ……어디로? 그는 무심결에 물었다. 어디긴, 집이지, 당신이 있는 곳. 그는 잠자코 고개를 끄덕였다. 한 번 두 번, 그리고 계속. 너무 장엄한 걸 보고 나면 그럴 수도 있지, 그런 말을 덧붙이는 게 좋을까 궁리하면서. 아내가 치아를 드러내며 환하게 웃었다. 늙었나봐, 이상한 때 불쑥불쑥 집 생각이 나. 그는 화면 가까이 아내의 얼굴을 들여다봤다. 아내의 계획대로라면 올여름 휴가 때 그가 덴버로 가기로 했다. 가고 싶지 않다고 아직 말하지 못했다. 지금의 이 거리가 자신에게 얼마나 잘 맞는지 아내에게 제대로 설명할 수 있을까. 창밖으로 마당의 감나무 가지들이 보였다. 초저녁에 보았던 상현달은 어디로 갔을까. 노트북의 푸르스름한 불빛 외에 빛도 바람도 없었다. 이 넓은 집엔 모든 방의 불이 꺼져 있을 것이다. 이 주 동안의 이야기를 끝낸 아내는 그의 차례를 기다리고 있었다. 그는 어두운 마당 쪽으로 눈을 둔 채 아내에게 말했다.

기중구씨가 집을 나갔어, 여보.

그 사람이 누군데?

아내가 눈을 동그랗게 뜨고 물었다.

방은 처음 세를 놓았을 때처럼 청결해 보였다. 벽지도 장판도 수리했을 때와 달라 보이지 않았다. 방문 밖에서 그는 한지로 만든 둥근 천장등을 올려다보았다. 누나가 만들어 단 전등이었고 누나의 마지막 작품이었다. 수요일 퇴근 후였다. 어머니는 그 사람이 나갔다고만 했을 뿐 아는 것을 묻지도 보태지도 않았다. 어머니에게 익숙해지려면 한평생이 걸릴 듯하지만 이제 그건 그렇게 긴 시간이 아닌 것 같았다.

아직 불을 켤 때가 아닌데도 그는 전등 스위치를 올렸다. 한지 등에 은은하고 따뜻하게까지 느껴지는 불이 들어와 방에 가득찼다. 어떤 기억들이 수분受粉되는 듯 공기중으로 빛들이 번졌다. 기중구는 짧은 메시지를 남겼다. 특별할 게 없는 내용이었고, 그는 곧 그 메시지를 지워야 한다고 생각했다. 아니면 정말 기다리게 될지 모르니까. 밀린 월세를, 계속 살아보겠다고 한 기중구의 소식을. 그는 고개를 젓다가 양파를 보았다. 껍질에 흰색과 옅은 살구색이 도는 양파 한 알이 창틀에 놓여 있었다. 둥글고 단단한, 때에 따라서는 깜짝 놀랄 만큼의 위력을 발휘할 수도 있는 양파가. 아니, 자신에게 맞는 방을 찾아 떠난 사람이 남기고 간 마지막 농담이. 그는 방안으로 들어가야 할지 망설였다. 양파가, 마치 그가 들어와서 선뜻 집어주기를 기다리고 있는 듯 보였다. 그 실물감이 그를 끌어당겼다. 그는 그것을 어딘가로 힘껏 던질 수도 있었다. 컵에 물을 담아 올려놓을 수도 있었다. 그러나 그는 아무것도 할 수 없었다.

그게 그동안 당신한테 일어난 일이었구나.

아내가 나지막이 속삭였다. 너무 먼 데서 들려오는 속삭임이어서 그런지 꿈처럼 느껴졌다. 그동안 아내에게 진심이 아닌 말들만 해왔던 건 아니었을지 몰랐다. 그날 밤 그는 좋은 꿈을 꾸었다고 생각했다.

6월 셋째 주 일요일 아침에 그는 화구를 넣은 납작한 가방을 메고 집을 나섰다. 기온이 평년보다 낮고 미세먼지도 바람도 없는 날이었다. 자연공원의 그 외진 평상에 앉아 그림 그리기에 맞춤한 날씨였다. 아직 누구에게도 보여준 적 없는 자신의 일부였다. 자연공원 입구에서 그는 주위를 두리번거렸다. 킥보드를 탄 소년들은 보이지 않았다. 그는 양파를 쥔 손에 힘을 주고 걸었다. 꽃도 아닌 것을, 어쩌면 마음만큼 세밀하게 표현할 수 없을지도 모르겠지만.

분명한 한 사람

칠 년 전에 오숙이 자주 만났던 사람은 유니콘이라는 청
년과 선생님이었다. 열 명으로 시작했던 모임이 채 한 달이
지나지 않아 유니콘과 오숙, 그리고 오숙 또래의 한 남자만
남아서 곧 폐강될 것 같았다. 그 모임은 지역구 예산으로 지
원되는 사업 중 하나였다. 관계자들이 어떤 결정을 했는지,
거기에 선생님이 관여했는지 모르지만 어쨌든 모임은 그후
로도 일주일에 한 번씩 일 년이나 이어졌다. 가끔 예고도 없
이 강의실이 변경될 때가 있었는데 그럴 때마다 바뀐 강의
실 문에는 영어 약자로 무슨 상담 프로그램이라고 적힌 안
내 종이가 허술하게 붙어 있곤 했다. 목요일 다섯시. 가장
마지막에 강의실에 들어오는 사람이 그 안내문을 떼어 휴지

통에 가볍게 던져 넣었다. 보통은 유니콘이 지각을 했고 남자는 오지 않을 때가 많았다.

선생님을 처음 봤을 때 뒷문으로 들어온데다가 오숙처럼 다른 사람들과 떨어져 뒷자리에 앉기에 담당 강사라고 여기지 못했다. 3월 초순이 지났는데도 선생님은 체크무늬 모직 코트에 목도리를 두르고 있었다. 추워 보인다는 첫인상 외에 이렇다 할 특징이 없는 오십대─그때 선생님은 사십구 세였다─중년 여성 같아 보였다. 선생님의 특징은 그다음 주부터 드러났다. 다른 강의실들에서 왁자지껄한 소리가 들려오고 유니콘이 엉거주춤하게 들어와 자리에 앉으면 선생님은 깍지 낀 두 손에 턱을 받치곤 그 작은 체구에서 나온다고는 믿기지 않을 만큼 허스키한 목소리로 이렇게 물었다. 오늘은 뭘 하면 좋을까요, 여러분?

신축 아파트 몇 동과 야산으로 둘러싸인 재단 건물 뒤쪽의 긴 나무 계단을 내려가면 각종 운동기구며 벤치들이 놓인 작은 공원이 나왔다. 고지대인데다 나무들에 둘러싸여 있어서 인적이 드물 때면 울창한 숲 한가운데 와 있는 느낌도 들었다. 4월이 지나자 을씨년스러운 강의실보다는 공원의 육각 테이블에 모여서 시간을 보내는 경우가 많아졌다. 그사이에 호칭도 정해졌다. 멜빵바지를 자주 입고 장신이어서 그런지 목수 같아 보이는 청년은 이마에 뿔도 있고 날개도 있다고 상상하면 한결 견딜 만해진다며 자신을 유니콘이라고 불러달라고 했다. 오숙보다 말이 없는 또래의 남자는 새를 좋아하고 유니콘보다 나이가 많아서 유니콘이 새형이라 불렀고, 오숙은 오숙, 선생님도 그냥 선생님. 해가 비치는 쪽으로 몸을 기울이고 앉은 유니콘이 한번은, 여기까지 와서도 이렇게 아무것도 안 하게 될 줄 몰랐다고 말했다. 이럴 거면 그냥 집에 혼자 있어도 되지 않겠냐고. 유니콘은 누가 말을 끊기라도 할 듯 빨리, 쏟아내듯 하는 경향이 있었다.

나무 위에서 삐삐삐, 가늘게 새 지저귀는 소리가 들렸다. 박새네요. 남자가 야구모자 챙을 들어올리며 말했다. 누군가 그 말에 반응해주기를 오숙은 기다렸지만 선생님도 못 들은 척 그네 같은 운동기구에 다리를 벌리고 선 채 좌우로 전신을 힘차게 흔들어대는 주민만 보고 있을 뿐이었다. 박새들이 하강하는지 소리가 점차 가깝게 들렸다. 여기서, 아무것도 안 하면 어때요. 오숙이 작은 목소리로 말했다. 그때 오숙은 서른일곱 살이었지만 자신이 이미 걷잡을 수 없이 나이들어버렸다고, 그래서 인생을 되돌리기 어려운 거라고 느끼고 있었다. 우리가 뭘 안 한다고 해서 누구한테 해가 되지는 않잖아요. 이런 경우는 드물었지만 오숙은 하던 말을 마저 했다. 대각선에 앉은 선생님이 눈을 가느스름하게 뜨고 오숙을 봤다. 오늘은 말을 꽤 많이 하는군요, 라는 듯

한 눈으로. 새를 좇던 눈을 내리곤 남자가 불쑥 말했다. 그런데 자신에겐 해가 될 때가 있잖아요. 아무것도 안 하는 그 순간에 혼자 있으면 위험해지는 사람들이니까 우리가 여기 모인 거 아닌가요. 네 명 모두 딴 데를 바라보고 있었다. 그렇게 앉아만 있다가 헤어지곤 했던 몇 번의 목요일처럼. 선생님이 상체를 앞으로 숙이며 물었다. 참새과겠죠, 박새는? 그냥 흔한 새라고만 알고 있는데, 더 아는 걸 들려주시면 좋겠네요. 제각각의 빈틈으로 선생님의 목소리가 스며들어오는 것 같았다.

첫날 선생님은 말했다. 일주일에 한 번씩 우린 서로 아깝지 않을 시간을 함께 보낼 예정입니다. 그러고도 매번 목요일 다섯시가 되면 오늘은 뭘 할까요, 여러분? 하고 허술하게 질문했던 선생님. 종종 오숙은 그 시절에 자신이 왜 그 모임에 참석했는지 의아해했다. 실제로는 만나서 하는 게 거의 없다시피 한 모임이었는데. 그랬는데도 일 년 가까이 이어졌던 그 시간이 아깝다는 생각을 해본 적이 없다는 건 이상한 일이었다.

그 선생님의 발인이 내일 아침이라고 한다.

오늘 아침에 유니콘이 칠 년 만에 전화를 걸어왔다. 유니콘이 너무 빨리 말해서 선생님이 돌아가셨다는 말이 선생님이 어딜 가셨다는 소리처럼 들렸다. 하여간 누나 기다릴게요, 빈소에 사람이 하나도 없어요.

오숙은 달궈진 구식 철판에다 전병을 굽던 중이었다. 올초 코로나 이후 매출이 감소하면서 그러잖아도 줄어가던 손님들의 발길이 딱 끊겼다. 몇몇 단골손님의 주문이 아니라면 아버지 때부터 해왔던 가게 문을 닫는 편이 나아 보였다. 아버지와 한평생을 좁은 생과잣집에서 보낸 어머니는 그럴 마음이 없을지 몰라도. 목요일은 가장자리에 파래 가루를 뿌린 전병을 굽는 날이었다. 금요일은 땅콩전병, 주말은 쉬고 월요일엔 생강과자를 굽는다. 소량이지만 그때그때 구워 팔아도 남아 일주일에 한 번씩 길 건너 우체국 직원들에게 주러 가기도 한다.

　선생님이 돌아가셨다. 오숙은 자기 안에서 커다랗게 부풀어오르는 혼란을 느끼고 있었다.

　전화를 끊고도 둥근 철판에 반죽을 붓고 가장자리에 파래 가루를 톡톡 뿌리고 구워진 반죽을 칼로 십자로 잘랐다. 네 조각으로 나눈 과자를 아직 뜨거울 때 손으로 슬쩍 쥐면 부채처럼 휘었다. 식힘망에 과자를 가지런히 올리고 가스불을 껐다. 발인이 내일 아침이고 지금 선생님 빈소에는 사람이 없다. 서울 확진자 수가 최고치를 경신한 후 사회적 거리 두기 2단계가 다시 실시된 건 지난 화요일이었다. 오숙은 앞치마를 벗어 무슨 일인지 묻는 어머니에게 건넸다. 그 시절의 오숙에 대해 어머니는 알지 못했다. 밤새 오숙이 채썰어놓은 당근이나 우엉을 어머니가 각종 볶음 요리로 만들어놓곤 아무것도 묻지 않을 때면 그게 아닐 수 있다는 짐작이 들기도 하지만.

세시 반. 오숙은 오가는 시간을 가늠하며 외투를 입었다. 11월 하순인데도 날씨가 연일 푹해서 외투가 거추장스럽게 느껴졌다. 목발을 짚은 어머니가 가게 앞까지 오숙을 따라 나오며 계산대 위 쇼핑백을 가리켰다. 생강과자, 땅콩전병, 오늘 구운 파래전병을 담은 박스를 오숙은 머뭇거리다가 손에 들었다. 오후 중으로 배달을 가야 할 아파트는 길 건너 교차로를 지나 일 킬로미터도 더 올라가야 했다.

*

유니콘의 말은 사실이 아니었다. 빈소가 좁긴 했지만 테이블마다 조문객들이 앉아 있었다. 마스크를 썼는데 한눈에 서로를 알아볼 수 있을까. 조문을 마친 오숙은 주위를 두리번거리다 구석자리에서 혼자 상 위에 휴대전화를 놓고 내려다보고 있는 유니콘을 발견했다. 칠 년 후 선생님의 장례식장에서 그를 만나게 될 거라고 생각해본 적은 없었다. 그 시절의 사람들을 다시 만나게 될 거라고도. 유니콘이 신발을 찾아 신고 장례식장 입구로 오숙을 따라 나왔다.

"누나랑 전화 막 끊고 나니까 조문객들이 몰려오더라고요."

오숙은 피식 웃음이 나려고 했다. 말투도 표정도 그는 하나도 달라진 게 없어 보였다. 모임 초기에 서로 서먹해하던 때 유니콘이 무슨 말 끝엔가 진지한 표정으로 여러분 저 믿을 만한 사람 아닙니다, 라고 했었다. 사람들이, 그리고 선생님이 처음으로 긴장을 풀고 웃었던 때. 영정 사진 속에서도 선생님은 입가를 올린 채 웃고 있었다. 선생님은 잘 웃는 사람이 아닌데. 친절한 사람도 다정한 사람도 아니었다. 향년 오십육 세. 거기까지가 당신의 시간이라고 누군가 말해주었다면 선생님은 무엇을 했을까.

"향년이란 말이 좀 이상한 것 같아요."

병원 앞 횡단보도의 신호를 주시하며 오숙은 중얼거렸다. 이제 신호가 바뀌면 유니콘과 헤어져서 혼자 길을 건널 것이다. 맞은편 편의점 간판 위에 잿빛 비둘기 한 마리가 올라가 있는 게 보였다. 비둘기는 혼자 있는데도 무엇엔가 자리를 내주려는 듯 한 뼘씩 옆으로 옆으로 움직였고 거의 간판 모서리에 다다랐다. 신호가 바뀌는 시간이 이렇게 길었나. 오숙은 얼른 눈을 돌려 여전히 두 손을 패딩점퍼 주머니에 찌른 유니콘을 봤다.

"사람이 한평생을 살아서 누린 나이. 뭐 이상할 것도 없겠죠."

유니콘이 마스크를 고쳐 쓰며 바로 덧붙였다. "그러니까 죽은 이의 나이네요."

안경에 자꾸만 김이 서려 앞이 뿌옜다.

"이제 어디로 가세요, 누나?"

패딩점퍼의 지퍼를 목까지 채우며 유니콘이 오숙을 내려다봤다. 잠을 잘 못 잔 건지 한쪽 눈에 실핏줄이 터져 있었다.

"유니콘은요?"

"저는 누나 가는 쪽으로요. 오랜만에 만났으니까."

오숙은 잠시 망설이다 길을 건너지 않고 상도로 방향으로 몸을 돌렸다. 택시를 타고 오긴 했지만 집까지 걸어갈 수 없는 거리는 아니었다. 걷고 싶은 만큼 걷다가 버스를 타면 되는 거리. 코로나로 사망자가 급증하고 있어 유족들이 간신히 찾아낸 장례식장이라고 유니콘이 알려주었다. 일 년에 한두 번쯤 연락을 주고받았어도 선생님이 올 초부터 투병중이라는 사실을 몰랐다고.

"그런 말을 할 분도 아니니까요."

유니콘은 오숙을 인도 안쪽으로 걷게 하고 자신은 오른쪽에서 걸었다. 큰 보폭을 오숙에게 맞추느라 주춤거리면서.

"아까 그분이 선생님 남편인 거죠?"

"그분이 부고 메시지를 보냈더라고요. 모르는 번호가 떠서요, 다시 보니까 선생님 남편이라고 써 있더라고요. 선생님 번호로 부고 메시지를 보내는 게 마음에 걸려서 그랬대요."

언젠가 가족에 대해 이야기하던 날이었다. 선생님은 자신의 남편에 대해 지나가듯 말한 적이 있었다. 시부모님을 뵈었을 때 이 사람하고 결혼해야겠다는 확신이 들었다고. 그런 남편에게 처음 실망했던 순간도 말했었다. 자신에게 생긴 뜻밖의 문제에 남편이 거리를 두고 있다는 걸 알아차렸을 때. 담담한 목소리였지만 오숙은 선생님이 그때 상처를 깊게 받았다고 짐작해서 고개를 끄덕거렸고, 선생님 이야기가 더 듣고 싶어져서 그게 어떤 문제였는지 묻고 싶은 걸 참았던 기억이 났다.

"저 그동안 결혼도 했고 취직도 했어요."

"어, 잘됐네요."

오숙은 걸음을 멈추곤 놀란 표정을 지었다.

"무슨 일을 해요?"

맞은편 행인이 지나가길 기다렸다가 그들은 다시 걷기 시작했다.

"청소 전문 업체에서요. 줄눈 시공을 맡고 있어요."

"줄눈이라면 욕실이나 타일 같은 거요?"

"뭐 싱크대 상판도 연마하고요. 필요한 일 있으면 저 부르세요, 누나."

싱크대는 지난봄에 바꿨다. 그런데 유니콘이 그런 일을 한다니.

"유니콘, 대단하네요."

"아, 쑥스러워요. 누나는 아직 영양사 일 하세요?"

"지금은 부모님 가게를 돕고 있어요. 아버지가 돌아가셔서요."

지금 한 말이 사실이면 좋겠다고 오숙은 생각했다.

오 년 전, 오숙은 혼자 살 데를 알아보러 다녔다. 진로를 결정할 때처럼 부모나 동생에게 말하지 않은 채. 어렸을 때 외할머니가 어머니에게 젓가락을 짧게 잡을수록 집 가까이에 살게 된다는 말을 들은 후 오숙은 늘 젓가락을 짧게 잡곤 했다. 그 말을 커서 들었다면 달랐을 테지만. 집을 떠날 일은 생기지 않았고 꼭 그래야 할 필요도 느끼지 못했는데 마흔을 앞두자 생각이 달라졌다. 말이 없는 아버지는 아침마다 무겁고 뜨거운 구석 철판 앞에서 누구도 알아주지 않는 옛날 과자를 일일이 한 장 한 장 손으로 구웠고 아버지 못지않게 과묵한 어머니는 그 옆에서 과자를 포장하고 진열했다. 가게문에 달린 종이 딸랑 울리고 손님이 들어서면 부부는 높낮이가 없는 소리로 쌍둥이처럼 동시에 말했다. 고맙습니다, 어서 오세요. 시식만 하고 나가는 손님이 있어도 마찬가지였다. 고맙습니다, 다음에 또 오세요. 이층에서 아래층 가게로 내려가야 할 때마다 오숙은 날마다 같은 사진을 보는 듯했고 사진은 가장자리부터 점점 눈에 띄게 바래갔다. 생과자를 굽는 달콤한 냄새가 어느 순간부터는 신선하던 생물이 썩어갈 때 풍기는 냄새처럼 느껴졌다. 아버지가 중요하게 여기는 질 좋은 우유와 설탕과 우리 밀과 달걀이 실제로 썩는다면 그런 냄새를 풍기지 않을까. 그러나 오숙은 집을 떠나지 못했다. 집을 떠난 사람은 뜻밖에도 아버지였다. 그것도 하루아침에. 어머니도 모르게.

오숙은 그때 두 번 놀랐다. 아버지가 그럴 만한 사람이라는 데. 또 남겨진 사람이 어머니 혼자가 아니라는 사실에.

사람들에게 아버지가 집을 나갔다고 말할 수는 없었다. 아버지는 삼십 년이 넘도록 매일 등을 구부린 채 하루도 빠짐없이 커다란 철판 앞에서 기계처럼 과자를 굽던 사람이었다. 오숙이 알기로는 뭔가 해보고 싶고 먹고 싶고 가보고 싶다고 한 번도 말해본 적이 없는 사람. 아버지를 찾는 단골손님들에게 몸이 안 좋아 고향집으로 내려갔다고 말할 때 어머니는 실제로 그렇게 믿는 늙은 아내 같은 표정을 지어 보였다. 오숙이 다른 사람들에게 아버지가 돌아가셨다고 말한다는 걸 어머니는 알지 못한다.

오숙은 웃고 있는 선생님의 영정 사진 앞에서 깨달았다. 선생님에게 연락을 하지 않았던 이유에 대해서. 함께 보낸 시간이 의미가 있었다면 현재 오숙의 삶은 어딘가 달라져 있어야 했다. 삶은 나아지거나 달라지지 않았고 반복되고 지겨워졌다. 어쩌면 그 점에 오숙은 깊이 실망했고 누구에게도 낼 수 없는 화가 나 있었는지 몰랐다.

"여기서 그만 헤어질까요?"

횡단보도가 교차로처럼 복잡하게 얽힌 장승배기역 앞에서 오숙은 유니콘을 올려다보며 물었다. 선생님과 계속 연락을 주고받고 있는 줄 몰랐던 그에게. 유니콘이라면 충분히 그러고도 남을 사람인데도.

"괜찮으면 같이 좀 있어요, 누나. 실은 저 지금 갈 데가 없기도 하고요."

역 앞 쉼터 쪽으로 유니콘이 앞서갔다. 오숙은 고개를 작게 저으며 서 있다가 유니콘 옆으로 가 앉았다.

"왜 갈 데가 없어요?"

허리를 바르게 펴면서 오숙이 물었다.

"결혼할 때 아내랑 두 가지 약속을 했어요. 첫째, 싸우지 말자. 둘째, 애들 앞에서 싸우지 말자. 셋째, 그래야 할 때가 되면 둘 중 한 사람이 밖에 나갔다 돌아오는 걸로요."

"오늘, 그런 날이에요?"

"애들 둘 다 유치원을 못 가니까, 아내가 재택근무하면서 애들 돌보고 밥 챙기느라 더 예민해졌어요."

"그럼 자유 시간은 아내한테 줘야 하는 거 아닌가."

"어젠 아내가 나갔다 왔거든요."

담배를 끊은 모양인지 유니콘은 라이터를 찾지도 편의점에 뛰어갔다 오지도 않았다.

"살다보니까 선생님 말이 자주 생각나더라고요. 지금 내가 어디에 있는지 돌아보게 돼요. 장소라는 게 감정에 너무 크게 영향을 미치는 거 같아서요."

유니콘은 바닥을 내려다보며 말했다.

자신도 선생님의 어떤 말들을 기억한다고 오숙은 말하지 않았다. 장례식장을 나온 후부터 선생님이 내준, 오숙이 끝내 하지 않았던 숙제를 떠올리고 있다는 것도.

코트 주머니에서 또 진동이 울렸다. 오숙은 어머니 전화를 받았다. 갖다드릴게요, 저녁까지는.

"어디 가셔야 하나봐요?"

유니콘이 오숙의 옆자리에 놓인 쇼핑백을 봤다. 아버지 때부터 단골이었다는 교수 할머니가 어렵게 미국에서 돌아왔고 이 주간의 자가 격리 끝에 오늘 아들 내외와 사는 아파트로 돌아오는 날이라고 했다. 그 교수 할머니가 가장 먹고 싶은 게 겨우 센베이라는 게 오숙은 믿기지 않았다.

"계속 고소한 냄새가 나더라고요."

"오늘 그렇게 춥지 않아서 다행이네요."

차가운 벤치에서 일어나 오숙은 상도터널 쪽으로 방향을 잡았다. 아파트 단지의 창문들과 먹자골목의 가게 간판들에 불이 들어오고 전을 부치는 기름 냄새, 매운 양념에 고기를 볶는 냄새가 곳곳에서 풍겼다. 아직 이른 저녁이고 거리엔 인적도 드문데 골목에선 음식 냄새가 맹렬하게 번지기 시작했다.

"저기 저 붉은 벽돌 건물 보이죠?"

"인해의원요?"

"내가 예닐곱 살 때인가. 아무튼 그때쯤 생긴 소아과였어요."

"누나, 이 근처에 사셨어요? 난 답십리에서 태어났는데."

"아버지가 처음 가게를 연 데가 여기 시장이었거든요."

몇 년 전에 저 소아과에 조카를 데리고 온 적이 있었다. 이제는 다 늙은 할머니 의사와 할머니 간호사 두 분만 남아서 진료를 보았다. 두 사람 다 최소한의 말만 주고받으며 아주 느리게 몸을 움직이면서. 그 공간의 공기도 그렇게 천천히 공명하던 것을 오숙은 기억했다.

"그때 저 병원도 곧 문을 닫겠구나 싶었죠."

유니콘이 상체를 구부리고 안내문을 읽다 고개를 들었다.

오숙이 새로 달린 간판을 마저 소리 내 읽었다.

"마음과 인지."

"건물이 오래됐는데도 되게 튼튼해 보이네요."

"그때 우리도 이렇게 모였던 걸까요."

"누나도 그때 생각 많이 할 줄 알았어요."

오숙은 대답 대신 굉음을 내며 팔 차선 도로를 달려나가는 배달 오토바이를 돌아봤다. 모두가 분주해지는 시간에 자신은 아직도 길거리를 서성이고 있다고 생각하면서.

"저 건너편 벽돌 건물은 성당 같은데요?"

유니콘이 도로 맞은편을 고갯짓으로 가리키며 물었다.

"거긴 다섯시에 닫을걸요."

"한 십 분 남았는데 가볼까요?"

오숙은 다시 고개를 가로저었다.

선생님의 부음을 들었을 때 이상하지만 다른 사람의 죽어가는 모습이 떠올랐고 머릿속에서 떨쳐지지 않았다. 선생님은 그가 어떻게 죽어갔는지 말한 적이 없었다. 다만 그가 죽었다는 사실만 짧게 고백했을 뿐. 그러나 오숙은 알게 되었다. 선생님이 원치 않던 방식으로.

*

"누나, 이제 술 마셔도 괜찮아요?"

오숙이 직원에게 주문을 마치자 유니콘이 뜻밖이라는 소리로 물었다.

"내 거까지 마셔요."

오숙은 담담하게 말했다. 칠 년 전엔 하지 못했던 일이었다. 모임에서 자기 문제를 털어놓는 사람도 있었지만 그러지 않는 사람도 있었다. 선생님은 알고 있었을 테지만. 그러고도 그 모임을 일 년 가까이 지속했다니. 이제 술의 충동이 느껴질 때면 오숙은 주방으로 가서 딱딱한 우엉이나 당근, 콜라비 같은 야채들을 도마에 올려놓고 채를 썰기 시작한다. 식도는 매번 잘 갈아둔다. 무딘 칼로 채를 썰다가는 손을 다치기 십상이고 상처가 나면 아물어도 흉터가 남으니까. 채는 가늘고 고르게, 집중해서 얇게 편을 썰어 재료를 비스듬히 눕혀서 다시 가느다랗게 썬다. 어느 땐 한 시간만큼의 당근을, 어느 땐 두 시간만큼의 우엉을. 양푼에 우엉채나 당근채가 수북이 쌓이면 그 충동이 자신을 지나가버린 흔적이라고 느끼게 된다. 이런 이야기를 선생님에게 했다면 좋아했을지도 모른다. 선생님이 원하는 건 한 가지밖에 없어 보였다. 그들의 이야기를 듣는 것. 그 무용한 이야기를.

목이 몹시 말랐다는 듯 유니콘이 맥주를 벌컥벌컥 들이켜는 것을 보며 오숙은 마스크를 벗어 테이블 한쪽으로 밀어두었다.

"와, 시원하다. 미안해요 누나, 저만 마셔서요."

"나도 마신 걸로 하면 되죠."

유니콘이 오숙 앞으로 수저를 놓아주면서 말했다.

"아직도 오른손을 쓰려고 할 때가 있어요, 천치같이."

"천치 같다는 말은 유니콘에게 안 어울려요."

"누나, 꼭 선생님 말투 같은데요."

유니콘이 다정하게 웃었고 오숙은 창밖으로 고개를 돌렸다. 이럴 때 선생님이라면 유니콘에게 다른 말을 해주었을 텐데. 냉정하면서도 기대를 갖게 하는 말. 그 일정한 톤과 가슴 깊은 데서 울려 나오는 듯한 허스키한 목소리로. 선생님은 오숙에게 소리 없이 말했다. 언제까지나 술 같은 것으로 자신의 갈라진 틈을 메울 순 없을 거예요. 선생님은 하지 않은 말이었는데 왜 그렇게 알아듣게 되었을까.

"그때 누나가 쓴 글 정말 좋았는데요."

"나, 숙제 안 했는데요?"

오숙은 자세를 고쳐 앉으며 말했다.

"선생님이 숙제 두 번 내주셨는데 처음 건 했잖아요."

"이상하네, 난 한 번이라고 기억하는데."

유니콘은 오숙이 첫번째 과제를 그들 앞에서 읽었고 선생님이 그때 내면에 무엇이 깃들어 있는지 확인하는 구체적인 방식이 좋았다고 오숙의 글을 칭찬해서 모두에게 박수를 받았다고 말했다. 유니콘과 달리 오숙은 자신이 과제를 하지 않았고 결국 그것 때문에 모임에서 빠지게 되었다고 기억했다. 유니콘은 전골에서 버섯만 골라먹으면서 덧붙였다. 그건 사실이 아니라고. 선생님은 누나를 기다렸어요. 그러지 않고서야 그 모임을 자발적으로 육 개월이나 더 끌어갔을 리가 없어요.

오숙은 냅킨으로 입가를 문지르는 유니콘을 마주봤다. 겨우 칠 년 전인데 잘못 알고 있거나 잊으려고 한 게 더 있을까.

지난 5월에 첫 재난지원금을 받을 때였다. 어머니는 지원금으로 오래전부터 벼르던 싱크대를 바꾸고 싶어했다. 오숙의 생각은 달랐다. 아버지는 끝내 돌아오지 않을지 모르고 가게 일을 계속 돕겠다는 마음도 없었다. 만약 어머니와 살게 된다면 집을 옮겨야 할 텐데 새 싱크대에 큰돈을 들일 필요가 없지 않은가. 어머니는 고집을 꺾지 않았다. 싱크대를 바꾸는 건 그냥 가구 하나를 버리고 들이는 일과는 전혀 다르다는 걸 그때 알았다. 거의 절반에 가까운 이사가 돼버렸다. 교체를 앞둔 며칠 전부터 어머니는 불필요한 살림을 정리하고 싱크대 상부, 하부장 청소를 했고 결국 거실, 안방까지 손을 댔다. 소파 뒤에서 먼지 뭉치에 섞인 오숙의 사진 몇 장이 나왔다. 어느 교회 앞에서 목사, 교인들과 찍은 사진이. 한 손에 성경책을 올려두고 한 손으론 무슨 선서를 하는 사진도. 모르는 일이었다. 구불거리는 긴 머리에 겁먹은 눈빛 외에 자신 같아 보이는 데라곤 없었다. 사진 뒷면의 메모를 봤을 때 가슴이 내려앉았다. 사진을 찍은 날짜와 교회 이름이 기록돼 있었다. 자신의 글씨체로. 오숙은 그 교회를 기억해냈다. 열아홉의 자신을 그 교회로 인도했던 남자도.

오숙은 사진들을 서랍에 집어넣고 다시 보지 않았다.

유니콘의 말은 칠 년 전 자신의 기억과는 다른 데가 많았다.

"내가 그때 무슨 글을 썼었어요?"

"진짜 기억 안 나나보네요. 제목이 '엎드린 송장 자세'였잖아요. 그때 선생님이 자신에게 가장 편안한 시간에 대해서 써보라고 했거든요. 새형은 망원경을 들고 새를 관찰할 때 이야기를 썼고 저는, 그땐 못 써갔고요. 저만 못 해가서 기억하고 있죠."

엎드린 송장 자세.

바닥에 엎드린 상태에서 한쪽 뺨을 바닥에 대고 팔은 몸에서 조금 떨어뜨려 놓고 손바닥은 천장을 향하게 한다. 몸을 늘어뜨린 것처럼. 엄지발가락은 몸의 안쪽으로, 뒤꿈치는 바깥쪽으로 향하게 한다. 양쪽 뺨을 번갈아가며 바닥에 대고 쉬는 듯 누워 있는다. 목에 통증이 느껴질 수도 있다.

기억이 나려고 했다. 마음을 다쳤을 때, 허전할 때, 뭔가 참아야 할 때, 울고 싶을 때 바닥에 엎드려 눕곤 했던 자세.

오숙은 종업원에게 빈 물병을 채워달라고 했다. 여섯시가 가까워져오자 식당에 두서너 명씩 손님이 들어오기 시작했다. 어머니가 가게에서 이층으로 올라가 저녁을 준비할 시간. 고소한 냄새를 풍기지만 그 시간이면 따뜻한 건 하나도 없는 가게에 오숙만 남아 가게 앞을 지나가는 행인들을 물끄러미 지켜보고 있을 때였다. 자기 길을 찾은 사람들, 가까운 사람들이 곁을 떠난 적이 없는 사람들, 원하는 걸 찾은 사람들, 이 길이 내 길이라고 믿는 사람들을. 행인이 한 명도 지나가지 않는 순간도 있었다. 그럴 때면 오숙은 공연히 숨죽이면서 기다리곤 했다. 거리에 누군가가 곧 나타나기를. 눈앞으로 지나가는, 자신과는 다른 사람들을 뚜렷하게 목도하게 되기를. 어머니가 이층에서 멸치 육수에 호박만 넣은 국수나 콩나물이나 버섯을 넣고 지은 솥밥 두 그릇

을 만드는 동안 오숙은 그러한 생각에 잠기곤 했다. 아버지
가 집을 나간 이유에 대해서, 거듭되는 실직의 이유에 대해
서, 같이 일했던 사람들이 자신을 두고 했던 말들에 대해서.
그 모든 이유가 자신이 부족해서라는 결론에 다다르기 전에
오숙은 가까스로 몸을 일으켜 이층으로 올라가 수저를 들곤
했다.

"저기, 누나."

잠깐 딴생각을 하는 사이에 유니콘이 밥값을 치르고 온
모양인지 테이블에 지갑과 휴대전화를 내려놓고 다시 앉
았다.

"새형이 지금 여기로 온대요."

"……누구요?"

오숙은 그런 이름을 들어본 적이 없다는 어투로 물었다.

"지금 누나랑 같이 있다고 하니까 장례식장에 들렀다가
온다고 하네요."

"왜 나한테 묻지도 않고 마음대로 정해요."

오숙은 앉은 채 의자를 소리 나게 뒤로 밀면서 말했다.

"아까 누나가 새형 안부 묻길래, 같이 있다고 했더니요."

자리에서 일어나 의자에 걸쳐둔 외투를 집어든 오숙이 말
했다.

"난 먼저 갈게요."

*

　그해 7월에 정규 프로그램이 끝나서 그들은 재단 강의실에서 더는 만날 수 없게 되었다. 일 때문에 지방을 다니느라 새형이 자주 빠지곤 했지만 어쨌든 유니콘과 오숙, 선생님 모두 모임을 지속하자는 쪽으로 의견을 모았다. 그때나 지금이나 오숙은 선생님이 왜 구태여 시간을 들여서 그 모임을 지속했을까 의아했다. 오피스텔이라고 들었지만 막상 8월 첫 모임에 가보니 그곳은 선생님의 개인 상담실처럼 보였다. 문을 열고 들어가면 여섯 명쯤 앉을 수 있는 직사각형 테이블과 스탠드 옷걸이, 다 채워넣지 않은 책장들이 있었고, 한쪽 방에는 소파 두 개가 마주보며 놓여 있었다. 선생님 말대로 혼자 있고 싶을 때 쓰는 장소라기보다는 전문적이고 어떤 목적이 있는 곳 같았다. 그런데도 책상은 보이지 않았고 실내 곳곳에 선생님의 취향이 드러나는 원형 거울이라든가 물잔, 커피 그라인더, 구멍이 숭숭 뚫린 여름 슬리퍼, 오래 쓴 타월 같은 사물들이 보여서 은근한 안도를 느끼게 했다.

　변호사 사무실이 밀집된 지역이었다. 오피스텔 건물에서 왼쪽 골목으로 들어가면 늘상 음식 냄새가 나는 먹자골목이 시작되고 허름해 보이는 구둣방, 떡집 같은 가게들도 보였다. 대개 일고여덟시경에 모임이 끝나면 오숙은 일행들과 헤어져 그 근처를 배회하거나 혼자 식당에 들어가 저녁을 먹곤 했다. 그래도 선생님과 우연히 만나게 되는 일은 없었고 그 오피스텔로 누군가, 어떤 일행들이 들어가는 걸 본 적도 없었다. 지하철역으로 가기 위해서는 백여 미터쯤 직선으로 쭉 내려가야 하는데 그 길 중간에 공원이 있었다. 초가을 어느 목요일엔가 오숙은 벤치에 앉아 있다가 선생님이 지나가는 것을 딱 한 번 보았다. 베이지색 트렌치코트에 가벼워 보이는 운동화를 신은 선생님은 팔짱을 낀 채 무슨 생각에 깊이 빠진 얼굴을 하고선 지하철역 쪽으로 걸어갔다. 혼자인 선생님을 보기는 처음이었다. 그래서인지 모임에서의 분위기와는 사뭇 달라 보였고 그 점이 선생님을 알은척하지 못하게 막아섰다.

선생님의 뒷모습을 지켜보다가 문득 오숙은 고개를 떨구었다. 밖으로 들고 나갈 수 없을 정도로 마음이 무거울 때, 종종 그럴 때가 있는데 그때 누가 자신의 뒷모습을 보면 저렇게 허룩하게 보일지도 모르겠다고. 오숙은 오피스텔을 올려다보았고 그 위치에서는 보이지 않지만 거기 불 꺼진 405호 테이블에 선생님의 무거운 마음이 놓여 있을 거라고 짐작했다. 그러나 그런 순간들이 선생님을 신뢰하는 데 도움이 되었던 건 아니다. 새형과 유니콘과 오숙의 눈을 뚫어지게 바라보며 상체를 기울인 선생님이 여러분이 겪었던 일들이 사라질 거라고 기대하지 마세요, 그건 흙탕물 같은 거예요, 한번 물에 잠겼던 건 반드시 흔적이 남으니까요, 라는 말들을 아무렇지도 않게 할 때가 더 나았다. 선생님이 선생님으로 존재해서 기대는 게 당연하다고 여겼던 목요일의 순간들. 오숙은 모임이 끝난 후 더는 근처를 서성이지 않게 되었다.

오늘 유니콘을 만나지 않았더라면 다시 떠올리지 않을 일이었을지 모른다.

식당을 나가 상도역 사거리 쪽으로 걷다가 오숙은 유니콘이 보낸 문자메시지를 받았다. 누나, 쇼핑백 두고 갔어요. 제가 빨리 뛰어갈게요.

오숙은 그냥 갖고 가라고, 괜찮다고 답장을 보내려다 말았다. 유니콘은 이렇게 말할 사람이다. 난 이런 과자 말고 단팥빵을 좋아하는데요. 오숙이 또 어색하게 웃으면 그제야 미안하다고, 할 필요도 없는 사과를 하겠지. 선생님은 자신보다 상대방의 감정부터 배려하는 점이 유니콘의 장점이라는 말을 한 적이 있었다. 때에 따라서는 다르게 해석할 수도 있는 말을.

지하철역 편의점 앞에서 오숙은 걸음을 멈췄다. 아까와는 다르게 퇴근 시간이 되어 마을버스엔 승객들이 늘었으나 축축한 공기 때문인지 이 저녁은 한 번도 들뜬 적이 없는 채로 시들하게 기울어가는 듯 느껴졌다. 지나온 길 아래쪽에서 오숙을 발견한 유니콘이 쇼핑백을 든 왼손을 번쩍 들어올렸다.

한번은 선생님이 갑자기 모임을 취소한 적이 있었다. 그
것도 모두가 이미 다 모인 시간에. 선생님은 유니콘에게 오
피스텔 비밀번호를 알려주었고 세 명이서 그날 모임을 진행
해보라고 했다. 선생님이 없는 오피스텔에서 세 명이 테이
블에 마주앉았고 새형의 말대로 그 시간이 무슨 테스트 같
이 느껴지기도 했다. 테스트라면 잘 통과해야 한다고, 모두
들 같은 생각을 했으리라. 한 주 동안 있었던 일을 서로 이
야기하고 나자 할 이야기가 없었다. 이상하네요, 왜 이렇게
시간이 안 가지. 유니콘이 허둥거리는 어투로 더 빨리 말했
다. 질문을 하는 사람이 없으니까요. 새형이 단정하듯 말했
고 그러자 더 무거운 침묵이 내려앉았다.

선생님은 그들이 말하지 않는 문제에 대해서 먼저 말을
꺼내본 적이 없었다. 하지만 해서는 안 될 일을 날마다 하고
있다면 그건 고쳐야 한다고 말한 적이 있었다. 모두가 해서
는 안 되는 일을 날마다 하는 사람들이었고 선생님이 자리
를 비우자 어째서인가 그 집요함에서 빠져나오기가 힘에 부
쳐서 오숙은 그날은 먼저 자리에서 일어나려고 했다. 셋이
있다가 한 사람이 빠지면 안 되죠. 균형이 무너지는 거예요.
유니콘이 우겼고 다 같이 저녁을 먹으러 갔다. 피해야 하는
일을 하고 있다는 걸 오숙은 둘의 뒤를 따라 식당에 들어갈
때부터 느꼈다. 어떤 갈급함이 자신을 내리누른다고도. 한

번 마시면 언제나 그렇듯 술은 비틀거리지 않으려는 오숙의 일부를 발목처럼 붙잡고 아래로 아래로, 더 깊은 심연과 수치 속으로 끌어내렸으며 그날 새벽에 모텔에서 눈을 떴을 때 새형이 옆에 누워 있었다. 꼭 물총새 같은 소리를 내네요. 오숙의 가장 연약한 곳으로 몸을 밀어넣을 때 새형이 낄낄거렸고 오숙은 나는 물총새야, 난 물총새야, 키득거리며 뒤엉킨 게 떠올랐다. 돌아가야겠다고 생각했을 땐 사흘이나 지나 있었다.

그다음 주 모임에 새형은 나오지 않았다. 오숙은 자신이 어떤 테스트를 통과하지 못했다고 판단했고 그에 맞게 행동했다. 모임에 가지 않을 때가 잦아졌다.

가파르고 긴 고개가 시작된 지점이었다. 새형과 무슨 일이 있었는지 유니콘은 묻지 않았다. 오숙은 같이 과자 배달을 가주겠다는 유니콘에게 버스를 타자고 했다. 낙성대역에서는 유니콘이 집까지 지하철을 갈아타지 않고 한 번에 갈 수 있기도 했다.

"우리 그땐 정말 아무 말이나 다 했는데요."

버스 정거장 벤치에 앉은 유니콘이 헐벗은 가로수 나무에 눈을 두고 말했다. 봄이면 도로 양쪽으로 이팝나무에서 자잘한 흰 꽃들이 풍성하게 피어나는 길이었다.

"그 시절에 우린 어떤 면으로 가족 같았잖아요."

유니콘의 목소리에서 피로한 기색이 묻어났다.

"그렇게 생각한 사람은 유니콘밖에 없을걸요."

오숙은 유니콘이 쑥스럽게 웃기를 바라며 대꾸했다. 그의 표정이 오후에 만났을 때보다 침울해 보였다. 버스들이 서고 사람들이 하차하고 승차하고, 다시 떠나는 버스를 지켜보다가 오숙은 정정하듯 말했다.

"모임을 하고 나면 한 주를 보내는 게 조금 덜 힘들게 느껴졌어요."

"오늘도 목요일이니까요. 선생님이 계셨으면 어떤 이야기를 하고 싶었을 거 같아요?"

"유니콘은요?"

"이상하지만, 첫애 태어나던 날 이야기요. 선생님이 그랬잖아요. 아까 그 남편 옆에 서 있던 딸요. 분만실에서 그애를 처음 안을 때 마치 삶이 다시 가슴으로 환하게 쏟아지는 것 같았다고요. 그 말이 너무 아름답게 들려서 저도 같은 상황이 되면 그럴 거라 상상했는데…… 저한테는 아니었어요. 이런 소린 아내한테는 못하니까요."

"우리 그때도 다른 사람한텐 못하는 이야기들을 했었잖아요."

"애들이 커갈수록 무섭고 두려워요. 그애들도 저처럼 체념하게 될까봐서요."

타야 할 버스가 사거리에서 모퉁이를 도는 게 보였다.

아버지가 집을 나가기 서너 달 전, 큰조카 생일에 동생 집에서 저녁을 먹은 적이 있었다. 조카들이 새로 샀다며 장난감 거짓말탐지기를 식탁 위에 올렸다. 구의 절반을 자른 둥근 모양에 네 손가락이 놓일 자리만 파이고 손등은 찍찍이 끈으로 고정시키게 돼 있는. 할머니 손부터 올리게 한 후 조카들이 신난 소리로 물었다. 할머니가 이 세상에서 제일 좋아하는 사람은 할아버지입니까? 어머니가 대답했다. 아뇨. 그러자 거짓말탐지기 앞부분의 조명이 깜박거리다가 붉은 빛과 함께 삑 소리가 생경하게 울렸고 조카들이 박수를 쳤다. 할머니 거짓말하셨네, 할머니가 세상에서 제일 좋아하는 사람은 할아버지래요. 그러곤 조카들은 할아버지 오른손을 그 플라스틱 장난감에 올리고 물었다. 할아버지가 제일 좋아하는 데는 집인가요? 할아버지가 당연하다는 듯 즉답을 했다. 아니요, 그렇지 않습니다.

거짓말탐지기에 진실이라는 파란 빛과 함께 딩동댕 효과음이 울렸을 때 오숙은 저도 모르게 어머니 얼굴을 봤다. 태연스러운 아버지와는 다르게 곤혹스러움을 고스란히 드러내 보이던 표정을. 할아버지가 가장 좋아하는 장소는 가게지, 가게. 동생이 얼른 수습하듯 말했고 조카들이 그럼 가게랑 집이랑 붙어 있으니까 할아버진 거짓말을 한 거네, 라며 시시해했다. 요즘은 이런 장난감도 나오냐? 아버지는 상기된 목소리로 조카들과 그 게임을 지속하고 싶은 눈치로 말했고 오숙은 그것이 전혀 아버지답지 못하다고 느꼈다. 아니, 어머니가 느낀 감정의 한 조각이 오숙에게도 뾰족하게 파고들어오는 것 같았다. 아버지가 집을 떠난 후 오숙은 그 거짓말탐지기 게임을 하던 때를 떠올리곤 했다. 그 시절의 목요일이었다면 아마 아버지가 모르는 사람처럼 느껴졌던 그 순간에 대해서 말했으리라.

*

교수 할머니 집에 갔다가 내려오자 아파트 입구에 서 있던 유니콘이 오숙 쪽으로 몇 걸음 올라왔다.

"잘 갖다드리셨어요?"

"집이 떠들썩해요. 가족들이 다 모였나봐요. 막상 할머니는 잠드셨다고 하고."

"깨어나시면 맛있게 드시겠네요."

오숙은 자신이 아는 이야기를 유니콘에게 더 들려주었다. 지난 4월에 미국에서 그 교수 할머니가 아버지 가게로 전화를 한 적이 있다고 했다. 교수 할머니가 사는 마린 카운티에서 하루에 확진자가 구백여 명이 나오고 스무 명도 넘게 사망하던 때였다. 한국행 비행기표를 구하지 못한데다가 아직 학기가 끝나지 않아서 집에 갇혀 있다시피 하던 때. 새벽까지 잠이 안 와서 창밖을 보는데 어느새 넓어진 감나무 이파리들이 봄바람에 부드럽게 흔들리고 있더라고 했다. 그때 어린 시절, 감나무 새순을 따서 반찬으로 무쳐주었던 어머니 생각이 났다고. 긴급 뉴스에서는 의료 장비와 병실이 부족하고 공원에서는 노숙자들이 죽어간다는 뉴스가 나오는데 자신은 그런 개인적인 슬픔에 깊이 빠져 있었다는 말도. 옛날 생각이 너무 자주 나서 어느 땐 겁이 난다고도 했다.

그래서 아버지가 교수 할머니에게 무슨 말을 해주었느냐고 오숙은 어머니에게 물었다. 무슨 말을 하겠냐, 그냥 들어주는 거지. 그랬을까, 내 아버지가. 오숙은 떠올리려고 했다. 가만히 상대방의 숨소리가 다시 잦아들고, 서로가 만들어낸 사소한 농담 때문에 마침내 낮은 소리로 웃게 되어 작별인사를 나누는 모습을. 아버지는 한자리에 앉아서 삼십여 년이 넘도록 옛날 과자만 구운 게 아닐지도 모른다는 짐작을 그때 처음 했다고, 오숙은 유니콘에게 말했다.

어딜 가느냐고 묻지도 않은 채 유니콘은 오숙을 따라오고 있었다. 집을 나올 때와 조금은 달라진 채로 들어가야 할 때를 기다리는 것처럼. 오숙은 지하철역 방향이 아니라 낙성대 공원 쪽으로 걸음을 돌렸다. 더 위로 올라가면 과학 전시관과 교수 아파트와 기숙사 건물 들이 있고 단순하고 곧게 뻗은 그 언덕길을 자주 걸어올라갔다 내려오곤 했다. 오숙은 구민종합체육센터와 이동도서관이 한눈에 보이는 벤치로 가서 앉았다. 공원에서 마스크를 쓴 채 배드민턴을 치는 사람들이 멀리 보였고 서로 어깨를 끌어안은 두 사람이 잰 걸음으로 주차장 쪽으로 걸어가고 있었다. 오숙은 공원 입구 자판기에서 뽑아 온 캔커피 하나를 유니콘에게 건넸다.

"내가 따줄까요?"

오숙이 마스크를 벗으며 묻자 유니콘이 고개를 저었다. 오숙은 공기를 깊이 들이마셨다 아끼듯 천천히 내뱉었다.

"여긴, 어느 때 자주 오는 데예요?"

한기가 느껴지는지 유니콘이 왼손으로 캔커피를 감싸쥐며 물었다.

"엎드려 있고 싶을 때요."

오숙은 웃었다. 그리고 고개를 흔들었다.

"두번째 숙제. 그게 생각나네요."

너무 어렵게 다가와서 자신은 할 수 없다고 처음부터 느꼈던 과제. 선생님은 어떤 장소로 자신을 데리고 가주었던 사람에 대해서 짧게 글을 써 오라고 했다. 자신이 특별하게 여기는 장소도 아니고 '어떤 곳'을 데리고 가주었던 사람에 대해서라니. 모두가 숙제를 해 오기 바라서였는지, 선생님은 자신도 써 오겠다고 말했다.

"선생님은 왜 그런 숙제를 내주셨던 걸까요?"

오숙은 몸을 틀어 옆에 앉은 유니콘을 보고 물었다.

"누나는 알지 않았어요?"

오숙은 고개를 저었다. 그가 보지 못하도록.

"생각해보니까 유니콘이 제일 성실하게 나왔던 것 같

아요."

"당시에 제가 기댈 데가 그 모임밖에 없었거든요."

"어떤 점에서요?"

"그냥, 서로 잘 모르고 더 잘 알 마음도 없는 사람들끼리 모여서 이야기하고 그 별거 아닌 이야기를 늘 진지하게 들어주던 선생님이 있었으니까."

유니콘은 왼손을 앞으로 뻗어 제 손가락들을 가만히 움직였다. 이 밤의 공기를 매만져보려는 듯이.

"이상한 시간이었어요."

"우호적인 시간이었어요."

"선생님한테도 필요한 시간이었을까요?"

"그건 선생님만이 알겠죠. 그런데 누나, 왜 안 나오시게 된 거예요?"

유니콘이 목소리를 낮춰 망설이듯 물었다.

새형과의 일도 있던 터라 오숙이 점차 모임에 나가지 않게 된 무렵이었다. 그러나 그 과제를 발표해야 하는 주에 오숙은 모임에 참석했다. 지금처럼 11월이었고 이상 기온으로 아침 기온이 연일 영하로 떨어지던 때였다. 두꺼운 외투를 입고 일찍 집을 나와 배회하던 오숙이 오피스텔로 들어가자 더운 공기가 뺨에 닿았다. 선생님과 새형은 유리문으로 분리된 작은 방에서 이야기를 나누는 중이었고 유니콘은 숙제를 마치지 못했는지 눈인사만 하곤 노트에 무엇인가를 써내려가고 있었다. 오숙은 외투를 걸어두고 늘 앉던 자리에 앉았다. 이상한 안도와 훈기 때문에 거의 졸음이 쏟아지려고 했다. 건너편 선생님 자리에 파일 노트가 하나 놓여 있었다. 고칠 숙제도, 이제야 쓰기 시작할 마음도 없었다. 읽을 것도, 말할 사람도, 볼 것도 없었다. 손을 뻗어 선생님의 파일을 펼쳐 들었고, 인쇄돼 끼워진 종이들을 읽기 시작했다.

제목이 없는 글이었다. 선생님은 부여의 시댁에 관해 쓰고 있었다. 오숙은 덮으려고 했다. 선생님이 쓴 글은 시댁 집에 관한 글이 아니었다. 오숙은 고개를 들고 주위를 둘러보았다. 선생님과 새형은 계속 대화를 나누는 중이었고 유니콘은 집중해서 글을 쓰고 있었다. 자신을 보고 있는 사람은 아무도 없었고 그것을 그 글을 계속 읽어도 괜찮을 거라는 뜻으로 여겨버리곤 페이지를 다음으로 넘겼다.

선생님은 시아버지 이야기를 썼다. 처음 시댁에 인사드리러 갔을 때 시아버지께서 자신을 오토바이 뒷자리에 태우고는 동네를 한 바퀴 돈 뒤에 당신 소유의 논밭으로 데리고 가자랑스럽게 보여주었다고—조부모의 손에서 자란 선생님은 그 논밭이 조부모의 집처럼 느껴졌다고 했다—당신 아들을 키운 것이 다 이 논밭에서 자란 거라고 말했다고.

3월 하순이었다. 선생님은 그날 부여에 혼자 내려갔다. 시아버지가 논둑에 불을 놓는 날. 병충해를 없애기 위해 관행적으로 해오던 일이었다. 아침에는 바람이 불지 않았다. 건조한 날이었고 정오가 지나면서부터 차츰 바람이 불기 시작했다. 선생님은 시아버지가 좋아하는 도미와 취나물을 사들고 내려갔다. 논두렁을 태운 후 도미조림으로 저녁을 먹기로 했기에 시아버지의 마음은 부는 바람처럼 조급해졌다. 시아버지는 볏짚에 불을 붙였다. 불꽃들이 튀어나갈 듯 활활 타올랐다. 시아버지는 자식들이 태어나던 날들을 떠올렸다. 아내가 먼저 세상을 떠나던 순간도, 다리를 절게 되었지만 뇌졸중에서 회복했던 때도. 어려웠지만 이만하면 그런대로 잘 보낸 생이라고, 그렇게 여길 수 있어 다행이라고 생각했다. 올해를 끝으로 농사일도 접고, 집을 개축해 작은아들 내외와 함께 살 계획이었다.

좋은 시간이 더 남아 있을 것이었다. 시아버지는 지팡이를 짚은 채 흰 연기를 흩날리며 타들어가는 논밭을 흐뭇한 눈으로 바라보았다. 그때 바람이 방향을 바꾸었다. 불씨 하나가 바짓단으로 튀어올랐다. 어쩌면 그것은 더 일찍, 그러니까 시아버지가 볏단에 불을 처음 붙이던 순간에 일어난 일이었을지 모른다. 시아버지가 생각에 잠기기도 전에. 그것은 아무도 알 수 없었다. 바람이 언제 방향을 바꾸었는지, 그동안 그가 어떤 생각을 했는지 아무도 알 수 없듯이.

선생님이 도착했을 때 모든 것은 불에 타 있었다. 불에 그슬린 것과 불에 타버린 것이 어떻게 다른지 선생님은 쓰려고 했다. 눈으로 봤는데도 정확하게 표현할 수 없다고, 어떤 슬픔은 불과 같아서 선생님은 때때로 거기에 몸을 던져버리고 싶을 때가 있다고도 썼다. 그 고통이 자신에게 남긴 것은…… 오숙은 페이지를 넘겼다. 그때 유리문이 열리고 선생님과 새형이 나왔다. 선생님의 눈과 파일에서 고개를 든 오숙의 눈이 맞부딪쳤다.

"선생님에게 해선 안 될 일을 해버렸어요, 내가."

오숙은 손을 펴서 얼굴을 덮으려고 했다.

"그게 뭐였든, 마지막 모임까지 선생님은 누나를 기다렸어요."

유니콘이 나지막하게 말했다.

공원 입구에서 오숙은 유니콘과 헤어졌다. 오숙이 조금 더 걷다 들어가겠다고 하자 유니콘은 고개를 크게 끄덕이곤 등을 돌렸다. 아마도 그는 아까 그들이 내린 버스 정거장 반대편에서 같은 노선을 타고 다시 장례식장으로 갈 것이다. 새형이 지금 조문객들과 선생님 빈소를 지키고 있고 내일 발인까지 참석한다고 했다니까. 유니콘은 빈소에서 새형과 잔을 기울이면서 그에게도 선생님을 떠올리는 이야기를 할지 모른다. 잊었던 것들에 대해서.

사라지는 새들에 관한 책을 쓰다가 포기한 적이 있다고 새형이 말했을 때 선생님이 한 말도 떠올랐다. 쓰세요, 어떤 글이든. 그런데 시작도 전에 포기하게 되거나 시작해도 쉽지 않을 거예요. 힘들 때마다 그 책에 찬사를 해줄 사람을 떠올려보는 거예요. 한 사람은 있어요. 내 쪽의 그런 분명한 한 사람. 때론 그게 나 자신이 될 수도 있겠죠. 스스로에게 찬사를 보내고 또 받는 거예요. 그렇게 계속하다보면 뭔가 되지 않을까요. 그런 상상만으로도 도움이 될 거예요. 우리, 힘을 내서 살아야 할 때가 많으니까. 모두 선생님의 허스키한 목소리에 귀기울였고 오숙은 그 말이 선생님 스스로에게 하는 말일지도 모른다고 여기면서도 그 소리가 자신 안에서 무언가를 약동시키고 있다고, 그 감각을 잊지 말아야 한다고 생각했다.

선생님이 두번째 과제를 내주었을 때 오숙은 물었다. 왜 그런 과제를 내주는 거냐고. 선생님은 생각에 잠겼다 말했다. 뭔가를 써보고 나면 그 경험을 제대로 들여다볼 수 있지 않을까요. 자기 안에 무엇이 깃들어 있고 웅크리고 있는지. 만약 잊어버리고 산 게 있다면 다시 움켜쥐고 나와야 하고 떠나보내야 할 게 있다면 그래야 한다고 생각하는데요. 나도 잘 몰라요, 그래서 여러분과 같이 해보는 거죠. 써보지 않으면 모르는 거니까.

그리고 선생님은 썼다.

오숙은 선생님이 말하지 않은 고통을 읽어버리고 말았다. 치유되지도 않고 아직 말할 준비도 안 된 타인의 고통을. 오숙은 그 부끄러움과 후회 때문에 모임에 나가지 않았고 선생님을 잊었다.

국립대학 연구 공원 아래쪽으로 등산로가 있었다. 소나무와 전나무가 빽빽하고 동쪽으로 난 좁은 길. 삼십여 년 전에 이곳으로 이사왔을 때 발견한 외진 장소였다. 혼자 울기 적당한 장소를 찾는 건 나이들수록 어려운 일이었다. 몇 년 전까지만 해도 여기가 오숙에겐 그런 장소였다. 그러나 얼마 전부터 외국인 학생 기숙사 신축 공사로 길 입구를 나무둥치로 막아놓고 등산로를 폐쇄한다는 공고를 붙여놓았다. 그러나 공사는 진행되지 않았고 등산로는 여전히 폐쇄된 상태였다. 이제는 다른 장소를 알아봐야 했다. 갈 데가 없는 사람처럼 오숙은 들어가지 못하는 등산로 입구에 서 있다가 몸을 돌렸다. 두번째 과제는 선생님이 원하는 방향으로 쓸 수 없었다. 오숙에게는 그랬었다. 이제 그 글을 써야 한다면, 사진 속의 교회. 열아홉 살 때 그곳에 딸린, 모두가 반성의 방이라고 불렀던 그 장소에서 일어난 일에 대해 써야 할지 모른다.

오숙은 곧게 뻗은 내리막길을 걸어내려갔다. 선생님을 잊을 수는 없었다. 오숙에게, 그리고 그들에게 지금보다 더 나은 결말이 있을 거라고 말해준 **분명한 한 사람**은 선생님이 처음이자 마지막일지 모르니까. 긴 시간이 지나서야 자신이 그 생각을 더듬고 있다는 데 오숙은 놀랐고 그와 동시에

튀어나온 보도블록을 밟고는 비틀거렸다. 찬사라니. 오숙은
주저앉을 수 없었다. 인도에 서서 두 손으로 얼굴을 가린 채
오숙은 조용히 흐느꼈다.

이만큼의 거리

1

수요일 저녁에 동미는 이웃의 전화를 받았다.

받지 않을 수도 있는 전화였다. 사윤은 지금 갑자기 부여로 내려가는 중이라면서 머뭇거리다가 부탁이 있다고 말했다.

사윤은 동미 집에서 가까운 빌라에 살았다. 사오 년 전 사윤이 이사올 때는 신축이던 빌라였고 동네에서 가장 오래된 목욕탕을 헐고 지어서 동네 사람들이라면 누구나 아는 건물이었다. 동네 이정표 같은 역할도 잠시뿐, 그후 몇 년 사이 다가구주택이 줄지어 들어섰다. 건물들은 모두 비슷해져서 대추나무 감나무에 열매가 열리던 풍경은 사라졌고 골목은

낯설어지기만 했다. 오래 얼굴을 익힌 이웃들은 멀리 떠났
거나 재래시장 뒤쪽 아파트로 옮겨가 시장이나 단골 약국에
서 마주치는 게 다였다. 동미 자매는 어렸을 적부터 이 근방
에서 살았지만 동네를 더 잘 아는 사람은 홍미였다. 궁금한
게 있으면 홍미에게 물어보면 됐고 동미는 여기보다는 앞으
로 언니와 살게 될 제주에 더 관심이 있었다.

지난봄부터인가, 골목 곳곳에 버려진 멀쩡한 침대와 매트
리스를 심심찮게 보게 되었다. 집에 자주 들르는 공인중개
사 아주머니 말로는 요즘 젊은 세입자들은 침대가 없는 방
을 원한다고 했다. 코로나 때문에 집에 있는 시간이 길어지
면서 남이 쓰던 가구를 사용하기보단 스스로 가구를 고르고
공간을 꾸미길 원한다고. 평수가 좁은 집들은 침대 하나만
치워도 방이 훨씬 넓어 보인다고 했다.

사윤은 그런 이유로 매트리스를 내놓지는 않았을 것이다.
동미는 이유를 물어보지 않았고 사윤은 이어 말했다. 미안
하지만 주민센터에 가서 폐기물 스티커를 사다 빌라 현관
옆에 세워둔 매트리스에 붙여달라고. 혼자 사는 아버지가
교통사고를 당했다는 연락을 받자마자 부여로 내려가는 길
이라면서 묻지도 않은 말을 덧붙였다. 이제 제가 아는 이웃
이라고는 동미씨밖에 없잖아요. 사윤의 목소리는 전화로도
앳되고 상냥하게 들렸다. 사윤은 동미에게는 언니라고 부르
지 않았고, 둘은 그 짧은 통화를 하는 사이에도 동시에 같은

사람을 떠올리고 있다는 걸 알았다. 동미는 동네에서 사윤을 마주치게 될까봐 동선에 신경을 써왔다. 대답하지 않으면 사윤에게 불필요한 말을 더 듣게 될 것 같아서 동미는 알겠다고 하곤 먼저 전화를 끊었다.

다섯시 반이었다. 사윤은 주민센터가 여섯시에 문을 닫는다고 알려주었다. 옷을 갈아입고 지금 집을 나서도 충분한 시간이었다. 동미는 옷을 갈아입는 대신 전화를 받기 전에 꺼냈던 얼음 트레이에서 사각 얼음을 집어 입에 넣고 소리 나게 깨물어 먹었다. 요즘 들어 자주 얼굴에 열이 오르고 입 안이 바싹 말랐다. 그렇게 빨리 사윤의 부탁을 들어주고 싶진 않았다.

이 시간이면 언니가 뭘 했더라. 동미는 방을 둘러보다가 얼음 트레이를 냉동실에 넣은 후 옥상으로 올라갔다. 수도를 틀어 복사열이 남아 있는 바닥에 물을 뿌리고 꽃을 피워대가 억세진 바질과 마른 토마토 줄기에 물을 주었다. 홍미와는 일 년에 한 번씩 제주로 여행을 다니곤 했다. 바람과 햇빛이 잘 드는, 마당이 있는 집을 지나칠 때마다 홍미는 부러워했다. 자기도 허브들과 토마토, 상추, 고추 같은 채소들을 심을 수 있는 작은 마당을 갖고 싶다고. 뭔가를 그렇게까지 바라던 사람이 아니라 조금은 의아하게 느껴질 정도로. 홍미가 떠나고 나서야 동미는 언니가 진짜로 원했던 게 무엇이었는지 돌아보게 되었고 자신이 그것에 대해 전혀 알지 못한다는 데 실망하고 있었다.

이른 저녁인데도 배달 오토바이들이 거칠게 골목을 지나다니기 시작했다. 이웃집들이 엇비슷한 높이와 형태로 증축을 하거나 다가구주택으로 신축하는 바람에 예전과 달리 옥상에 빛이 드리워지는 시간이 짧아졌다. 시세가 맞을 때 집을 팔라는 공인중개사 아주머니의 말이 설득력이 없지 않았다. 좁은 평수지만 대문에서부터 현관까지 몇 걸음 걸어다닐 수도 있으며 빨래가 잘 마르는 옥상도 있는 이 오래된 집을 홍미는 좋아했다. 홍미가 스무 살, 동미가 열 살 때 이사온 집이었다. 삼십 년 가까이 살면 같이 늙고 정도 들게 되는 거라고. 그렇게 홍미가 가꾸고 돌보던 집에 동미 혼자 남았다.

아직도 뜨거운 볕 때문에 한 손을 이마에 올리곤 빨래를 걸었다. 모두 홍미가 하던 일이었다. 조카들은 일요일 저녁에 집에 오기로 했고 동미에게는 혼자 보내야 하는 며칠의 긴 시간이 남아 있었다.

2

동미는 평일 오후에 집에 있는 게 어색하게 느껴졌다. 세탁소는 일주일간 문을 닫기로 했고 주인아주머니는 격리에 들어갔다. 동미까지 그럴 필요는 없었는데도 아주머니는 여름휴가라 생각하고 같이 쉬자며 의욕 없는 목소리로 말했다. 동미는 지난겨울부터 세탁소에서 오후 세시부터 저녁 아홉시까지 여섯 시간 일했다. 세탁소 일은 주인아주머니의 사정을 잘 아는 홍미의 소개로 시작하게 되었다. 지난해 봄까지만 해도 동미는 친구가 원장인 수학학원에서 학생들을 가르쳤다. 친구가 수완이 좋아서 수강생들이 끊이지 않았다. 그러나 코로나 상황이 길어지자 친구는 학원 운영을 일시적으로 중단하기로 했고, 가을이 되자 친구가 재혼을 하면서 학원을 정리했다. 동미는 한동안 다른 학원을 알아보다가 그만두었다. 마흔이 다 돼가는 자신보다 더 젊고 경험도 있고 실력도 갖춘 강사들이 많았으니까. 인생이 길어졌다고, 이제 다른 해보고 싶은 일을 생각해보라고 홍미가 옆에서 부추겼지만 언니는 누구에게나 그러는 사람이어서 그 말을 흘려들었다. 열 살 차이의 언니는 엄마처럼 빨래해주고 밥을 차려주는 사람이었다. 긴 겨울이 지나고 올해 1월에 홍미가 세상을 등졌을 때에야 동미는 자신이 언니 말을 충분히 귀담아듣지 않았다는 것을 깨달았다.

인생이 긴 게 아니라 하루가 너무 길어졌어, 언니.

동미는 지갑과 얼린 생수병을 넣은 에코백을 메고 대문을 나섰다. 골목에서 쑥 들어간 낮은 철제 대문 양쪽에 홍미는 담쟁이덩굴을 심었다. 대문을 아치처럼 둘러싼 무성한 이파리들 때문에 밖에서 보면 사람이 사는 집인지 아닌지 모르겠다는 이웃들의 말을 듣기도 했다. 뭐든 좀 차분해 보이는 게 좋잖아. 그렇게 말하는 홍미에게 차분한 게 아니라 적적하고 을씨년스러워 보인다고 핀잔을 준 날도 있었을 것이다.

집에서 곧장 야트막한 비탈을 내려가면 편의점 앞 큰길을 중심으로 삼거리가 있었다. 편의점에서 이백여 미터쯤 직진해 왼쪽으로 꺾으면 지하철역이 나오고 그 길 중간의 성심빌라, 그러니까 사윤의 집까지는 사오 분 정도. 홍미 말대로 국을 들고 가도 식지 않을 거리였다. 주민센터는 성심빌라, 그 성심목욕탕이었던 자리를 지나 언덕을 올라가야 했다. 성심빌라 입구 한쪽 벽면에 사윤의 말대로 싱글 사이즈의 아이보리색 매트리스 하나가 주차선을 약간 안쪽으로 밟고 세워져 있었다. 커버를 벗겨놓아서 사윤의 매트리스가 아니라 막 입주한 세입자가 내놓은 새 매트리스처럼 보이기도 했다. 동미는 건물 앞에 세워져 있어 또다른 벽처럼 보이는 매트리스를 맞바라보다가 다시 길을 올라갔다. 어제 아버지의 교통사고를 알리는 전화를 받지 않았다면 매트리스를 내놓은 다음 사윤은 곧장 주민센터에 가서 폐기물 스티커를 사다 붙이려고 했을 것이다. 어제 사윤이 다하지 못한 그 단순한 의무를 오늘 동미가 마무리해야 한다.

교회를 지나 언덕을 올라갔다. 언덕 끝에 근처 초등학생들이 주로 노는 작은 새싹공원이 있고 공원 안에 경로당과 주민센터로 통하는 후문이 있었다. 8월이 시작되자 폭염은 그 기세를 더 이어갈 듯 보였다. 어제도 삼십사 도가 넘었고 오늘도 엇비슷할 것 같았다. 공원 안으로 들어서자 매미 소리가 귀를 울렸다. 놀이터는 텅 비었고 할머니 한 분이 운동기구를 쓰고 있었다. 소매로 이마의 땀을 훔치면서 벤치에 앉으려고 하자 파란 바지를 입은 그 노인이 큰 소리로 말했다. 아줌마, 거기 앉지 마, 햇빛이 들어서 더워, 저쪽으로 가서 앉아야 시원해. 노인에게 고개를 숙여 보이고 동미는 다른 벤치로 옮겨 앉았다. 매미 소리, 햇빛, 풍선껌 냄새, 빈 그네와 시소, 단풍나무와 은행나무들. 동미는 생수를 꺼내 한 모금 마셨다. 아직 다섯시밖에 되지 않았다. 땀이 마르기를 기다렸다가 주민센터에 들어가도 늦지 않을 것이다.

그런데 사윤은 왜 매트리스를 버리는 걸까. 채 일 년도 쓰지 않은 걸. 달아오른 뺨에 생수병을 대고 벤치 등받이에 등을 기댔다. 파란 바지 할머니 말대로 그늘이 짙어서 열기가 약간은 가시는 기분이었다.

1월에 그 일이 있고 나서 사윤이 한 번 집에 온 적이 있었다. 남의 집 초인종을 누르기엔 늦은 밤이었다. 사윤은 식탁을 흘긋 보면서 서운하다는 투로 말했다. 혼자 술 드실 거면 저도 좀 불러주시지. 그러면서도 사윤은 식탁에 앉지 않고

서 있었다. 그대로 선 채 마치 방마다 문을 열고 확인해보고 싶은 마음을 참는 듯 집안을 꼼꼼히 둘러보곤 이해할 수 없다는 표정으로 동미에게 물었다. 혹시 홍미 언니가 신던 슬리퍼 버리셨어요? 현관에 언니 신발이 안 보이던데. 취기가 몰려들었고 동미는 눈을 크게 뜨고 또박또박 말했다. 사윤 씨가 무슨 상관인데요? 언니 물건 내가 다 버렸어요, 왜요, 왜. 동미는 목소리가 커지지 않도록 손톱으로 손등을 누르며 말했다.

언니가 간 지 얼마나 됐다고요.

그렇게 말한 사윤은 들고 온 귤 봉지를 현관 바닥에 내려놓고 나가버렸다.

처음부터 마음에 들지 않는 사람이었다.

몇 년 전에 재래시장 입구에서 지하철역으로 이어지는 대로변에 도넛 전문점이 들어섰다. 바로 앞에 버스 정거장이 있어서 그런지 늘 손님이 많아 보였다. 한번 가봐야지 하다가 학원에서 돌아오는 길에 들렀다. 여러 가지 맛이 섞인 한 박스를 주문했는데 받고 보니 한 가지 종류만 담겨 있어서 동미가 직원에게 주문서를 확인시키고 있을 때 매니저가 다가와 사과했다. 그리고 사과 후 돌아서기 전에 좀 무뚝뚝하게 들리는 목소리로 중얼거렸다. 바쁘면 그럴 수도 있지. 동미는 매니저의 이름표를 봤다. 4윤. 그렇게 쓰여 있었다. 집으로 돌아와 동미는 홍미와 도넛을 먹다 말고 투덜거렸다.

다시는 거기 가지 말아야겠어.

얼마 뒤에 동네 한 임대 아파트에서 탈북민 모자가 숨진 지 두 달 만에 발견되는 사건이 있었다. 그 집에 먹을 거라 곤 약간의 고춧가루뿐. 사실을 안 다음날 홍미는 국화 한 송이를 들고 거길 찾아갔다고 했다. 그 자리에 모인 주민들이 꽤 많았던 모양이었다. 아파트 담 한쪽에 모자를 추모하는 촛불과 꽃들이 드문드문 놓였다. 향을 피우는 사람도 있었고 먹을 걸 가져온 사람도 있었다고 했다. 홍미는 도넛 한 상자를 내려놓은, 작고 말라서 얼핏 중학생처럼 보이는 여자와 말을 섞게 되었다. 일하다 왔는지 도넛 가게 유니폼을 입은 그 여자와 홍미는 이십여 분을 같이 걸어오게 되었다. 재래시장 앞까지 와서야 이웃인 걸 알았다고 홍미는 말했다. 이 년 전 7월에, 그들은 그렇게 만났다.

가까워진 그 이웃을 나중에 홍미가 처음 집에 데리고 왔을 때 동미는 그녀가 자기 이름을 4윤이라고 농담처럼 붙여버리는, 그렇게 거의 모든 것을 가볍고 시시하게 여겨버리는 사람이라고 판단해버렸다.

3

혹시 어제 주민센터에 안 다녀오셨어요? 주인한테 연락

이 와서요.

전화를 걸어온 사윤이 난처하다는 어투로 물었다. 동미는 두통 때문에 인상을 쓰곤 소파에서 몸을 일으켰다. 테이블에 빈 소주병 두 개와 말라비틀어진 건어물 접시, 여기저기 흩어진 땅콩 껍질이 보였고 어젯밤 반쯤 열어둔 커튼 사이로 매미 소리와 강렬한 햇살이 들어오고 있었다. 한낮이 되는 줄도 모르고 잠을 잤나. 동미는 아픈 머리를 흔들었다. 어지러운 꿈속에서 내내 허우적거린 게 맞는지 온몸이 쑤셨다.

부탁해놓고 재촉해서 좀 그런데요.

병원 대기실쯤인지 사윤은 목소리를 죽인 채 말했다.

미안해요.

달리 할말이 없었다. 어제 주민센터 공원 벤치에서 다른 생각에 빠졌다가 정신을 차려보니 어느새 여섯시가 넘어 있었다는 말을 사윤은 이해할까. 홍미 언니 생각을 하다가 시간이 지나는 걸 몰랐다고 사실대로 말한다면. 동미는 입을 다물었다. 무슨 말을 하든 지금은 잘못 전달될 것 같아서.

사윤은 말이 없었고 그래서 고개를 끄덕이고 있을지 모른다는 짐작이 들었다. 주인아주머니에게 오늘까지는 폐기물 스티커를 붙여놓겠다고 했어요. 오늘 지나면 주말이 시작돼서요. 사윤은 곤란하다는 투로 말했다. 만약 오늘도 가기 어려운 상황이라면 주민센터 홈페이지에 들어가서 인터넷으로 결제하고 다운받을 수 있다고 덧붙였다. 아버지가 통원 치료를 하기로 했지만 다른 가족이 없어서 자신은 월요일 저녁이나 돼야 집으로 돌아갈 수 있을 것 같다고도.

알았어요, 오늘은 꼭 할게요.

동미는 불편한 기색으로 전화를 끊었다. 부탁을 받고도 미안해하는 입장이 되다니. 그것보다 하루 사이에 서로의 사정을 조금 더 알게 되었다는 게 혼란스럽게 느껴졌다.

집에는 프린터가 없다. 오늘 한번 더 주민센터에 가야 한다. 동미는 휴대전화 메시지를 확인했다. 아침 일찍 조카 연이가 보낸 문자메시지를 읽고, 시계를 올려다보곤 서둘러 자리에서 일어났다. 테이블을 치우고 샤워를 했다. 오늘 안에 해야 할 작은 일이 있다면 그건 반드시 해야 한다고 홍미는 말한 적이 있었다. 큰일이라면 한번 더 생각해보는 게 좋고. 홍미의 목소리는 어디서든 들렸지만 꿈에서는 한 번도 모습을 보이지 않았다. 묻고 싶은 게 너무 많은 동미를 일부러 피해 다니는 것처럼. 언젠가 내가 싫어질 수도 있을 거야. 언제부터인가 언니는 그런 말을 자주 했던 것 같다. 그 말이 사실이 될 줄 알았다면 흘려듣지 않았을 텐데. 지금은 정말 싫고, 이해할 수 없고, 화가 나고, 홍미를 향한 그런 감정들이 너무 무거워져서 웅크린 몸을 일으키기 어려운 기분이었다.

언제부터였을까. 홍미가 그런 말을 하기 시작한 것은.

동미와 다섯 살 터울이 나는 오빠는 이십대 초반에 여섯 살 연상과 결혼해 일찍 부모가 되었다. 맞벌이였고 애를 키워줄 사람이 필요했다. 홍미가 서른 살, 짧은 결혼생활을 접고 친정인 이 집으로 돌아온 시기였다. 연년생인 조카들을 이 집에서 홍미가 키우기 시작했다. 준이와 연이가 홍미를 작은엄마라고 부르는 소리가 동미는 듣기 좋았다. 홍미가 두 애들을 한꺼번에 연준, 혹은 준연이라고 호명하던 목소리도. 그런데 홍미 언니는 누구한테나 엄마가 되는 건가, 그런 생각을 스치듯 하면서. 삼 년 전 학군을 옮기면서 아이들은 제집으로 돌아갔다. 그만하면 잘 자랐고 우린 우리 역할을 다한 거야. 둘만 남겨진 날, 허룩해 보이는 얼굴로 홍미가 말했다. 홍미의 잔에 와인을 따르면서 동미는 이제 언니 자신을 잘 돌봐야지, 라는 말을 무성의하게 했을지 모른다.

동미는 손이 빠른 홍미를 흉내내 앞치마를 두르고 방울 토마토를 올리브오일에 절이고 냉동 새우를 찬물에 담가 해동시켰다. 준이는 올해 대학생이, 연이는 고등학교 3학년이 되었다. 계획대로라면 일요일에 셋이 이른 저녁을 먹기로 돼 있었는데, 아침에 온 메시지대로 조카들은 두시 정각에 왔다.

고모, 미안. 일요일에 난 영어학원 여름방학 특강, 오빠는 엄마가 친가 결혼식에 같이 가야 한대서.

준이는 운동화를 벗자마자 손을 씻으러 화장실로 들어갔고 학교 체육복을 입어 더 앳돼 보이는 연이가 무거워 보이는 캔버스 백을 식탁 의자에 내려놓으며 말했다.

메시지를 조금 전에야 확인했어, 늦잠을 자버렸거든. 동미는 에어컨 온도를 더 낮추며 말했다.

고모 또 술 마신 건 아니고? 물기가 남은 손으로 준이가 동미의 어깨를 한 번 잡았다 났다. 조카들이 사 온 케이크를 냉장고에 넣어두고 샐러드와 새우크림파스타로 점심상을 차렸다. 홍미가 있었다면 통밀빵도 굽고 수프도 준비했을 텐데.

우리 그래도 건배는 해야지, 고모.

동미는 맥주를 따라 준과 잔을 부딪쳤다. 연이가 포크로 파스타를 돌돌 말며 오이지무침이랑 양파장아찌 없느냐고 묻다가 말을 삼켰다. 홍미는 여름을 신맛이라고 정의했다. 다다기오이를 절여서 오이지를 담고 옥상에서 기른 청양고추가 자라면 양파를 썰어 장아찌를 담갔다. 아이들이 어렸을 적부터 먹었던 홍미의 여름 반찬들.

내가 뭐라고 한 거야, 하는 표정으로 연이가 미간을 살짝 찌푸리며 웃었다. 연이는 올케나 오빠와도 좋은 관계가 아닌데다 홍미의 일로 아직 감정을 터뜨려본 적도 없었다. 연이는 책상에 허리를 구부리고 앉아 몇 시간이고 작은 다이어리에 갖가지 알록달록한 스티커들을 붙이는 것으로, 준이는 아무때나 자전거를 타고 하루이틀 사라졌다가 술에 취해 동미에게 전화하는 것으로 지금을 참아내고 있는 듯 보였다.

홍미 고모가 식초 듬뿍 넣고 만든 냉라면 말야, 시어도 보통 신 게 아니었어.

준이가 고개를 수그리고 말했다.

오빠, 그러면서 침은 왜 삼켜.

복숭아씨 파내고 거기다 요거트 넣어서 꽝꽝 얼렸다가 잘라준 디저트도 생각나지 않아?

난 프라이팬에 약불로 구워줬던 얇은 누룽지.

너희들은 홍미 고모가 해준 음식밖에 생각나는 게 없어?

고모, 아프고 힘들 땐 먹는 얘기가 최고야. 연이가 고개를 들고 동미에게 말했다.

고모는 뭐 생각나는 거 없냐고, 준이가 동미에게 물었다.

글쎄…… 너희들 어렸을 땐데 큰 태풍이 지나가던 밤이었어. 우리 넷이 무서워서 잠도 못 자고 있는데 정전까지 된거야. 양초도 없었고. 무섭다고 너희들이 울기 시작하니까 언니가 더듬거려가면서 너희들 방에서 크레파스를 갖고 오더라.

그걸로 뭘 했는데?

고모가 마술 보여줄게, 하더니 언니가 크레파스에 성냥을 갖다댔어. 치지직 하더니 거짓말처럼 불이 붙더라고. 진짜

양초 같았어. 너희들이 울음을 그치고 웃었고. 잠깐이었지
만 크레파스 불빛 속에서 우릴 보면서 흐뭇하게 웃던 언니
얼굴이 떠올랐어. 어제 공원 벤치에 앉아 있는데, 너무 많은
생각이 한꺼번에 쏟아져서. 매미들은 쫓기듯이 울고 땀은
막 흐르고.

연이가 동미에게 티슈 한 장을 건네주었고 준이는 담배
피우고 싶은 걸 참는지 옥상 계단 쪽으로 눈을 돌렸다.

고모, 그래서 일요일에 정말 거기 갈 거야? 연이가 물었
다. 힘들 텐데.

……비 온다.

준이의 말에 모두 창문으로 고개를 돌렸다. 비 예보가 있
었나? 동미는 시계를 보았고 아직은 이른 오후라는 데 안심
했으며 빌라 앞, 아마 비를 맞게 될 사윤의 매트리스를 떠올
렸다. 그리고 어떤 생각을 밀어내듯, 얼굴과 팔다리가 까맣
게 탄 준이가 따라주는 술잔을 다시 받았다.

4

누빈 자리에 빗방울이 고인 매트리스에는 담배를 비벼 끈
자국이 세 군데나 나 있었다. 사람들 드나드는 현관 옆에 벌
써 며칠째 매트리스를 세워둔 데 대한 명백한 화풀이처럼

보였고 이제 그것은 사윤이 아니라 동미의 잘못같이 느껴졌다. 방수 커버라도 씌워둘 걸 그랬다고 생각하면서도 그런 자신이 이해되는 것은 아니었다. 흉하게 구멍까지 난 담배 자국을 손바닥으로 문지르자 아이보리색 매트리스에 잿빛 얼룩이 더 넓게 번졌다. 주말에는 주민센터가 문을 닫는다고도 사윤이 알려주었는데, 월요일이 되려면 앞으로 이틀이나 더 남았다. 동미는 초조해지면서도 동시에 미약한 안도를 느꼈다. 지금은 나도 어쩔 수가 없는 거라고. 사윤에게서도 더는 연락이 없었다.

어제 조카들은 저녁까지 먹고 일곱시가 넘어서야 돌아갔다. 조카들이 자고 가겠다고 하자 올케가 허락하지 않았고 서로 언성을 높이다가 결국 돌아가는 쪽을 택했다. 홍미가 그렇게 된 후로 올케에게 이 집은 아이들이 자란 집이 아니라 더이상 가까이하고 싶지 않은, 꺼림칙한 장소가 된 것 같았다. 이제는 특별한 일이 아니면 동미와도 왕래하고 싶어하지 않는 눈치였다. 머뭇거리다가 조카들이 가버리자 동미는 다시 혼자가 되었으며 한낮이었는데 갑자기 캄캄한 밤이 와버린 듯한 기분에 휩싸였다. 동미는 다시 식탁 앞에 주저앉았고, 밤에는 낮보다 비바람에 대한 대처 능력이 떨어질 수밖에 없는 것처럼, 정말 그런 것처럼 어깨를 웅크리곤 술을 더 마시면서 금요일이 다 지나가는 것을 지켜보았다.

누굴 기다리는 사람처럼 동미는 그대로 매트리스 옆에 서 있었다. 현관을 드나드는 사람들이 간혹 그런 동미를 일별하기도 했고 러닝셔츠 차림으로 담배를 피우러 나왔다가 동미 때문인지 반대편 벽으로 돌아 들어가 피우고 나오는 남자도 있었다. 동미는 성심빌라의 주인 얼굴을 몰랐고, 우연히 마주쳐도 월요일에는 꼭 대형 폐기물 스티커를 사다 붙이겠다는 약속을 할 수도 없을 거였다. 동미는 지하철역 방향으로 걷기 시작했다. 오늘 새벽까지 비가 내려서인지 불볕더위가 잦아들었어도 습도는 마찬가지였다. 집에서 나온 지 얼마 안 됐는데도 마스크 안쪽이 입김으로 축축해졌다. 동미는 건널목을 건너 대로변 도넛 전문점 앞에서 잠시 망설이다가 안으로 들어갔다. 사윤은 지금 부여에 있는데도 동미는 매장을 두리번거리다 아이스커피와 여러 가지 종류를 섞은 도넛 네 박스를 주문했다. 박스는 들고 가기 좋게 두 개씩 끈으로 좀 묶어줬으면 한다고도. 직원이 네 박스가 맞느냐고 확인하자 동미도 한 가지 종류가 아니라 여러 가지 맛의 도넛이라고 한번 더 확인했다.

도넛 네 박스를 양손에 들고 나와서 동미는 후회했다. 먼저 시장에 가서 팔토시를 사는 게 순서였는데. 양손에 박스를 들고는 이제 다른 볼일은 못 볼 것 같았다. 토요일인데도 도넛 가게 앞 버스 정거장은 혼잡했다. 상자를 들고 버스를 타기도 어려워 보였다. 정거장을 지나 오르막길을 오르면 재래시장으로 이어지는 긴 골목과 대로 양쪽으로 길이 갈렸다. 거기서 대로로 두 정거장쯤 걸어가면, 언덕길 밑에 눈에 잘 띄지 않는 오래된 세탁소가 있었다. 홍미가 알려주기 전까지 동미는 그곳에 세탁소가 있다는 사실도 몰랐다. 젊은 사람들이나 근처 아파트 맞벌이 부부들이 가는 체인 세탁소가 재래시장 양쪽으로 두 군데나 생겨서 이 오래된 세탁소까지 찾아오는 사람들은 단골들밖에 없다고 해도 틀린 말은 아니었다. 그 손님들도 만약 이 세탁소가 다시 문을 열지 않았다면 값도 싸고 배달이나 수거 시스템이 잘 갖춰진 체인 세탁소로 옮겨갔을지도 모른다. 평생 세탁 일만 해온 남편이 어느 날 갑자기 고향집으로 내려가 살겠다고 하곤 정말 집을 떠났다고 했다. 한 달 동안 문을 닫았던 세탁소를 아주머니 혼자 열었다고, 사람이 필요하다는 말을 홍미가 동미에게 전했었다.

땀이 목덜미로 흘러내렸다. 길을 건너기 전, 동미는 은행 앞 구두수선집으로 들어가서 주인아저씨에게 홍미가 시킨 거라며 할머니들하고 나눠 드시라고 도넛 박스를 모두 내려놓았다. 구두수선집 주인도 홍미와 함께 사회복지관에서 기초 생활 수급자들에게 중식을 배달하는 자원봉사를 했던 사람이었다. 그리고 사람들은 홍미의 일을 아직 알지 못한다고 동미는 믿었다.

신호를 기다렸다가 길을 건넜다. 이런 한낮에 시간에 쫓기지 않고 세탁소 안을 들여다보기는 처음이었다. 세탁소 안은 불이 꺼져 있었고 비닐에 덮인 셔츠와 바지, 다리미판이 정돈된 모습이 정지된 흑백 화면처럼 보였다. 여자는 편안하게, 남자는 깨끗하게. 세탁소 유리문에 코팅된 문구가 늘 마음에 들지 않았다.

문을 열고 동미는 세탁소 안으로 들어갔다. 고였던 먼지와 건조한 옷감 냄새가 부스스 일어나는 것 같았다. 불을 켠 후, 동미는 휴대전화를 꺼내 연이에게 문자메시지를 보냈다.

5

작은 배낭을 메고 동미는 새벽에 집을 나섰다. 고양이 몇 마리가 뭔가를 점검하는 걸음걸이로 일요일의 골목을 신중히 돌아다니고 방역차가 지나갔는지 소독약 냄새가 풍겼다. 가로등 불빛이 지나치게 밝아서 새벽이 아니라 해가 저무는 오후 같아 보였다. 동미는 사윤의 집 앞을 지나서 갈까 하다가 큰길로 나갔다. 어제 좋지 않은 꿈을 꾸었다. 매트리스를 누군가 날카로운 것으로 북북 그어놓는. 성심빌라 앞에 매트리스는 아직도 그대로 세워져 있을 거였다. 거주자들에게 계속 불편을 끼치는 채로.

동미는 승객이 한 명밖에 없는 첫차를 타고 국립대학 앞에서 내렸다. 평소라면 삼십 분 정도 걸어서 가는 길이었다. 국립대학 앞 버스 정거장에서 오른쪽으로 돌아가면 자연공원 입구가 있고 거기서부터 목적지까지 한 시간 삼십여 분쯤 소요될 예정이었다. 이른 시간인데도 등산복을 차려입은 사람들이 속속 보였다.

홍미는 올해 쉰 살이 될 예정이었다. 동미로서는 멀게 느껴지는 나이였다. 지난해 겨울부터 동미는 홍미에게 다음 생일은 조금 특별하게 보내자며, 하고 싶은 게 무엇인지 물어보곤 했다. 쉰 살이 뭐라고, 그렇게 말하며 홍미는 웃었다. 또 훌쩍 십 년이 지나갈 텐데 뭐. 동미가 자신에게 무언가 해주고 싶은 마음을 홍미는 이해하지 못했다. 조카들이 제집으로 떠나자 동미는 홍미가 느끼는 상실감보다는 자신을 키우고 돌본 사람도 홍미라는 사실을 자명하게 받아들였고 거기서 오는 슬픔 때문에 마음이 가라앉을 때가 많았다. 그러지 말고 언니, 뭐 하고 싶은 거 말해봐. 우리 어디 좋은 호텔에 가서 수영도 하고 조식 뷔페도 먹고 그럴까? 글쎄, 그것도 좋겠지. 갖고 싶은 거 말고 하고 싶은 걸말해봐, 언니. 신문에서 봤는데 지방 어디 시청엔가 펭귄이 산대. 그것도 보고 싶고. 또? 서울식물원에 가서 십오 미터도 넘는다는 바오바브나무도 보고 싶고. 아니 언니, 그런 거 말고. 제주에 포도호텔이라는 데가 있대. 거기서 하룻밤

투숙해보는 것도 좋겠지. 또 제주야? 그렇지? 가면 아버지도 보고 와야 하니까. 그리고 홍미는 생각난 듯 말했다. 어쩌다보니까 지금까지 단 한 번도 일출을 보지 못했다고. 일출이라. 그래, 해가 뜨는 거. 동미는 홍미에게 약속했다. 홍미 생일 때 일출도 볼 수 있고 잠자리며 음식도 좋은 장소를 찾아보겠다고. 그렇게 여름 산행을 약속한 게 지난해 겨울의 일이었다.

곳곳에 마스크를 벗고 걷는 사람들이 눈에 띄었다. 동미는 마스크를 살짝 내렸다 숨을 크게 들이쉬곤 다시 눌러썼다. 표지판을 잘 보고 인공호수가 보이는 지점에서 왼쪽으로 꺾어야 했다. 지난봄인가, 한 번 그 지점에서 길을 잘못 든 적이 있었다. 여명이 점점 선명하게 번졌다. 이봐요, 우측통행합시다. 뒤에서 등산 모자를 눌러쓴 남자가 동미를 지나치며 큰소리로 훈계했다. 동미는, 우측으로 걷고 있었다. 남자가 한참 앞서갈 때까지 기다렸다가 다시 걸었다. 포장도로가 끝나자 조금씩 경사가 급해졌다. 꿈이 다시 마음에 걸렸다. 아무래도 사윤의 집 앞을 지나서 왔어야 했는데.

홍미와 사윤은 첫 만남 이후 시내에서 열린 탈북민 모자를 위한 시민 추도제도 같이 참석하고 그뒤 사 개월 만에 동네 재단 센터에서 열린 장례식장에도 동행하며 가까워지는 눈치였다. 홍미는 저녁 설거지를 끝내고 혼자 산책하러 나갔다 오는 일이 잦아졌다. 새싹공원 그네에 앉아 있다가, 초등학교 운동장 트랙을 돌다가 우연히 사윤을 만났다고도 했다. 딱 한 번 동미는 사윤의 집인 성심빌라에 가본 적이 있었다. 동네 낙짓집에서 세 사람이 저녁을 먹고 헤어지려는데 사윤이 슬리퍼 신은 발로 땅을 탁탁 치며 맥주 한잔하고 가요, 했던 날.

계속되는 무더위와 가뭄 때문에 계곡물은 말랐고 동미는 걸음을 헛디디지 않도록 주의하면서 굵은 밧줄로 연결해놓은 다리들을 건너고 돌길을 밟고 지나갔다. 해가 뜨려는지 대지가 뜨겁게 달아오르는 느낌이 들었다. 동미는 뒤처졌다. 생각이 더 많아지면서. 팔토시를 했는데도 통증이 느껴질 정도로 나뭇가지에 세게 긁혔다. 두어 번인가 일출을 볼 기회가 있었어, 그런데 그때마다 구름이 끼었거나 안개가 짙어서 못 봤지. 홍미가 말했다. 동미도 실은 제대로 일출을 본 적이 없었고 봐야겠다고 마음을 먹은 적도 없었다. 그게 특별하다고 여긴 적도 없었고. 오늘은 일출을 꼭 보고 싶은데, 언니 생일이니까. 동미는 헉헉거리면서 평평한 바위에 더 무거워진 몸을 내려놓았다. 가방에서 생수를 꺼내 마시고 초콜릿을 하나 먹었다. 오늘 일출 예정 시간은 다섯시 사십이분이었다. 뜨거운 볕이 기다렸다는 듯 쏟아졌다. 동미는 몸을 일으킬 수 없었다. 홍미에게는 어쩌면 내가 걸림돌이었을까. 수시로 찾아오던 짐작은 이제는 확신으로 바뀌어가고 있었다. 홍미가 진짜 하고 싶었던 건 동미와 둘이 조용하고 눈에 띄지 않게 늙어가는 게 아니었을지도 몰랐다. 동미는 한쪽 팔을 앞으로 쭉 뻗었다. 더 큰 슬픔이 몰려오는 것을 막으려는 듯.

사윤의 방은 생각보다 좁았다. 창문도 화장실도. 없는 것도 많아 보였다. 식탁도 옷장도. 동미는 그 방을 자신이 깔보고 있다는 걸 알았다. 홍미는 다른 말을 했다. 이거구나, 새로 바꿨다는 매트리스가. 방바닥에 매트리스가 놓여 있었고 사윤이 쟁반에 캔맥주와 감자칩을 올려 내놓는 사이 홍미는 자연스럽게 매트리스 끝에 엉덩이를 걸치고 앉으며 너도 앉아, 하곤 동미 티셔츠를 잡아당겼다. 매트리스가 없으면 방이 훨씬 넓어 보일 텐데요. 손바닥으로 매트리스를 쓸어보곤 동미는 말했다. 바닥에 누우면 아무래도 냉기가 올라와서요, 허리도 아프고. 사윤이 방바닥에 책상다리를 하고 앉았다. 그날 술을 마시고, 누가 시키지도 않았는데 사윤이 노래를 불렀다. 서른일곱 살, 프랜차이즈 도넛 가게 매니저, 그리고 홍미 언니와 하릴없이 동네 이곳저곳을 돌아다니는 여자, 오른뺨에 삼 센티쯤 푹 팬 상처를 지닌 사람. 동미는 고개를 저쪽으로 돌리곤 노래를 부르는 사윤의 옆얼굴을 봤다. 홍미가 보고 있는 사람을.

사윤의 노래가 끝나자 홍미가 노래를 부르기 시작했다. 언니가 사람들 앞에서 노래를 부르는 사람이었나. 동미는 홍미를 말리고 싶었다. 노래 부르는 언니 모습을 사람들에게 보여주고 싶지 않았다.

"길가의 가로수 옷을 벗으면 떨어지는 잎새 위에 어리는 얼굴. 그 모습 보려고 가까이 가면 나를 두고 저만큼 또 멀어지네. 아 이 길은 끝이 없는 길 계절이 다 가도록 걸어가는 길."

그리고 두 사람이 함께 으음, 으으으흠, 하고 허밍으로 후렴을 불렀고 동미는 매트리스를 걸치고 앉았는데도 방바닥의 끈적거림과 냉기가 올라오는 것 같아 자리에서 벌떡 일어나 말했다.

취했어, 언니. 그만 가자.

2절 못 불렀는데. 비틀거리며 홍미가 일어났다. 홍미가 앉았던 매트리스 자리가 움푹 들어갔다가 서서히 부풀어오르는 게 보였다. 홍미는 좁은 현관에서 허리를 구부리고 구두를 신었다. 동네 낚싯집 가는데 구두를 신고 나오다니. 동미의 얼굴이 달아올랐다. 홍미는 골목을 올라가면서도 못다 부른 노래를 흥얼거렸다.

잊혀진 얼굴이 되살아나는 저만큼의 거리는 얼마쯤일까.

나직하게, 듣기 싫을 만큼 청승맞은 소리로. 그럴 기회도 없었지만 동미는 다시 사윤의 집에 가지 않았고 빨리 이사가버렸으면 좋을 이웃이 하나 더 늘었다고 생각했다.

붉은 빛이 산 전체로 번져들었다. 새소리 매미 소리가 사방에서 한꺼번에 터지듯 귀를 울렸다. 벌써 다섯시 오십분.

동미는 목에 걸고 있던 등산 모자를 눌러썼다. 주저앉아 있는 사이에 일출은 놓치고 말았다. 지금처럼, 동미는 그동안 자신이 많은 것을 놓쳤고 지키지 못했다고 생각했다. 이 약속은 다음으로 미뤄야겠어, 언니. 비틀거리면서도 동미는 자리에서 일어나 다시 시작하려고 했다.

6

이거 떨어뜨리고 가서.

동미는 연이에게 손수건으로 돌돌 만 핀셋을 건넸다. 연이가 고개를 끄덕이며 환하게 웃어 보였다. 다이어리를 꾸밀 때 스티커를 정교하게 뗐다 붙이는 용도로 사용하는 가늘고 뾰족한 핀셋이었다. 연이의 다이어리에는 웃는 곰을 비롯해 밝고 화려한 캐릭터들이 빈틈도 없이 다다다닥 붙어 있었지만 그 위로 쌀처럼 작은 눈과 비 모양의 투명한 스티커들이 한 겹 더 덮여 있었다.

고모가 말한 게 이건지 모르겠어.

연이가 납작한 사각 봉투를 건넸다.

배달 오토바이 박스 같은 데 붙어 있는 거라고 했지? 갑자기 이런 건 어디에 쓰려고?

동미는 대답 대신 연이의 앞머리를 손으로 쓸어주었고 눈으로 상가를 올려다보며 물었다.

올라가봐야 하지?

연이가 다니는 수학학원 앞이었다. 잠깐 내려온 연이는 에어컨 때문인지 이마가 차가웠고 입술이 터 있었다.

나 한 시간 있으면 끝나는데 기다렸다가 같이 저녁 먹으러 가면 안 될까?

연이가 핀셋을 만 손수건을 헐렁한 회색 트레이닝복 바지 주머니에 넣으며 물었다. 엄마가 뭐라 그럴 거야. 둘은 잠시 상가 입구 한쪽에 선 채로 서로 딴 데를 바라보며 서 있었다.

오빠는 오늘 운전면허 시험 보러 갔는데 연락이 없어.

또 직각 주차에서 떨어지면 어떡하지?

동미와 연이는 함께 웃었다. 어젯밤 술 취한 준이에게 전화가 왔었다. 홍미 고모 생일 잘 보냈느냐고. 동미는 케이크에 초를 켜지 않았다고, 아직 냉장실에 그대로 있다고 말하지 않았다. 홍미 고모가 너 이렇게 지내는 거 안 좋아할 거야, 준아. 그런 말도 하지 않았다. 그냥 준이가 중얼거리는 두서없는 말을 가만히 듣고 있기만 했다.

연이가 바지 주머니에 손을 찌른 채 보폭이 큰 걸음으로 상가 계단을 올라가는 모습을 지켜보다가 동미는 버스 정거장으로 갔다.

세탁소는 내일부터 정상 영업을 하기로 했다. 공기청정기부터 켜고 바닥을 닦았다. 소독제를 뿌리고 문손잡이며 포스기, 작업대를 닦아냈다. 늦게 배달해줘도 상관없다고 한 옷들의 주머니를 일일이 살펴 분류하고 세탁된 운동화들을 비닐 포장 했다. 출고할 옷들에 비닐을 씌워 일렬로 정렬한 뒤에는 자리에 앉아 새 주문이 들어오면 붙일 태그에 날짜를 미리 쓰기 시작했다. 저녁 일곱시가 되기도 전에 허기가 느껴져서 동미는 중국식 냉면을 배달시켜 먹었다. 창밖으로 얼굴을 아는 동네 사람들과 손수레 가득 폐지를 싣고 가는 노인들, 핑크색 발레복을 입고 뛰어가는 어린아이들을 바라보았다. 'closed' 표지를 문에 달아두었는데도 불이 켜져 있어서 그런지 가게 바로 옆 공인중개사 사장이 남성용 여름 재킷 한 벌을 가져와 클리닝을 부탁했다. 이태리에서 산 고급 리넨이니 신경 좀 써달라고.

문을 닫을 시간이 되어도 동미는 불을 끄지 않았고 중국집 배달원이 와서 출입구 밖에 씻어서 내놓은 그릇을 수거해 가는 것을 보았다. 자동차들이 뜸해졌다가 한순간에 차들이 밀리는 장면도, 갑자기 걸음을 멈춰 서선 싸우는 남녀도 보았다. 말소리는 들리지 않지만 남자가 여자 어깨를 거세게 밀치자 여자가 남자 뺨을 한 대 쳤고 남자가 그 손을 잡아 끌어당기자 둘이 격렬하게 끌어안고 울었다. 더 큰 싸움이 시작될까봐 엉겁결에 자리에서 일어났던 동미는 도로 의자에 앉았다. 뜨겁고 무모했던 누군가의 한여름 밤이 지나가고 반쪽의 상현달도 이쪽 하늘을 거쳐갔다.

소형 캐리어를 든 사윤은 밤 열시가 다 돼서야 세탁소 문을 열고 들어왔다. 아버지를 돌보기로 한 새언니가 늦게 오는 바람에 제때 출발하지 못했다고 했다. 새언니가 어디 사느냐고 동미는 물었다. 여수요. 동미는 여수에서부터 부여로 일주일 동안 시아버지를 간병하기 위해 집을 떠나는 한 여자를 그려보았다. 사윤은 일주일 뒤 새언니랑 교대한다고 했다. 그럼 도넛 가게는 어떻게 하느냐 하는 대신 동미는 또 이렇게 물었다.

오빠는요?

요양병원에서 일하는데, 지금은 휴가를 내기 어려운 때니까요.

아, 동미는 고개를 주억거렸다. 캐리어를 출구 쪽에 내려놓은 사윤이 몇 발자국 다가와 포스기 앞에 붙은 할인 광고를 보고는 농담하듯 말했다.

행사 끝나기 전에 저도 세탁이 밀린 옷들 가져와야겠는데요.

끝나고 나서 가져와도 저 가격으로 해줄게요.

사윤은 웃었다. 지치고 피곤해 보일 줄 알았는데, 발목이 드러나게 짧고 물 빠진 청바지와 헐렁한 노랑 셔츠 때문인지 가볍고 활기 있어 보이기까지 했다. 오후에 폐기물 스티커 붙여줘서 고맙다는 메시지를 받고 나서 동미는 괜찮으면 집에 가기 전에 세탁소에 들러달라고 부탁했다. 그러지 않으면 일부러 사윤을 찾아가야 할 것 같아서. 동미가 몸을 돌리려고 할 때 가게 전화기가 울렸다. 밤이 되면 가게엔 전화가 거의 오지 않는데. 망설이다가 수화기를 들고 동미는 세탁소 상호를 말했다. 상대방이 아무 말 없이, 천천히 전화를 끊었다.

아직도 이런 장난전화를 거는 사람이 있네요.

동미는 수화기를 내려놓았다.

혹시 그 고향으로 내려갔다는 사장님일 수도 있겠네요.

사윤은 세탁소를 둘러보며 무심히 말했다.

가게가 궁금할 수도 있으니까요. 고향으로 내려가신 게 어머니 때문이라면서요.

동미가 네, 하곤 자신이 들은 말을 덧붙였다.

어머니가 확진돼 돌아가셨는데 방호복을 입은 사람들이 그대로 비닐 팩으로 밀봉하더래요. 염습도 할 수가 없었고 발인도 못 지켜봤고요.

어머니를 그렇게 보낸 게 자기 책임 같다고 그러셨대요.

사윤이 말꼬리를 흐렸다. 이웃 사람한테 들었거든요.

동미는 방금 전화를 건 사람이 정말 세탁소 사장님이었을까, 잠시 짚어보았다. 그리고 작업대에 허리를 기대고 선 사윤을 보며 생각했다. 두 사람이 같이 알고 있는 이야기들에 대해서.

폐기물 스티커 값이에요.

납작한 크로스백에서 사윤이 만원짜리 지폐를 한 장 꺼내 계산대에 올려놓았다.

이거 드리려고요.

동미는 가방 옆에 챙겨두었던 쇼핑백 하나를 사윤에게 내밀었다.

이게 뭔데요?

블라우스예요. 사윤씨가 언니한테 잘 어울린다고 말했던 거.

사윤은 창 쪽으로 얼굴을 돌렸다. 거의 새거라는 말도 해야 하는데. 동미는 사윤에게 먼저 가라고 말하지 않는 대신 잠시만 기다려요, 하곤 공기청정기와 에어컨을 끄곤 마지막으로 실내 전등을 껐다. 사윤은 쇼핑백을 든 채 동미 뒤를 따라 나왔다.

잠깐만, 이것 좀 들고 있어주세요.

세탁소 문을 잠그고, 동미는 가방을 사윤에게 맡겼다. 연이가 준 봉투에서 커다란 스티커 몇 장을 꺼냈다. 토끼가 마스크를 착용한 스티커, 웃는 악어가 꽃을 들고 서 있는 스티커, 곰인지 토끼인지 모를 동글동글한 캐릭터가 한 손을 흔드는 스티커. 동미가 본 배달 오토바이 박스에 붙어 있던 스티커들처럼 화려하진 않지만 크기가 적당하고 또 연이 말대로 떼어내도 자국이 남지 않아서 만약 주인아주머니가 마음에 안 들어한다면 떼어내기도 쉬운.

뭘 하려고요?

가방 두 개를 한쪽 어깨에 다 멘 사윤이 궁금하다는 듯 물었다. 동미는 곰인지 토끼인지 모를 동물의 얼굴과 마스크 착용을 부탁하는 토끼 스티커를 떼어서 세탁소 유리문에 새겨진 '여자는'과 '남자는' 위에 각각 붙였다. 그러자 유리문에는 이제 '편안하게, 깨끗하게'라는 글씨만 남았다. 사윤이 고개를 끄덕이며 미소 지었다.

이제 좀 낫네요.

동미는 손을 탁탁 터는 시늉을 하며 사윤에게서 가방을 받아들었다.

나중에 나이들어서 저렇게 살면 좋겠어요. 편안하게, 깨끗하게.

사윤이 쓸쓸한 어조로 말했다.

두 사람은 천천히 내리막길을 걸었다. 대기 온도가 아직도 떨어지지 않았는지 공기가 후텁지근했다. 열대야가 지나면 밤에 깨어나는 일이 드물어질까. 동미는 차도 쪽으로 걸었고 옆에는 왼손에 쇼핑백과 오른손에 소형 캐리어를 든 사윤이 있었다.

집으로 바로 갈 거죠?

동미는 **이만큼의 거리**에서, 이제 잘 아는 이웃처럼 보이는 사윤에게 물었다.

그럼요, 오늘은 푹 좀 자고 싶어요.

그래요, 그거 좋죠.

동미는 고개를 크게 끄덕였다.

* 사윤의 집에서 홍미와 사윤이 부르는 노래는 박인희의 〈끝이 없는 길〉('박인희 고운 노래 모음 vol.2', 1975)이다.

너무 기대는 하지 마세요

마지막으로 다녔던 직장에서 상희는 성실하지만 무뚝뚝한 직원으로 통했다. 손님들이 벗어두고 간 옷들을 옷걸이에 반듯하게 걸어놓거나 매니저가 시키기도 전에 물걸레로 매일 매장 바닥과 쇼윈도를 닦았다. 그렇게 안전한 직장은 처음이어서 버스를 타고 아침 햇살이 반짝이는 한강을 건널 때마다 자신이 얼마나 운이 좋은 사람인지 되새기곤 했다. 반년 후의 변화에 대해서는 알지 못하던 때였다.

삼 년 만에 다시 이력서를 쓰기 시작했다. 상희에게 있는 것과 없는 것들이 이력서에 배열되었다. 아버지와 기술과 젊음은 없었고, 있는 것도 그렇게 많지는 않았다. 윤상희라는 이름과 주소와 전화번호, 그리고 엄마. 마흔을 지날 때만 해도 상희는 얼마나 갑작스럽고 얼마나 다른 방식으로 오십 세가 오게 될지 짐작하지 못했다. 주변의 충고대로 기술 하나쯤은 배워두고 튼튼한 아들딸 자식을 두고, 그 외에 무엇을 더 준비해야 했을까.

얼굴을 익히게 된 인력 사무소 대표가 한번은 코로나가 아줌마 같은 사람들한테 남긴 게 뭔지 아세요? 벼랑입니다, 벼랑, 이라고 안됐다는 소리를 했다. 5월에 상희는 단기 아르바이트 면접을 보러 다녔고 지하철 2호선을 타고 여성 인력 전문 파출 사무소에 나갔다. 6월에는 주방보조와 가사 도우미로 서너 번 일을 나가기도 했고 7월 셋째 주, 어제는 처음 거리로 나갔다.

엄마를 간병하던 지난 2월에 상희는 병원 대기실에 놓인 얇은 잡지들을 읽곤 했다. 다른 병에 비해 암에 관한 지식과 각종 암을 이겨낸 사람을 다룬 기사들이 많았다. 천식은 암이 아닌데도 상희에게는 어쩐지 암처럼 끈질기며 완치 불가능한 병처럼 느껴졌다. 엄마가 퇴원할 무렵 상희는 암을 이렇게 정리했다. 유전이나 환경이 가장 큰 이유 같지만 세번째 것이 있다고. 그 세번째를 상희는 불운이라고 여겼다. 사람의 힘으로는 수정하기 어려운. 상희는 자주 그 세 가지 원인에 대해 떠올리게 되었다. 그러니까 환경과 유전과 불운에 대해서.

퇴원했어도 코로나의 영향 때문인지 엄마의 천식은 2월 이후 증세가 다시 악화되고 있었다. 팔순의 노모와 십팔 평짜리 빌라, 저축이라고 말할 수 없는 잔고. 그것은 안전하지 않았고 엄마가 지난번처럼 폐렴이나 천식으로 앞으로 얼마나 자주 병원 신세를 지게 될지 알 수 없었다. 다시 번듯한 직업을 가질 수 없게 될지도. 절박한 마음과는 다르게 3월 이후 상희 또래의 여성들이 할 수 있을 만한 일거리를 찾기도 어려워졌다. 문을 닫는 식당이 늘었고 그만큼 단순 업무 보조며 아르바이트 자리가 급감했다. 철거 현장이나 공사장 일마저 모집하는 여성 인력이 한두 명 수준에 불과했다.

7월 들어 처음으로 상희에게 일자리가 들어왔다. 오피스텔 모델하우스 앞에서 행인들에게 갑 티슈를 건네는 일이었다.

어제에 이어 오늘도 상희는 아침 아홉시까지 등촌역 2번 출구 앞으로 갔다. 저녁 여섯시까지, 모델하우스를 구경하고 갈 행인 열 명을 채워야 하는 엿새간의 단기 아르바이트였다. 마스크와 선캡으로 얼굴을 가렸지만 사람들 눈을 제대로 보지도 못했던 어제같이 할당량을 채우지 못해서는 곤란했다. 초복을 이틀 앞둔 날이었다. 상희는 주춤주춤 행인들에게 갑 티슈 가져가시라고 말을 붙였다. 모델하우스에 관심이 없을 노인들은 지나쳐가게 놔두고 삼사십대의 행인들을 눈여겨보라고 들었다. 지하철 바로 앞인데도 불구하고 가끔, 정말 아주 가끔 한 사람도 지나가지 않는 순간이 생겼다. 그럴 때마다 상희는 고개를 들어 다른 공기를 들이마시듯 먼 데를 올려다보았다. 공사중인지 어디서나 노랗고 긴 크레인이 눈에 들어왔다. 딱 한 번 나간 공사장 아르바이트에서 상희는 여자 크레인 기사를 보고 놀란 적이 있었다. 크고 육중한 기계를 작동시키는 기술을 가진 사람이 자기 또래의 여성이라서. 지금 저곳의 크레인은 꼭 하늘을 가리키는 거대한 손가락 같아 보였다.

점심을 먹고 다시 자리로 돌아가는 길에 상희는 엄마에게 전화를 걸었다. 아직 회복 단계인데도 오후가 되면 엄마는 가끔 마스크를 쓴 채 어디론가 나갔다 오곤 했다. 집에 같이 있게 되면서 엄마에 대해 알게 된 사실 중 하나였다. 엄마. 상희는 오십이 넘은 자신이 아직도 엄마를 그렇게 부른다는 게 낯설 때가 있었다. 어린 누군가가 자신을 엄마라고 부르는 것처럼.

집에 갈 때 뭐 사 갈 거 없냐고 말하려던 참에 상희는 엄마에게 물었다. "목소리가 왜 그래요?" 엄마는 뜸을 들이고 있었고 그건 좋지 않은 사인이었다. "엄마." 상희는 엄마를 재촉하듯 불렀다. 엄마는 마지못한 소리로 상희가 출근한 직후에 욕실에서 나오다가 매트에 발가락이 걸려 넘어졌다고 말했다. 상희는 휴대전화를 바꿔 들었다. "다친 덴 없고?" "오른쪽 새끼손가락이 부러졌대." 엄마는 더듬거렸다.

"혼자 병원에 가셨어요?" 당황했을 때가 떠올랐는지 엄마가 숨을 몰아쉬며 말했다. "그러니까 깁스를 했지." 그러곤 상희가 무슨 생각을 하는 줄도 모르는 채 이렇게 덧붙였다. "그래도 다리를 다친 게 아니라 얼마나 다행이냐."

*

상희는 엄마가 잠든 방의 문을 절반쯤 열어두고 식탁에 앉았다. 당일 아르바이트조차 구하지 못한 날이면 이런 시간엔 도림천에 나가 걷다 돌아오곤 했다. 엄마는 한번 잠들면 새벽 다섯시까지는 거의 한 번도 깨어나지 않았다. 잠든 엄마를 볼 땐 안심이 되고 깊은 생각에 빠진 엄마를 볼 때는 불안해지곤 했다. 사정은 나아지지 않을 것이다. 그래도 지금은 임시방편으로라도 이 계절을 보내야 한다는 걸 피부로 느끼고 있었다. 엄마는 발목이 아니라 오른손을 깁스한 것뿐이지만 한 사람이 더 필요했다. 이 아르바이트를 마칠 때까지, 엄마를 돌봐줄 사람이. 오늘이 가기 전에 그 한 사람을 찾아야 하고 그래야 내일 아르바이트를 나갈 수 있다. 엄마는 낮에 집에 있으려고 하지 않았다. 동네 골목들을 차분히 뒤지고 다닐 거고 어쩌면 그곳에 혼자 갈지도 모른다. 몇번이고 몇번이고.

여동생과 연락을 주고받은 지도 몇 달이 넘었다. 제부가 권고 휴직중이라는 소식 후 연락이 없는데다 그애는 남동생이 그렇게 된 절반의 책임은 상희에게 있다고 생각하니까. 상희는 휴대전화에 저장해둔 번호들을 체념하는 마음으로 하나씩 넘겼다. 그러다가 자신에게도 아주 좋은 시절이 올 거라고 말해준 사람의 전화번호를 물끄러미 보았다.

지난 1월에 동네 설렁탕집에서 홀 서비스 일을 잠깐 했다. 면접 정장 전문 매장을 나온 후 처음 갖게 된 일이었다. 한자리에서 삼십 년도 넘게 자리잡은 식당이라 점심시간마다 동네 단골손님들과 근처 구청 직원들로 붐비고 줄이 늘어섰다. 손님이 자리에 앉으면 주문을 받고 설렁탕을 내가고 필요한 술이나 물을 가져다주는 업무였는데 상희는 그 단순한 노동이 주는 피로함을 순순히 받아들였다. 그러지 않으면 남동생이 한 말이 머릿속에서 떠나지 않았다. 누나, 내 인생은 이렇게 계속 우울해지고 나는 불행해질 거야. 마지막으로 상희를 만나러 온 날, 지친 동생을 그냥 보내지 말았어야 했다고 후회했다. 그 후회는 거둘 길이 없게 되었고 어떤 사람은 자신이 한 말이 상대에게 영원히 남게 된다는 사실을 알지 못한다. 그게 가족일지라도. 설렁탕 그릇을 나르고 테이블을 치우고 냅킨과 수저를 정리하는 일이 마음에 들었다. 상념도 걱정도 반추할 틈도 없을 만큼 몸을 움직여야 하는 일이. 문제가 생기지 않았다면 계속 그 식당에서 일할 수도 있었을 것이다.

아침에 집을 나서면서 상희는 엄마에게 말했다. 점심시간 전에 한 여자애가 엄마를 돌봐주러 올 거라고.

　습도가 팔십 퍼센트도 넘은 수요일이었다. 다행히 비는 오지 않았다. 장마가 다시 시작되면 일을 중지해야 하고 일당도 받을 수 없었다. 사흘째였다. 상희는 어제 그제보다 더 적극적으로 행인들에게 말을 붙이고 갑 티슈를 건네려고 했다. 오피스텔 위쪽 대로변에서는 아직 고등학생처럼 보이는 남학생이 지나다니는 사람들에게 물티슈를 건네주고 있었다. 대로변에 생긴 오피스텔 홍보를 하는 모양이었다. 점심을 먹고 오는 길에 그 남학생이 상희에게 재빨리 다가와 물티슈를 내밀었다. 어머니, 저 좀 도와주세요, 이거 받으시고요, 저기 이층 오피스텔 구경 한 번만 해주세요, 딱 십오 분 걸려요, 저 이렇게 해봐야 오천원 받아요, 어머니 저 좀 도와주세요, 네? 상희는 이마와 턱에 여드름이 난 남학생을 봤다. 난 저 아래 2번 출구 앞에서 같은 일을 해요, 라고 말하지 않았다. 상희가 망설이는 사이에 그 학생이 상희의 티셔츠 자락을 잡고 발을 구르는 시늉을 했다. 어머니, 저 오천원 좀 벌게 해달라니까요, 네? 앳되고 가느다란 목소리였다. 이거 놔요. 상희는 몸을 돌려 왔던 길로 올라갔다. 점심으로 편의점에서 샌드위치를 먹은 게 다행이었다. 시간이 남아 있었으니까. 길을 더 올라가서 건널목을 건넜고 다시 길을 내려와 지하도로 들어가 아직 다섯 시간 일해야 하는 2번 출구로 나갔다.

설렁탕집에서 일할 때, 점심을 먹고 간 단골손님 중 한 명이 오후에 식당으로 전화를 걸었다. 점심을 먹은 테이블 티슈 통 옆에 만원짜리 지폐 한 장을 반으로 접어서 놓고 나왔는데 찾아봐달라고. 사장 부부와 잘 알고 지내는 구청의 민원실 직원이었다. 지폐는 없었다. 그 테이블에 서빙한 점심시간 아르바이트생이 그 여자애였다. 상희가 들어가기 얼마 전부터 일을 해왔던 모양이었다. 그 일이 있기 전 직원들 식사 자리에서인가 상희는 사장이 그 여자애에 대해 말하는 걸 들은 적이 있었다. 비빌 언덕이 없는 애들은 늘 조심해야 합니다. 아침 열한시부터 세시까지만 일하는 그애가 없는 자리에서.

없어진 구청 직원의 지폐에 대해서 상희는 못 들은 척할 수도 있었다. 그 여자애에게 사장이 하는 소리도. 큰소리가 오간 것도 아니었다. 사장은 여자애에게 한마디만 했을 뿐이었다. 니가 안 가져갔다고 하면 믿어줄게. 맥락을 모르고 듣는다면 위로하는 소리같이 들릴 억양이었다. 곱슬곱슬한 단발머리에 키가 큰 여자애가 두 손을 앞치마 앞으로 모으고 고개를 푹 수그리고 있었다. 이름이 뭐라고 했더라. 상희는 그 여자애가 마음에 들지 않았다. 가져가지 않았다고,

난 그런 사람이 아니라고 왜 말하지 못할까. 상희는 자신보다 키가 훨씬 큰 여자애 어깨를 잡고 물어보고 싶었다. 틈날 때마다 식당 뒷문으로 가선 앞치마 주머니에서 길고양이 사료들을 꺼내놓곤 하던 애. 상희는 휴대전화에 끼워둔 만원짜리 한 장을 꺼내 카운터에 올려두었다. 아주머니, 지금 뭐하시는 겁니까? 사장이 눈을 크게 뜨고 한 발 다가와 물었다. 상희는 자신이 해야 한다고 생각한 말을 사장에게 했다. 사장이 제 겨드랑이로 양쪽 손을 찔러넣으며 말했다. 아주머니는, 자기가 뭐라도 되는 줄 아시나봅니다.

여자애도 상희도 일을 그만두지 않았다. 그만두라는 말을 들은 것도 아니었다. 그러나 며칠 후 상희는 스스로 그만두겠다고 말했다. 일한 지 채 한 달도 못 되던 때였다. 며칠 후엔가, 모르는 번호로 메시지가 왔다. 제 이름은 부경이에요. 죄송해요, 저 때문에. 그리고 고맙습니다. 상희는 답장하지 않았다. 그애가 한 달 후쯤 보낸 두번째 문자메시지를 받을 때까지는.

아줌마, 안녕하세요. 제 이름은 한자로 부자 부, 서울 경 자를 써요. 엄마가 저 놓고 갈 때 쪽지에 그렇게 써놨다고 원장님이 말해주셨어요. 그런데 제가 겨우 만원 갖고?

메시지 마지막에 혀를 날름거리며 웃는 이모티콘이 붙어 있었다. 상희는 그 메시지를 반복해서 읽다가 답장을 보냈다. 이 코로나가 빨리 끝났으면 좋겠다, 라고. 그게 시장도 마음놓고 못 가고 일자리도 구하지 못했던 지난 2월 말이었다.

수요일 오후에 모델하우스를 구경하고 싶어하는 사람은 아무도 없어 보였다. 상희는 엄마에게 그 여자애가 왔느냐고, 점심은 먹었느냐고 전화하지 않았다.

상희는 조금이라도 가능성이 있어 보이는 사람이 지나가면 성큼 길을 가로막고 갑 티슈부터 건넸다. 지금 좁은 집에는 서로를 모르는 두 사람이 같이 있고 상희가 가야 그애에게 맡긴 일도 끝난다. 시간을 앞당기려는 듯, 상희는 점심시간에 자신을 붙잡던 앳된 아르바이트생처럼 간곡하고 끈질기게 모르는 사람들에게 매달렸다. 오염된 것을 피하듯 행인들이 팔을 뿌리치고 지나갔다. 재수없게 왜 남의 길을 가로막느냐고 욕설도 퍼부었다. 이런 것을 굴욕이라고 생각해서는 안 돼. 작은 굴욕들이 쌓여서 마침내 나를 무너뜨릴지도 모른다고 생각해서도 안 돼. 상희는 자신을 타일렀다. 어디선가 기다리던 연락이 올지도 모른다. 한 달 동안의 골목 하수도 공사를 앞둔 지역구에서 보행자 안전 도우미들을 여러 명 뽑을 거라며, 연락을 기다려보라고 인력 사무소 직원이 말했다. 상희는 주황색 조끼와 안전모를 착용하고 행인들을 인도하는 상상을 했다. 위험한 건설 현장에서 여성 지원자 수가 가장 많은 일 중 하나였다. 기대는 하지 말라고 했지만 그러지 않는 게 좋았다. 알 수 없는 일이니까. 자신

의 낯선 일부를 열어 상희는 마스크 속에서 다시 상냥한 표
정을 지었고 행인들에게서 눈을 떼지 않았다.

*

"아줌마, 그렇게 입으니까 꼭 가스 검침원 같아 보여요."
주방에 있는 부경이 상희를 돌아보며 말했다.

"아직 안 갔네." 상희는 현관 앞에서 크로스로 메고 있던
가방을 내려놓고 여름 조끼와 선캡을 벗었다.

"무슨 아르바이트를 하는데 그렇게 땀범벅이 돼서 와. 어
서 들어와." 엄마와 부경이 나란히 가스레인지 앞에 서 있
었다.

토요일, 엿새간의 아르바이트가 끝난 날이었다. 여섯 시
간 동안 집에서 엄마를 돌보는 부경의 아르바이트도. 상희
는 어제처럼 일곱시쯤 집에 도착했고 부경은 어제처럼 아직
집에 남아 있었다. 상희가 부탁했던 시간은 정오부터 여섯
시까지인데 부경은 한 번도 제시간에 돌아가지 않았다. 오
늘 저녁엔 중국 음식을 시켜 먹자고 지하철 안에서 전화했
을 때 엄마는 저녁 준비를 마쳐놓았으니 그냥 오라고 했다.
둘이서 수제비 반죽을 한 모양이었다. 손을 씻고 나와 상희
는 식탁에 앉았다.

"수제비가 먹고 싶다고 해서." 깁스한 손으로 반죽 그릇

을 잡고 있던 엄마가 눈으로 부경을 가리켰다. 낯선 여자애를 집에 들였는데 걱정과 달리 엄마와 부경은 나흘 동안 생각보다 가까워진 듯했다.

"아줌마, 운이 좋았어요. 내일부터 중부지방에 강한 비가 쏟아진다는데요."

엄마의 지시대로 부경이 반죽을 떼어 넣은 솥에다 다진 마늘과 간장을 넣으면서 말했다. 첫날 엄마가 애가 구김살이 없고 싹싹하다고 말해서 상희는 마음을 조금 놓았다. 설렁탕집에서는 몰랐는데 부경은 목소리가 크고 수다스러운 데가 있었다. 사흘 전 저녁, 흰색 반소매에 통이 넓은 청바지를 입은 그애를 몇 달 만에 집에서 만났을 때 상희는 그애가 지난겨울보다 성숙해 보인다고 느꼈다. 열아홉 살이라고 했지? 아뇨, 아직 안 됐어요. 그날 부경은 동그란 안경을 밀어올리며 말했다. 몇 달 더 있어야 열아홉이 된다고. 그런데 열아홉 살이 되는 게 좋은 건지 아닌지 아직은 잘 모르겠다는 말도 했다. 상희는 고개를 끄덕였다. 생애 처음으로 거리두기를 한참 했던 2월 말과 3월 사이에 문자메시지를 나누면서 알게 됐다. 그애에게 열아홉 살이 된다는 건 새로운 거주지를 찾아서 옮겨야 한다는 뜻이라는 걸.

서로 언제 다시 만나게 될지도 모르는 채, 잠깐 식당에서 같이 일했던 여자아이와 상희는 문자메시지를 주고받았다. 마스크 대란이 일고 화장실 휴지를 구하느라 마트를 전전하던 시기에. 문득 세상이 절벽처럼 느껴지는 밤에 얼굴을 보지 않아서, 서로 잘 알지 못해서 가능한 이야기들을. 어느 밤에 그애는 그런 메시지를 보냈다. 아줌마에게도 아주 좋은 시절이 올 거예요.

수제비 그릇을 놓고 식탁에 세 사람이 앉았다.

"날도 더운데 무슨 수제비를." 선풍기 방향을 조정하면서 상희가 마뜩잖은 소릴 냈다.

"더울 땐 뜨거운 음식이 별미죠. 추울 땐 냉면." 부경이 씩 웃으면서 엄마 그릇에 후추를 뿌렸다. 오늘 온라인 수업은 잘 들었느냐고 상희가 물었다. 오늘은 수업이 없었다며 부경이 엄마 앞으로 열무김치 그릇을 밀어주었다. 내가 없는 점심시간에도 저렇게 엄마를 챙겨주었을까. 상희는 수제비를 떠먹으며 앞에 앉은 두 사람을 보았다.

부경과 한 약속은 간단하기도 하고 그렇지 않기도 했다. 나흘 동안 엄마 점심을 먹여드리고 외출을 못하게 하고 그러는 틈틈이 부경은 온라인 수업을 이 집에서 듣는다. 여섯시까지. 그러나 나흘 연속 부경이 저녁을 먹고 가는 일은 계획에 없었다. 부경은 첫날부터 당연한 일인 양 그렇게 했고 저녁 드라마를 시청한 엄마가 잠자리에 드는 열시쯤 자리에서 일어났다. 아르바이트비를 받지 않겠다는 조건으로 부경이 수락했으므로 상희는 퇴근 후 바로 부경에게 그만 가라는 소리를 하지 못했다. 그애가 집에 있어서 불편하다기보다 서로 잘 모를 때 얼굴을 보지 않고서 나눴던 문자메시지들을 다 기억하고 있을까봐서. 부끄럽거나 너무 솔직하거나, 투덜거리고 한탄하던 그 말들을. 상희는 과묵한 사람이었는데 메시지를 주고받는 동안엔 그러지 못했다. 그땐 그 애가 아직 미성년자이고 자신이 그애보다 삼십 년이나 더 나이든 사람이라는 걸 느끼지 못했고, 그들이 대화하는 데 있어서 그건 상관없는 일이었다. 하지만 막상 다시 만나고 보니 그애는 너무 어리고 자신은 터무니없을 만큼 그렇지 않았다. 그 격차 때문에 상희는 자신의 집에 있는 부경이 낯설고 어색하기만 했다.

"맛있구나." 내내 입맛이 없다던 엄마가 말했다.

"네, 감자도 폭신폭신하고요." 부경이 거들고, "전도 한 장 부칠 걸 그랬다. 내가 손이 이래서." 엄마가 다시 웃는 얼굴로 덧붙였다. "어, 그 생각을 못했네요."

상희는 두 사람이 하는 말에 귀기울였다. 내일 일을 나갈 수 있을까 근심하지 않아도 되었던 어느 저녁의 순간을 떠올리게 하는 평범한 대화에. 그러다 문득 엄마가 왼손으로 숟가락을 잡고 수제비를 떠먹는 걸 알아차렸다.

엄마가 부경에게 졸업하면 무슨 일을 하고 싶냐고 물었다.

"아직 잘 모르겠어요. 지금은 친구들하고 버려진 동물을 위한 프로젝트를 하고 있는데요. 그런 일을 전문적으로 하는 사람이 되고 싶기도 하고요." 김이 서린 둥근 뿔테안경을 티셔츠 앞자락으로 닦으며 부경이 말했다. 안경을 벗으니 눈이 더 커 보였고 그래서 겁 많은 어린애 같아 보이기도 했다.

"그리고 할머니, 인플루언서라고 아세요? 그런 사람이 되고 싶기도 해요."

"왜 그런 사람이 되고 싶니?" 상희가 끼어들었다.

"사람들한테 영향을 끼칠 수 있으니까요." 부경이 다시 안경을 쓰며 대답했다.

"영향을? 어떤 분야에서?"

"잘할 수 있는 걸 찾아야겠죠."

"좋아하는 게 아니라?"

"그게 그거 아닌가요." 부경이 고개를 갸우뚱했고 상희가 글쎄, 하곤 다른 말을 찾으려고 했다. 엄마가 손을 내젓더니 부경을 돌아보며 물었다.

"오늘이 끝이라고 했지? 그럼 이제 우리집에 안 오는 거니?"

장마가 다시 시작돼 남쪽 지방에서는 불어난 하천에 행인이 떠내려갔고 전국에 산사태 주의보가 발령되었다. 중부지방엔 주로 새벽에 집중호우가 쏟아지곤 했다. 인력 사무소들에서도 연락이 없었다. 7월 마지막 주 월요일에 상희는 점심상을 차려놓고 신중하게 옷을 골랐다. 아직 상표도 떼지 않은 비둘기색 여름 정장 한 벌이 옷장 맨 뒤에 걸려 있었다. 면접 정장 전문 매장을 나오던 날 가지고 나온 옷이었다. 생각하기에 따라서는 무단으로 가지고 나온 것일 수도 있는. 그 옷을 입고 면접을 볼 만한 데가 생기지 않을 가능성이 커지고 있었다.

상희는 집을 나와 도림천 다리를 건너 은행으로 갔다. 마스크를 쓴 직원들과 손님 서너 명만 앉아 있을 뿐 대기표를 받을 필요도 없어 보였다. 결정을 다 내리고 온 일이라고 생각했는데. 상희는 건강 잡지 한 권을 집어들고 대기 의자에 앉았다. 엄마에게는 의논하지 않은 일이었다. 앞으로 얼마나 이렇게 더 견딜 수 있을까. 상희는 목이 말랐고 은행 유리문으로 젖은 눈을 돌렸다. 아줌마, 인생은 견디는 게 아니라 받아들이는 거죠. 안 그럼 살 수가 없는걸요. 그애가 그런 엉뚱한 말을 했었나. 어느 밤 상희가 너는 우는 모습을 누구에게 보여주니? 라고 메시지를 보냈을 때.

이 주 전, 수제비를 먹고 부경과 헤어지던 날 상희는 지하철역까지 배웅을 나갔다. 부경에게 억지로라도 아르바이트비를 주려고. 그날 엄마가 잠든 것을 확인하고도 도로 소파에 앉은 부경은 선뜻 돌아갈 생각을 하지 않았다. 상희 눈에는 그렇게 보였고 어딘가 초조해지는 마음으로 말했다. 너무 늦었다, 라고. 부경이 자리에서 일어나 상희를 보지 않은 채 한쪽 입 끝을 올리고 웃었다. 비빌 언덕이 없는 애들은 조심해야 해. 자신이 그 말을 떠올린 걸 읽었다는 듯이. 상희는 현관문을 열고 먼저 나갔다.

지하철역까지 가는 동안 그애는 입을 꾹 다물었다. 출구 계단 앞에서 상희는 부경에게 아르바이트비가 든 봉투를 내밀었다. 뜯들이다가 부경이 말했다. 아줌마, 제가 어디 친구 집 같은 데 놀러가면요, 어른들이 자꾸만 시계를 봐요. 그러다가 말해요. 너무 늦었다면서, 그만 가봐야 하는 거 아니냐고요. 밤 아홉시도 안 된 시간에요. 그러지 않으면 제가 그 집에 눌러살기라도 할 듯 말이죠. 짙고 검은 눈썹 밑에서 부경의 눈동자가 흔들렸다. 나는 너와 둘이다. 부경은 그런 문장이 프린트된 에코백을 메고 있었다. 그런 거 아냐, 라고 말해야 했는데. 상희는 지하철역으로 들어오고 나가는 사람들이 신경쓰여 한 걸음 더 뒤로 떨어져 서 있기만 했다. 아줌마, 연락할게요. 그땐 아줌마가 저 도와주시는 거예요. 그러니까 이 돈은 받지 않을 거고요. 부경은 지하철역 계단을 뛰듯이 후다닥 내려가버렸다.

곧장 집으로 가지 못하고 상희는 건널목 옆 초록색 그늘막 아래로 가 잠시 서 있었다. 매미 울음소리가 밤공기에 구멍을 내려는 듯 소란스럽게 들렸다. 조금만 더 있다 가라고 할걸. 걸음이 떨어지지 않았다. 상희는 그애가 가고 없는 거리에 한동안 서 있었다. 몇 분 전으로 상황을 돌리고 싶었다. 엄마는 잠들고, 소파에서 부경과 얼음물을 마시고 있던 때로. 그러면 아마 이런 말을 했을 것이었다.

며칠 전에 버스를 타고 한강을 건너는데 무섭게 불어난 강물이 다리 바로 밑에서 출렁거리고 있더라. 다리 위를 걷고 있는 사람을 볼 때는 괜찮은데 멈춰서 강물을 내다보는 사람의 등을 볼 땐 겁이 나. 난 눈을 감아버렸고, 이 버스가 난간을 들이받고 강물 아래로 추락할지 모른다는 생각이 들었어. 나는 살아날 수도 있고 그러지 못할 수도 있겠지. 버스는 무사히 다리를 건넜고 난 약속이 있는 사람처럼 후암동에서 바로 내렸어. 매장엔 조명이 환하게 켜져 있고 쇼윈도에는 여름 정장들이 전시돼 있더라. 삼 년 동안 내가 반짝거리도록 쓸고 닦았던 직장이야. 점심시간에 자주 갔던 순댓국집은 셔터가 내려져 있더라. 개인 사정으로 영업을 쉰다고. 그 식당을 지나쳐서 편의점 창가에 앉았어. 해고된 날 매니저가 날 따로 불러서 서너 달만 기다려보라고 했거든. 매니저, 옛날에 내 친구였어. 맞아, 걔 덕분에 내가 거기서 일할 수 있었던 거지. 수원에서 학교 다닐 때 동기들하고 술자리가 있었는데 그 친구가 되게 취했어. 통학 버스도 끊겼고. 내 방에서 자고 가도 되냐고 해서 같이 갔어. 다음날 학교 갔다 오니까 자고 있던 친구가 저녁을 해놓고 기다리고 있더라. 그날도 그 친군 내 방에서 잤어. 그다음날도 그다음날도. 그렇게 거의 일 년 동안이나. 내가 학교를 그만둘 때까지. 걔한테 그만 내 방에서 나가달라는 말을 해야 했는데 못했어. 근데 이상하게 그때 일이 자꾸만 생각나는 거야. 몇 십 년이나 지난 일인데. 그날, 그 말 하려고 갔어. 이제 내 연락 피하지 말고 그냥 말해달라고. 다시 거기서 일할 수 있을 거라는 기대를 버리라고 해달라고, 더는 기다리지 않게.

그후로 부경에게서는 연락이 없었다.

상희는 은행을 나와 지하철역 입구 쪽으로 걸었다. 5번 출구에서 도보 삼 분이라고 돼 있었다. 며칠 전 시장 가는 길에, 컨테이너 꽃집과 옥수수 노점 사이 전봇대에 붙어 있던 광고지였다. '도전해보세요 함께 일해요 연령 35세~60세 초보자 경력자 환영 근무시간 오전 10시~오후 4시 30분.' A4용지 안내문 끝에 하나씩 떼어갈 수 있도록 전화번호가 매달리듯 붙어 있었다.

*

일요일에 상희는 점심상을 일찍 물리고 엄마 머리를 단정하게 만져주었다. 두 사람은 깨끗한 속옷과 겉옷으로 갈아입고 소파에 나란히 앉아 비가 그치기를 기다렸다. 요 며칠을 제외한다면 하루 중 서너 시간쯤 소강상태가 되는 순간이 있었다. 내일은 남서쪽에서 매우 강한 비구름이 서울 쪽으로 올라오고 태풍 장미가 다가오고 있다고 했다. 내일은 단 한 발짝도 떼지 못할 만큼 온종일 세찬 비가 쏟아질지 모른다. 그러나 상희가 아무리 말려도 엄마 고집은 꺾을 수 없을 것이다.

오후 세시가 지나자 잿빛 띠구름이 서서히 밀려나면서 비가 그치기 시작했다. 저녁이 될 때까지는 큰비가 내리지 않을 듯 보였다. 상희는 자리에서 일어나 접이식 우산 두 개를 가방에 챙겼다. 아무것도 손에 들지 않은 엄마가 따라 나왔다. 현관 앞에서 상희는 쭈그리고 앉아 엄마에게 운동화를 신겨주었다. 엄마는 아무 말도 하지 않았고 사실 그러는 편이 상희에게는 더 나았다.

엄마를 부축해 버스에 탔다. 서너 명을 제외하곤 승객이 없었다. 상희는 엄마를 창가 쪽에 앉게 하고 그 옆자리에 앉았다. 엄마는 고개를 돌리곤 흙탕물이 된 도림천을 내려다봤다. 얼마 전에 도림천 급류에 휩쓸린 노인이 구조되었지만 결국 사망한 일이 있었다. 봐봐, 물이 얼마나 무서운가. 여름마다 엄마는 말했고 해가 지날수록 상희는 그 말이 무슨 뜻인지 더 잘 알 것 같은 기분이었다. 하천 수위는 얼마나 눈 깜짝할 사이에 높아지는가. 냉기 때문에 상희는 부르르 몸을 떨었다.

버스를 갈아탄 후, 상희는 엄마에게 지금부터 한 시간쯤 더 가야 도착할 거라고 말했다. 말이 없던 엄마는 버스가 샛강을 지날 때쯤 작은 소리로 웅얼거렸다. "걔가 몇 살이었는지 생각이 안 나." 깨끗하게 차려입은 엄마를 보고 상희는 말했다. "나랑 다섯 살 차이잖아." "순했는데, 참 순했었어." 담담한 목소리로 엄마가 말했다. 엄마 말은 사실이기도 하고 아니기도 했다. 그애가 여동생과 상희에게 빌려간 돈을 갚지 않아서 세 형제가 어떻게 싸움을 하고 상처를 주고받았는지 엄마는 알지 못하니까. 그러나 상희는 엄마 말에 고개를 끄덕이며 그랬지, 그랬어, 했다. 이제 겨우 일 년밖에 안 됐는데 그애에 관해 정확하게 기억나는 게 별로 없다는 데 놀랄 때가 있었다. 그래도 그애와 나눈 마지막 통화만큼은 상희가 무너지려고 할 때마다 자주 떠오르곤 한다. 누나, 그냥 바다가 보고 싶어서 훌쩍 떠날 때가 있잖아. 내일은 생각하지 않고. 그냥 진짜로 가버리는 거지. 그애는 그런 말을 했을지 모른다. 아니면 그애라면 그렇게 말했을 거라고 상희가 상상 속에서 만들어낸 것인지도 모른다. 정확히 떠올리려고 하면 뭐든 달아나버리는 것 같았다. 상희는 전화를 붙잡고 기다렸다. 동생이 힘든 고비마다 버릇처럼 하는 그 말을 가만히 들어주기 위해서. 자신이 쓸모없는 사람이라는 좌절감에 빠진 사람에게 어떤 말을 해야 하는지 상희는 알 수 없었다.

두꺼운 구름 사이로 빛이 쏟아져들어와 상희는 손을 들어 이마를 가렸다. 오전까지 무서운 기세로 비가 쏟아졌다는 걸 믿지 못할 만큼의 기습적인 빛들. "엄마는 왜," 상희가 입을 뗐다. "나한테 결혼하란 소리 한 번도 안 했어?" 차선을 바꾸면서 버스가 덜컥 흔들렸다. "원하지 않는 것 같았으니까." 엄마는 상희를 보지 않았다. "그랬을지도 모르겠네." "왜, 후회돼?" 엄마는 차창에 머리를 댄 채로 상희를 돌아봤다. "엄마랑 따로 살았어도 괜찮았을 거야. 그랬으면 오히려 더 다정해졌을 수도 있고." "사람들이 그 나이에 왜 엄마랑 사느냐고 물어보면 뭐라고 해?" 쓸쓸함이 묻어나는 소리로 엄마가 물었다. 상희는 손바닥으로 이마를 한 번 쓸었다. 대답할 수 없는 질문을 던져놓고 엄마는 다시 차창 밖을 내다봤다. "엄마, 빈병 주우러 다니지 마. 그걸로 얼마나 번다고." "그렇게 모아서 구청 앞에다 남몰래 쌀 사놓고 가는 할머니도 있는데 뭐."

버스가 한강공원 옆을 지나고 있었다. "이러니저러니 해도 입추도 지났고 여름은 가고 있구나." 엄마는 혼잣말을 했다. 상희는 팔을 뻗어 하차 버튼을 눌렀다.

마포대교 남단까지 왔을 때 상희는 통행 금지 표지판과 가림막을 보았다. 얼마 전 네시 오십분부터 한강대교에서 마포대교까지 양방향 구간이 통제되었다고 했다. 한강 수위가 높아진데다가 오늘밤부터 폭우가 내릴 거라는 예보 때문에. "그럼, 지금 저 다리로 갈 수 없다는 말이냐?" 엄마가 상심한 눈으로 상희를 보았다. 거기 가지 못하면 아들 얼굴을 볼 수 없는 것처럼. "엄마, 우리 돌아가야 해. 통제가 시작됐다잖아." 상희는 포기했다. 사실은 오기 전부터 그러고 싶었다. "내일은?" 엄마는 상희와 다른 마음이었다. "언제 해제될지 그걸 어떻게 알겠어, 장마가 이런데." 상희는 대교 진입로 쪽으로 눈을 돌리며 말했다. 동생 때문에 다시 무너져내리는 엄마 얼굴은 보고 싶지 않았다. 그애는 마흔일곱, 자신의 삶을 대교 밑으로 떨어뜨려버렸다. "내일이 기일인데." 엄마, 그만해. 상희는 왔던 쪽으로 몸을 홱 돌렸다. 서너 걸음 걷다가 뒤를 돌아봤다. 그렇게 기다리면 곧 통제가 풀려서 대교로 들어갈 수 있다는 듯 엄마는 여전히 그 자리에 서 있었다.

상희는 공원 근처 카페까지 뒤돌아보지 않고 걸었다. 동생은 그랬다. 자신이 언젠가 죽을 것이며 그건 스스로 선택할 수도 있는 문제라 여기고 있었다고. 우발적인 일이 아니었다고 상희는 짐작했다. 그러나 동생의 죽음이 자신에게 영향을 끼치게 될까봐 거의 모든 것을 잊고 싶었다.

엄마가 왼손으로 카페 유리문을 열고 들어와 실내를 두리번거렸다. 다행히 엄마가 뒤따라왔다, 라고 상희는 자신에게 속삭이곤 주춤 일어서 보였다. 음악도 손님도 없는 넓은 카페에 엄마랑 마주앉았다. "그래도 다행이지." 엄마가 뜻밖에 태연한 소리를 냈다. "뭐가." "저 혼자 간 게." 상희는 입을 다물었다. 짐작보다 오래전에 동생은 주변 정리를 해온 듯했다. 올케가 원치 않았는데도 떠나기 몇 달 전에 이혼

했다. 결혼 후 회생 신청 때문에 동생 월급에서 매달 절반도 넘는 액수가 빠져나간다는 사실을 알았을 때도 올케는 결혼생활을 포기하려고 하지 않았다. 둘 다 마흔이 넘어서 만났는데 올케 말대로 좋은 친구 사이 같아 보였다. "지난 일 다 잊고 잘 살아야 하는데." 엄마가 차가운 오렌지주스 잔을 집어들며 말했다. 엄마가 아침마다 매일 기도하는 건 죽은 동생이 아니라 이제는 만날 수 없게 된 올케를 위해서인가. 한밤중에 올케에게서 전화가 온 적이 있었다. 동생이 그렇게 되고 처음이었다. 어머니가 송금하시는 만원 이만원을 확인할 때마다 이렇게 울게 된다고, 그러니 더는 마음 아프게 하지 마시라고 전해달라고 했다. 상희는 엄마의 양손을 봤다. 울퉁불퉁하게 관절이 불거지고 검버섯이 핀. 오른쪽 깁스를 한 부분에 부경이가 그렸는지 웃는 개, 아니 고양이인 듯한 얼굴이 작게 보였다.

"엄마, 왼손 쓸 수 있었으면서 왜 말 안 했어?"

"딸이 몰랐던 거지. 그리고 말할 틈도 없이 다음날 바로 그앨 부른 거잖아." 엄마의 백발 머리가 에어컨 바람에 흐트러졌다 가볍게 가라앉았다. 조각 케이크를 담아준 접시에 포도 잎이 그려져 있었다. 상희와 동생들이 어렸을 적, 무난하게 살 만했던 시절에 젊은 엄마는 밥통에 찐 카스텔라나 만두를 마당의 포도나무 잎으로 장식한 접시에 담아주곤 했다. 그렇게 키워도 생활을 버티지 못하거나 부모를 앞서가는 자식이 있다.

"그애가 오니까 좋더라, 말동무도 되고." "딸은 필요한 말만 하니까?" 상희는 멋쩍게 웃으며 이어 말했다. "걔, 연락이 없네. 잘 지내겠지." 그러자 엄마가 상희를 마주보았다. "나한텐 연락하는데." 그렇구나, 상희는 고개를 끄덕였다. 한번 더 끄덕이다가 피식 웃었다. "너한테 뭐 부탁할 게 있다고 하더라만." 그러곤 엄마가 자리에서 일어났다. "가자 집에, 비 쏟아지기 전에."

*

요보호 아동이란 말을 부경에게 처음 들었다. 그 '보호'는 고등학교를 졸업하면 끝나고 그때부터는 보호 종료 아동이 된다고 부경은 설명했다. 그야말로 사회로 던져지는 거죠. 곱슬거리는 단발머리를 귀 뒤로 넘기며 부경은 시원하게 웃었다. 아이도 어른도 아닌 나이에 퇴소 이후의 생활을 어떻게 지탱해나갈 수 있을까. 상희는 그애가 무슨 준비를 하고 있는지, 어떤 일을 할 계획인지 물어보지 않았다. 그런 걸 물어볼 자격을 가진 어른은 따로 있을 듯해서. 어떤 어른은 오십이 넘어도 비빌 언덕 하나 없다고 느끼고 이미 너무 무거워진 하루 앞에서 헉헉거리기만 할 뿐이다. 지금은 당장 내일을 걱정해야 한다. 자신과 엄마, 그리고 또 남은 날들.

상희는 부경의 연락을 모른 척했다. 딱 하루만, 이제 열아홉 살을 몇 달 앞둔 요보호 아동의 보호자가 되어달라는 부탁을. 부경이라면 어렵지 않게 다른 어른을 찾을 수 있을 것이다. 게다가 그애와는 잘 안다고 말하기도 어려운 사이가 아닌가. 상희는 엄마에게도 그에게 연락이 또 오면 받지 말라고 주의를 시켰다.

6월부터 시작된 장마 기간이 역대 최고로 길어지고 수도권을 중심으로 확진자 숫자가 다시 크게 증가하고 있었다. 일주일 연속 상희는 일찍 파출 사무소로 갔다 허탕을 치고 돌아오기를 반복했다. 정오가 지나도 사람을 보내달라는 전화가 한 통도 오지 않았다. 사무소 대표는 이제 사무실에 나오지 말고 전화해줄 테니 집에서 기다리라고, 그러나 너무 기대는 말라고 사정하는 투로 말했다. 기다리는 전화는 어디에서도 한 통도 오지 않았다. 부경에게서는 연락이 다시 왔지만 그건 기다리는 전화도 기다리지 않는 전화도 아니어서 혼란스럽기만 했다. 아줌마, 그 강아지가 많이 아파요. 안락사까지 사흘 남았어요. 제가 안 데려오면 그앤 그대로 죽겠죠.

운동화를 신고 상희는 천변으로 나갔다. 비가 잠시 그칠 때마다 자전거를 타고 나오는 사람들, 산책로를 걷는 사람들이 있었는데. 지금은 산책하는 사람들도 천변에 한때 보였던 오리 두 마리도, 잉어들도 보이지 않았다. 이 근방에서 태어난 엄마는 강의 유량이 적은 편이라 예전에는 여기서 수영도 하고 겨울엔 썰매도 탔다고도 했는데 폭우가 여름내 휩쓸고 간 탓인지 지금은 그저 흙탕물 도랑처럼 보이기만 할 뿐이었다. 엄마라면 이 풍경마저 다른 눈으로 보았을까. 지난 초여름에 엄마는 옆구리에 회색 줄무늬가 들어간 왜가리를 본 적이 있다고 했고 상희는 믿지 않았다. 엄마는 태어나서 자란 곳을 한 번도 떠나본 적이 없는 사람이라는 사실만이 깨달아졌고, 그렇기는 상희도 다를 바가 없었다. 멀리 나가본 적 없는 두 여자가 늙고 어려워지고 있을 뿐이라고만. 어려운 일이 닥칠 때마다 엄마는 숨을 크게 내쉬듯 말하곤 했다. 여기서 살다 죽을 수 있다면 소원이 없겠구나. 상희는 여기가 어딜까, 생각하며 국립대학 쪽으로 방향을 잡았다. 집에서 멀어질 수 있을까. 생각이 점점 깊어졌고 상희는 사람이 없는 구간마다 자주 마스크를 벗고 숨을 크게 들이쉬었다 내뱉었다. 한번 걷기 시작하면 멈추기가 어렵다. 멈춘 그 자리에 그대로 주저앉게 될까봐. 상희는 몸을 획 돌려 왔던 길로 되돌아가기 시작했다.

무슨 유기견을 입양하는 데도 부모를 대동하라는 걸까. 부경을 기다리며 상희는 엄마에게 싫은 소리를 했다. 그게, 돈이 드는 일인데다가 입양자가 미성년자니까. 엄마가 콩국물에 얼음을 넣으며 말했다. 엄마는 어제부터 한 손으로 콩을 불리고 삶고 갈아서 국물을 만들어두었다. 14일 금요일 낮이었다. 방학식을 마친 부경이 집으로 왔다.

"교복 입은 건 처음 보네." 백발의 엄마가 하얗게 웃으며 부경을 반겼다. 지난번과 같은 에코백을 메고 있었다. 부경은 손을 씻고 국수는 제가 삶겠다며 앞치마를 둘렀다. 상희는 열무김치와 채 썬 오이를 접시에 담았다. 점심을 다 먹고 부경과 버스를 타고 양천동 동물보호소에 가기로 했다. 입양 계획서를 작성해야 하고 상희는 보호자란에 사인을 해야 한다. 부경은 말했다. 한 달씩 돌아가면서 입양견을 맡아줄 친구들이 있다는 것만으로도 지금은 다행한 일이라고. 그리고 같이 가줄 아줌마도 있고요.

"그럼 네가 하고 싶은 게 유기견들 돌보는 일이니?" 엄마가 콩국수 국물을 마시며 물었다.

"아직 잘 모르겠어요. 지금은 할 수 있는 것부터 해보려고요."

"넌 잘할 거야. 이름처럼 진짜 부자도 될 거고." 엄마가 부경에게 말했다.

"국수를 더 삶을 걸 그랬다."

"국물이 진한 게 정말 맛있어요, 할머니."

상희는 부경에게 이렇게 말하고 싶기도 하다. 어떤 직업을 갖더라도 너 자신을 잊어야 하는 그런 직업은 갖지 말라고. 스물에 서른 이후를, 서른에 마흔 이후를 준비할 필요는 없지만 정말로 하고 싶은 게 뭔지 너무 늦지 않게 찾았으면 한다고. 자신이 열아홉이라면 귓등으로 흘려들었을 말을.

"세시에 출발하자고 했지?" 상희는 먼저 일어나 빈 그릇을 개수대에 놓았다. "나 옷 좀 갈아입고 나올게."

상희는 옷장을 열었다. 부족한 대로 진짜 어른같아 보일 수 있는 옷이 필요했다. 옷장 맨 끝에 걸어둔 비둘기색 여름 정장을 꺼냈다. 흰색 라운드 반소매 블라우스와 세트인 바지 정장. 스타킹도 신고 어울리는 가방도 골랐다. 옷장 안쪽에 붙은 거울을 들여다보면서 머리도 빗었다.

식탁에 국수 그릇을 그대로 놔둔 채 부경과 엄마가 소파에 앉아 뉴스를 보고 있었다. "이리 와서 저것 좀 봐봐." 전국의 침수 피해 지역과 수재민들의 상황을 편집한 영상이 나오는 중이었다. 토사에 휩쓸려간 집들과 가축들, 떠내려온 살림살이들, 흐느끼는 사람들. 그리고 퍼붓는 빗속에서 도랑을 사이에 두고 논밭에 고립된 두 사람을 소방서 구조대원들이 구조하는 장면…… 상희는 주춤거리며 소파 팔걸이에 엉덩이를 걸치고 앉아 볼륨을 높였다. 굴삭기 기사가 토사가 일렁이는 도랑 저쪽으로 천천히 굴삭기 팔을 조종해 내밀자 고립돼 있던 두 사람이 서로 어깨를 부둥켜안고 웅크려 탔다. 굴삭기의 팔이 도랑 위로 들어올려지며 우거진 덤불을 건너오기 시작했다. 후득후득 떨어지는 굵은 빗줄기 속에서, 긴박함과 떨림 속에서, 두 사람을 태운 굴삭기의 강철 팔이 허공을 툭 치듯 올라갔다 안전하게 구부러져 반대편으로 이동하는 장면을 상희는 보았다. 불운이 비껴나가는 듯한 조용한 충격을. 채 오십 초도 되지 않는 장면이었다. 상희는 불쑥 이렇게 말할 뻔했다.

어쩌면 찾을 것도 같아.

그러면 부경이 이렇게 물을 것이다. 뭐를요?

내가 할 수 있는 거.

그럼 이애는 웃으며 또 묻겠지.

뭐요? 굴삭기 모는 거, 아니면 사람 구조하는 거요?

그게 굴삭기를 모는 일인지 고립된 누군가를 구조하는 일인지 아니면 자신을 구하는 일인지 아직은 잘 모르겠다는 표정으로 상희는 고개를 끄덕일 것이다. 좀더 곰곰이 생각할 필요가 있을지 모른다는 얼굴로. 이 약해진 지반을 딛고 서서, 그것에 대해. 누구도 아직 상희에게 **너무 기대는 하지 마세요**, 라고 말하지 않는 어떤 가능한 일에 대해서.

화면이 지나갔고, 상희는 정장 바지가 구겨질까봐 얼른 자리에서 일어나며 부경에게 말했다. 어서 다녀오자.

한방향 걷기

공이나 작은 귤로 저글링을 잘했다는 것 외에 사실 미석은 은제 이모에 대해 잘 알지 못했다. 맏이인 엄마에게는 터울이 크게 나는 형제자매들이 있는데 이모가 막내였고 미석과는 다섯 살밖에 차이가 나지 않았다. 이모, 조카가 아니라 자매처럼 지낼 수도 있었을 텐데. 은제 이모가 벌써 오십사 세. 어린이집 선생을 하다 일찍 은퇴했으며 미혼이고 그동안 재산을 좀 모았고 얼마 전부터는 해외여행을 다니며 지낸다고 들었었다. 몇 년 동안 가족들을 안 보고 지내던 이모가―아마도 형제들 간의 채무 문제였을 거라고 짐작하지만―다시 왕래를 시작한 건 이 년 전부터였다. 엄마가 이모와 베트남과 태국을 다녀오고, 막냇동생이 조카들을 자신에게 맡기고 이모와 제주로 여행을 다녀올 때까지만 해도 미석은 별생각이 없었다. 다시 조금 가까운 가족이 되려고 노력하는 정도로 여겼으니까. 그러나 은제 이모가 너랑도 언제 같이 여행 가보고 싶은데, 라고 슬쩍 미석을 곁눈질하며 말끝을 흐렸을 때 행주로 명절 상을 닦던 미석은 손을 멈췄고 설거지를 핑계로 개수대 앞으로 가 등을 돌렸다. 저렇게 말도 없는 애랑 무슨 여행을 가, 너 힘들게. 엄마 목소리가 들려서 미석은 고무장갑 낀 손으로 물을 세게 틀었다.

그사이 코로나가 터졌고 미석은 등록을 취소하는 수강생들을 관리하고 화실을 꾸려나가느라 그 일은 잊어버렸다. 방화동에 살던 이모는 경기도 어디로 이사를 했다고 했다. 부모도, 막냇동생 부부도 은제 이모의 새집에 가 저녁을 먹거나 하룻밤씩 자고들 왔다. 이제 그 집에 가보지 않은 사람은 미석밖에 없었다. 두루마리 휴지 택배로 보냈더라, 언니도 심심할 테니까 같이 한번 와. 은제 이모는 아무렇지도 않게, 가늘고 명랑한 목소리로 미석에게 말했다.

지금까지 미석은 자신의 엄마를 좋아하지 않는다고 말하는 사람을 본 적이 없었다. 미석도 처음부터 그랬던 건 아니었지만. 지난가을부터는 누군가에게 그 마음을 들키게 될지도 모른다는 불안을 느끼곤 했다. 어쩌면 부끄러움. 자신의 엄마에 대해 좋지 않은 말을 하는 사람을 상대방은 어떻게 생각할까. 게다가 다른 사람도 아니고 은제 이모는 엄마의 동생이니까 미석과 지내다보면 저절로 눈치챌지 몰랐다.

　신정이 일주일쯤 지난 뒤였다. 점심을 먹다 말고 엄마가 젓가락을 내려놓으며 은제네 한번 가는 게 그렇게 어려운 일이냐고 물었다. 잇몸 통증이 도졌는지 표정도 좋지 않았다. 그러고 보니 신정 때나 시간이 날지 모르겠다고 연말에 얼버무린 적이 있었다. 사실 지난달부터 금요일 저녁에는 수강생이 한 명도 없었다. 십 년 전에 친구에게 인수한 화실은 주로 동네 직장인과 주부들 대상이었다. 얼마 동안은 어려움을 겪었지만 차차 자리를 잡아갔고 코로나 확산 전까지만 해도 월세를 내고 생활을 꾸리는 게 아주 어렵지는 않았다. 지금은 그때와는 상황을 비교할 수조차 없지만. 거기가 어디라고요? 다른 핑곗거리를 찾느라 미석은 건성으로 물었다. 당산까지 지하철 타고 가서 1번 출구로 나가면 니네들 잘 가는 스타벅스 앞 정거장에 경기도행 광역 버스가 있어, 그거 타고 한 시간 더 들어가면 금방이지 금방. 비스듬한 자세를 고쳐 앉으며 엄마가 말했다. 외할머니가 유방암으로 돌아가셨을 때 엄마는 고등학교 2학년, 은제 이모는 세 살이었다고 했다. 둘 가운데에는 초등학교 중학교 다니는 삼촌들 두 명이 있었고. 엄마는 그때부터 외할아버지, 남동생 둘, 어린 은제 이모를 돌보고 살림하느라 학교를 중퇴했다. 엄마는 그 시절 이야기를 하는 것을 좋아하지 않는다. 겨우 스물한 살에 미석을 낳았다는 이야기도. 엄마의 눈과 눈 사이, 콧등에 가로로 난 깊고 선명한 주름은 미석에게도 생겼다. 외할머니를 본 적은 없지만 지금 맞은편에 앉은 엄마의 얼굴이 그와 닮았을 테고 눈에 보이지 않는 많은 것도 미석에게 새겨졌을지 모른다. 거기가 김포시 고촌읍 향산리. 미석이 말이 없자 엄마가 확정을 내리듯 세부 주소를 알려주었다. ……향산리? 미석은 고개를 들고 엄마에게 되물었다.

은제 이모가 방화동 아파트에 살 때 한 번 가본 적이 있었다. 막냇동생과 초등학생이던 조카들과 서울식물원에서 바오바브나무를 보고 돌아오는 길이었다. 함께 여행을 다녀온 후로 막냇동생은 이모와 자주 연락을 주고받는 눈치였다. 거기서 이모 집이 지척이라고 했다. 꼭대기 층에다 평수도 넓긴 했지만 가구가 없어서인지 혼자 살기에는 터무니없이 휑하게 느껴졌다. 거실 벽에 벽걸이용 텔레비전, 그리고 맞은편에 이불이 깔려 있었다. 소파가 없어서 미석은 식탁 의자를 끌어다 앉았다. 은제 이모는 탑층에서 탁 트인 전망을 바라보는 게 낙이라고 했다. 막냇동생이 배달 음식을 주문하고 조카들이 이 방 저 방 뛰어다니는 소란 속에서 이모는 이불 위에 한쪽 무릎을 세우고 앉아 거실 창 쪽으로 눈을 돌리고 있었다. 이모는 무슨 생각을 할까. 외할아버지와 살았던 벽돌공장, 하천으로 이어진 둑방에서 파릇파릇 뛰어오르던 메뚜기떼, 외삼촌이 치던 낡은 통기타, 톡 치면 목을 끄덕끄덕 흔들던 개 모양의 사기 인형, 그리고 흰 칼라의 교복과 주판과 부기 책들을 추억하고 있을까. 어쩌면 이제는 갈 수 없는 길에 대해 상상하거나 후회하고 있을까.

새로 이사한 향산리의 아파트는 평수만 줄었을 뿐 지난번 집과 유사해 보였다. 구조가 아니라 썰렁하게 텅 비다시피 한 거실이. 여전히 바닥에 이부자리를 깔아두었으나 그래도 이 집엔 긴 가죽소파를 놓아서인지 조금 더 안정감이 있어 보였다. 미석은 어젯밤에 담근 동치미와 엄마가 만든 몇 가지 밑반찬들을 이모의 냉장고에 정리했다. 냉장고도 비어 있기는 마찬가지였다. 아침은 누룽지죽, 하루에 한 시간 반씩 산책하고 먹고 싶은 게 있으면 반찬가게에서 사 와서 늦은 점심 겸 저녁을 먹고 뉴스를 보고 밤 아홉시에 취침. 이모는 그렇게 단순하게 지내기로 한 모양이었다. 하루 대부분은 거실 입구 쪽 턴테이블 앞에 놓인 낙타색 일인용 소파에 앉아 통창을 내다보면서.

금요일 오후가 저물고 있었다. 한사코 당산역까지 마중을 나온 은제 이모 차를 타고 동네 맛집이라는 메밀 전문점에서 점심을 먹고 들어왔을 뿐인데도 이모와 엄마는 눈에 띄게 지쳐 보였다. 겉옷과 양말만 벗은 엄마는 거실 이불 위에 누워 코를 골기 시작했고 이모도 잠깐 쉰다면서 침대방으로 들어갔다. 엄마는 하루만 있다가, 미석은 일요일에 집으로 돌아가기로 했다. 엄마가 일요일까지 같이 있겠다고 하지 않아서 다행이었다. 엄마와 오래 있으면 결국 다투게 되고 서로 냉랭해지고 말 테니까. 이번 주말은 그러고 싶지 않다. 대신 미석에게는 다른 생각이 있었고 창오 아주머니를 만나는 그 일이 엄마에게 타격을 주길 바랐다.

　방금 들어온 집이 고요로 가득해졌다. 거실 창으로 한순간 삼각기둥 모양의 빛이 떨어져내리듯 들어왔다 슥 지나가는 듯 보였다. 이렇게 장애물 없이 빛이 넓게 들어오는 자리에 서 있어본 게 얼마 만인지 몰랐다. 미석은 몸을 기대며 한 손 손바닥을 창에 대었다. 이런 자리와 빛이 절실하게 필요했던 때도 있었다. 그림을 처음 시작했을 때. 그러나 미석은 그림을 그리는 일과 그림을 가르치는 일이 전혀 다르다는 사실을 금방 알아차렸고 그것은 결정을 내리는 데 도움이 되었다. 자신을 발견해서 선택할 수 있는 직업이 있고 자신을 잃어버려서 선택하게 되는 직업이 있다면 미석의 일은 전자에 속한다고 믿었다. 그래서 평균치보다 수입이 적고 가진 게 없어도 견딜 수 있는 거라고. 그렇다고 미래가 단단해지는 느낌은 아니었고 그런 게 어떤 느낌인지 미석은 알지 못했다. 어쩌면 영원히 알 수 없을 것이다. 머리를 빈틈없이 올려 묶은데다 입을 일자로 다물고 있어서인지 자신에게도 친절해 보이지 않는 인상을 창에서 지우고 미석은 까치발을 들어 먼 데로 눈을 돌렸다. 전경이랄 것도 없이 비어 있는 땅들과 저멀리 구불구불하게 휘어진 도로, 야산의 등성이밖에 보이지 않았다. 한파가 오늘부터 풀리긴 하지만 저녁부터 비 예보가 있었다. 한 뼘쯤 열어둔 거실 창을 닫다가 미석은 창에 가로로 길게 남은 흙탕물 자국을 보았다.

이틀 동안 지낼 작은방에서 옷을 갈아입고 식탁에 앉아 방금 전에 들어올 때에야 우편함에서 가져온 조간신문을 펼쳤다. 입주민 중에 신문 구독자가 이모 외엔 없는데다 먼 곳이라 보급소에서도 신문을 현관까지가 아니라 일층 우편함에 두고 간다고 했다. 그래서 산책 마치고 돌아오는 길에 꺼내 오면 석간이 돼버린다고. 아닌 게 아니라 아파트 세 동만 제외하고 주변은 거의 논과 밭이 전부였다. 당산역에서 한 시간 거리밖에 안 되는데도 외지고 허허벌판처럼 느껴졌다. 엄마 말로는 앞으로 몇 년 새 아파트촌이 들어설 거라고 해도. 어젯밤 미석이 배와 생강과 마늘을 갈아 동치미 국물을 만들고 있을 때 엄마는 옆에서 우둔살과 메추리알을 조리고 푹 삶은 우거지에 된장을 넣어 무치다가 혼잣말처럼 말했다. 생활비를 현금으로 쥐고 있어야 하니까 거기로 갈 수밖에 없었다고. 왜냐고 묻는 대신 미석은 동치미 국물이 좀 싱겁네, 하곤 물에 녹인 천일염을 커피 필터에 걸러 더 넣었다. 소금에 섞인 불순물이 국물에 들어가지 않도록. 명절 때마다 은제 이모가 맛있게 먹는 음식이었다. 언젠가부터 엄마가 담그지 않는 백김치, 동치미, 고추절임, 오이지, 어리

굴젓 같은 음식들은 미석이 만들게 되었다. 엄마는 미석이 주방에 있는 것을 못마땅해했고 기력이 쇠하면서부터 이전보다 더 퉁명스럽고 무뚝뚝해져갔으며 아침에 한 시간 동안 가족을 위해 기도하는 일로 자신의 의무를 다하려는 듯했다.

여섯시가 되자 은제 이모는 고무줄로 단발머리를 동여매면서 방에서 나와 엄마를 깨우고 둥근 양은 밥상을 꺼내 다리를 폈다. 엄마는 선잠이 덜 깬 듯 여기가 어디지? 하는 눈으로 두리번거리다가 갑자기 목이 멘 소리로 맨날 어떻게 이렇게 혼자 있냐, 웅얼거렸다. 작고 불분명한 목소리였는데 미석은 알아들었고 얼른 엄마 그만, 하는 눈짓을 보냈다. 이모 앞에서도 아무때나 우는소릴 내고 듣고 싶지 않은 소리를 하고, 혼자 아프기라도 하면 어쩌냐고 걱정을 늘어놓을까봐. 다용도실에서 이모가 생수병을 갖고 나오자 눌린 베개를 손바닥으로 툭툭 치며 엄마가 달라진 목소리로 말했다. 오랜만에 와인도 한잔 마실까. 미석은 두 사람이 잠든 사이에 끓여놓은 버섯전골과 밑반찬을 상에 올리고 와인을 땄다. 술을 못하는 이모 잔에는 미지근하게 데운 보리차. 상 앞에 앉기 전에 엄마는 휴대전화를 들고 피아노 방으로 들어가 문을 닫았다. 그래도 엄마의 큰 목소리가 밖으로 다 들리는 줄도 모르고. 여보, 밥통에 밥 내일 점심까진 될 거예요, 냉장고 맨 위 칸에 있는 통들이 다 당신 반찬이고, 나 재네들이랑 있다가 내일 갈게요. 보일러랑 문 단속 단단히 하고 자요.

형부 아직도 밥하실 줄 모르니? 은제 이모가 재채기를 하는 미석에게 티슈 갑을 건네주며 물었다. 미석이 보기에 엄마는 아버지에게 그런 걸 가르칠 마음이 없어 보였다. 게다가 엄마의 천식이 심해진 이후에 주방 가스레인지를 인덕션으로 바꾸고 나자 이제 아버지는 냄비에 든 음식을 데워먹지도 라면 하나 끓이지도 못하게 되었다. 내일은 토요일이라 아버지는 낮 한시에 퇴근해 오고, 엄마는 밥통에 밥을 내일 점심 몫까지 해놓았다고 했다.

이모, 그런데 창에 저 흙탕물 같은 건 뭐야?

은제 이모가 거실 창 쪽으로 고개를 돌렸다. 벌써 머리가 백발에 가까워 보였다. 이모는 염색약을 바르면 눈이 아파서 염색을 못한다고 했다.

글쎄, 어딜 가도 완전히 안전한 데가 없네.

그게 무슨 말이야?

십일층 주인이…… 좀 그래.

이모 집은 십층이었다. 무슨 문제가 있는 거냐고 물으려는데 방에서 엄마가 나오는 소리가 들렸고 은제 이모가 미석에게 눈을 찡긋거렸다. 언니 또 걱정하니까.

이런 양은 밥상을 요즘 어디서 샀나? 예전에 쓰던 상이 생각나네.

아버지와 통화를 마친 엄마가 개운하다는 표정으로 말했다.

은제 이모는 일정을 다 짜둔 모양이었다. 첫날인 금요일은 메밀 식당에서 점심식사를 하고 먼 데서도 사람들이 찾아온다는 그 동네 대형 와인 할인 매장 가기, 토요일은 드라이브 겸 차를 타고 강화도에 가서 간장게장으로 점심을 먹고 당산역까지 엄마 배웅하기, 일요일은 일요일대로의 일정이. 그러나 은제 이모는 토요일 아침에 자리에서 일어나지 못했다. 계획에 없던 일이었다. 아침부터 강한 바람에 눈비까지 섞여 흩뿌리기 시작했다. 엄마도 은제 이모만큼이나 계획대로 움직이는 걸 좋아하는 사람이었다. 아침부터 엄마는 은제 이모가 아프고 저녁이 되면 밥통에 밥이 떨어진다는 사실 때문에 안절부절못했다. 이모가 운전해서 역까지 데려다주지 못하면 아버지 저녁밥 때문에 엄마는 아파트에서 한참 걸어나가 경기도 버스를 한 시간쯤 타고 당산역으로 가서 2호선을 타야 했다. 은제 이모는 구토를 한 뒤 소화제와 해열제를 먹고 침대방에 누워 있으면서도 엄마에게 조금 쉬면 괜찮아질 테니까 기다리라고 말했다. 그냥 내일 가면 안 되냐고 이모는 말하지 않았다. 열이 내린 뒤에도 이모는 금방 일어날 것 같아 보이지 않았다. 어제 메밀 식당에서 이모는 차가운 음식이 싫다고 장칼국수를 먹었다. 식당에 사람이 많지 않았는데도 마스크 벗고 있는 시간을 줄이느라 다들 허겁지겁 먹긴 했다. 그때 체한 것 같았다. 게다가 은제 이모는 보통 아홉시에는 잠을 자는데 어제 엄마와 미석이 와인 한 병을 비우느라 상을 치울 때는 열시가 넘어 있었다. 이모는 같이 앉아 있는 것만으로도 완전히 지쳐 보였고 샤워하곤 머리를 제대로 말리지도 못하고 잠들어버렸다.

찹쌀이 없어서 미석은 멥쌀 두 컵을 물에 불려두었다. 아침 일찍부터 외출복을 차려입은 엄마는 침대 발치에 엉거주춤 앉아서 이불 밖으로 삐져나온 이모의 한쪽 발을 손으로 문지르고 있었다. 울상을 지은 채. 미석이 아파 누워 있을 때도 엄마는 그랬다. 딱 거기까지만 만져도 좋다고 허락받은 사람처럼 침대 끝에 앉아 두 손으로 그저 맨발을 쓰다듬었다. 이쪽에서 보니 뭔가를 비는 사람 같아 보이기도 했다. 그 손길이 얼마나 서툴고 어색한지 엄마도 알고 있을까. 미석의 기억에 엄마는 단 한 번도 딸들을 껴안아줘본 적이 없었다. 특히 맏딸인 자신은. 아버지가 엄마에게 그랬듯 별 이유도 없이 미석을 때린 후 숨이 막힐 정도로 끌어안고 울먹일 때가 있었지만 그건 딸을 안는 게 아니라 부끄러운 자신을 끌어안으려는 시도였을 뿐이다. 울음을 그치면 엄마는 소스라치게 놀란 듯 미석의 몸을 밀쳐내곤 했으니까.

식탁에 앉아 있다가 미석은 휴대전화를 들고 작은방으로 가 문을 닫았다.

비바람이 잦아들더니 오후 세시가 지나면서부터는 하늘이 개기 시작했다. 환기를 시키려고 거실 창을 열었다가 엄마는 얼른 도로 닫았다. 윗집 베란다에서 흙이 섞인 물이 뚝뚝 떨어진다고 했다.

결국 하루 더 이모 집에 있기로 했으면서 엄마는 어디 나가고 싶은 사람처럼 외출복을 갈아입지 않았다. 아버지가 저녁은 컵라면으로 해결할 거고 은제가 아프니까 옆에 더 있다 오라고 했다는데도. 이모가 중학교 3학년 때 외할아버지마저 돌아가시자 결혼해서 따로 살고 있던 엄마는 은제 이모와 삼촌들 모두를 집으로 불러들였다. 넉넉하지도, 방이 여유가 있지도 않은 집에. 엄마는 농담처럼 그때 아버지를 처음 사랑할 뻔했다고 말하기도 했다. 그러고 보면 은제 이모와 살았던 시간이 꽤 되었다. 이모와 삼촌들 때문에 자매들은 한방에서 복닥거리며 지내야 했고 사춘기로 접어들면서 미석은 이모에게 해서는 안 될 소리를 하기도 했다. 거의 잊어버렸다고 생각했는데. 이모가 고등학교 때인가 한번은 가출을 한 적이 있었다. 이모가 이틀 만에 집으로 돌아왔을 때 아버지는 대문 앞에서 이모 뺨을 한 대 후려치며 말했다. 어린 게 벌써부터. 미석은 입술을 다문 채 교복만 아니면 키 작은 초등학생으로 보일 이모가 아버지에게 세게 얻어맞는 장면을 지켜보기만 했다. 삼촌들과 이모가 차례차례 집을 떠날 때 아버지는 은혜를 잊어버리면 안 된다고 강조

했고 미석은 그 말에 남몰래 진저리를 쳤다.

산책이라도 갔다 오지 그래. 속이 조금 가라앉았는지 침대방에서 나와 거실 이불에 누운 이모가 눈을 감고 말했다. 단지 나가서 작은 굴다리 지나면 계양천 산책길이 나와, 거기 오리들이랑 이름 모를 새들도 많은데. 안내해줄 수 없어서 아쉽다는 듯 이모가 한쪽 팔을 이마에 올리고 말했다. 엄마는 소파에 앉은 채 뺨이 푹 팬 이모를 내려다보며 이름 모를 새들이 어딨어, 다 이름이 있지, 라고 타이르듯 덧붙였다. 미석은 이 인용 식탁에 앉아서 그 두 사람을 보며 생각했다. 오늘 나에게도 계획이 있었다고. 하는 수 없다는 듯 미석은 자리에서 일어나 말했다. 엄마, 우리 잠깐 나갔다 와요.

어젯밤 엄마와 이모가 잠든 것을 확인하고 미석은 밖으로 나가 인도를 따라 걸었다. 낯선 곳을 걸어보기는 오랜만이었다. 코로나 이후 이 년 동안 아무데도 가지 않았다. 가끔 집 앞에서 버스를 타고 삼막사 초입의 공원에 가서 한두 시간 앉아 있다 오곤 했을 뿐 하루의 절반은 화실에, 절반은 집에 있었다. 그게 자신에게 알맞은 삶이라고 받아들인 듯. 미석이 서른 살 무렵 집이 경매로 넘어갈 위기에 처했었다. 미석이 대출을 받고 빚을 얻어 간신히 집을 지켜냈다. 그다음으로는 그저 빚을 갚아나가며 하루하루 생활했을 뿐이었다. 집을 지키고 부모와 각각 다른 방에서 안전하게 하룻밤

을 보내는 것만이 전부였고 다행이었던 때. 그 틈 어딘가에
서 제 살림을 시작하고 빠져나왔어야 했는지 지금에 와서야
미석은 혼란스러워졌다. 지난해 추석 무렵, 시드니에 사는
동생이 어렵게 격리 면제서를 받아 집에 이십여 일 다녀갔
을 때였다. 아프면 제때 병원에 좀 가고 삼십 분이라도 나가
서 걷고 행주를 삶을 때는 인덕션 앞에서 지켜보고 있어야
냄비를 태우지 않을 수 있다는 말들, 미석이 잔소리처럼 해
오던 요구를 동생이 한번 하자 엄마는 다정한 조언을 들은
것처럼 그래그래 네가 그렇게 하라니까, 라며 얼른 대답했
다. 오랜만에 가족이 모여 들뜬 엄마가 웃으면서 주변을 둘
러보다가 미석과 눈이 마주쳤을 때 미석이 그 표정에서 본
건 한 가지였다. 미석 하나만으로 만족하지 못하는 엄마. 곁
에 있어도 너는 나를 만족시킬 수 없을 거다 하는, 웃는데도
어쩐지 밀어내는 듯한 표정. 그건 뜻밖에도 미석에게 또다
른 부분을 일깨웠다.

엄마는 미석을 낳기 전에 아이를 지운 적이 있고 그게 남
자아이였을 거라는 말을 흘린 적이 있었다. 거기까지만 들
었으면 좋았을 텐데, 몇 해 전 생신 때 술에 취한 엄마가 그
말끝에 웅얼거렸다. 넌 내가 그렇게 안 했다.

미석은 때로 감정이 어떤 힘처럼, 자기장처럼 에너지를
갖고 움직인다고 느꼈다. 그 힘이 원치 않는 순간 튀어나올
까봐 그후 가능하면 엄마 가까이 가지 않으려고 했다. 그러

나 미석은 엄마를 떠나서 살아본 적이 없었고 어딜 가든 근심처럼 엄마가 따라다녔다. 뼛속 깊은 곳에서 아이는 본능적으로 알았을 것이다. 엄마가 자신을 원치도 않고 환영하지도 않는다는 감정적 진실을. 때로 몸 어딘가 웅크리고 있는 아직 자라지 못한 어린 미석이 어른이 된 미석의 가슴을 작은 주먹으로 쿵쿵 두드리는 것 같았다. 다정하게 속삭이는 말들, 안정감을 느끼게 해주는 확신에 찬 목소리들, 나한테 필요한 건 그런 거였는데. 그러지 못해서 미안하다고 말해줘, 지금이라도.

미석은 자주 휘청거렸다.

아파트 단지를 따라 공사 방음벽이 길게 설치돼 있어 두 사람이 나란히 걷기엔 보행로가 좁았다. 그새 다 녹았는지 놀이터에도, 가지만 남은 가로수에도 아침에 진눈깨비가 흩날린 흔적은 보이지 않았다. 미석은 엄마와 앞서거니 뒤서거니 걷다가 말했다.

저기서 코너 돌면 마트가 나와요.

또 밤에 돌아다녔구나. 위험하다니까.

마스크 코까지 제대로 덮어쓰셔야지.

거기 무인 계산하는 덴데, 너 할 줄 알아?

가르쳐줄 테니까 엄마가 해봐. 이제 나 없으면 엄마가 할 줄 알아야지.

흰 마스크 때문에 눈 아래 검버섯이 더 도드라져 보이는 엄마가 미석을 돌아봤다.

배우긴 뭘 배워, 네가 있는데.

엄마 목소리가 무성의하게 들렸다.

언제까지 내가 엄마 옆에 있을 거라고 생각하는데. 미석은 걸음을 멈추고 날카롭게 말하려고 했다. 어딜 가. 인도에서 횡단보도로 한 발 내려서는 미석의 팔을 엄마가 낚아채듯 잡았다. 엄마에게서 머리를 감지 않았을 때 나는 비린내가 확 풍겼다. 귀 뒤쪽을 안 씻은 것 같은 노인의 냄새. 정면을 본 채 미석은 숨을 참았다. 그랬다가 다시 깊게 내쉬었다. 저녁에는 단호박을 하나 사서 호박죽을 쒀야겠다. 이모가 먹으면 소화될 것 같다고 한 하겐다즈 녹차맛 아이스크림도 사고. 신호가 떨어지자 엄마가 한 발 앞서 걸으며 갈라지고 탁한 소리로 말했다.

오랜만에 집 나오니까 좋다, 그치?

창오 아주머니가 향산리에 살고 있다는 사실을 알게 된 건 얼마 전이었다. 엄마는 미석이 창오 아주머니가 이사간 후에도 연락을 주고받는 걸 탐탁지 않게 생각했다. 창오 아주머니네와는 한동네에서 이십여 년을 같이 살았다. 초등학교 중학교를 미석과 같이 나온 창오가 입시에 실패한 후 입대할 무렵까지. 어려운 시절이었다는 말로 엄마는 그 시절을 뭉뚱그리고 싶어했다. 살기 어려워서 그랬다고. 아버지가 엄마에게 폭력을 쓰고 살림을 부수고 어린 미석과 동생들을 두려움으로 몰아넣는 밤이 이어졌다. 지금에 와서야 부모가 될 준비도 없었고 누구한테 인생을 배운 적도 없는 가난하고 어린 부모여서 그랬을 거라고 짐작하지만 그때는 그런 생각을 할 수조차 없었고, 누구에게도 말하지 못한 잦은 밤들의 두려움은 마흔아홉의 미석에게 뒤늦은 분노로, 갑자기 터지는 생경한 울음으로 되살아나곤 했다. 중학생이 되었을 때 미석은 파출소에 신고를 했다. 순경 두 명이 집으로 와선 자매들과 벌벌 떨고 있는 미석의 머리를 쓰다듬으며 말했다. 니네들이 이해해라. 순경들이 오자 아버지는 술이 깬 얼굴로 변명을 했고, 엄마는 피하려다 다친 거라고 아버지를 두둔했다. 순경들이 간 뒤에 엄마가 미석에게 쏘아붙였다. 동네 창피하게 만드는구나. 그러나 아버지는 며칠 뒤 다시 술을 마셨고, 아버지의 완력에 못 이겨 방으로 끌려들어갈 때 엄마는 허공을 두리번거리며 누군가 이 상황을 막아줄 사람을 간절히 찾는 듯 보였다. 미석의 눈에는 그게 엄마가 평생 낳지 못한 아들처럼 보였고 미석이 할 수 있는 것은 여기저기 다급하게 전화를 걸어 도와달라고 애원하는 일이었다. 엄마의 친구들, 삼촌들, 옆 동에 살던 백부에게도. 놔둬라, 부부싸움하는 모양인데. 아무리 늦은 밤이라도 달려와주는 사람은 창오 아주머니밖에 없었다. 아주머니는 안방 문을 열쇠로 힘있게 열고 들어가 미석이 아버지 오늘

뭐 기분 안 좋은 일 있으셨나봐요, 이러지 말고 앉아서 얘기
합시다, 애들이 놀라요, 하며 아버지를 말리고 엄마의 눈물
과 상처를 닦아주고 아버지가 잠에 쓰러질 때까지 그 두 사
람을 달랬다. 때로는 새벽이 될 때까지.

　미석이 열아홉이 될 무렵 창오 아주머니는 친정이 있는
경기도로 옮겨가게 되었다. 언제부터인지 엄마와 창오 아
주머니는 사이가 멀어졌지만 미석은 종종 시장통의 아주머
니 가게에 들러 찹쌀 꽈배기를 사곤 했다. 미석이 본 여자
중 가장 목소리가 크고 생활력이 강하고 호탕하게 웃는 그
런 아주머니였다. 넌 잘될 거야 미석아. 이사를 가기 전 창
오 아주머니는 두껍고 넓적한 손바닥으로 미석의 손등을 쓰
다듬으며 인사했다. 아버지가 뇌출혈로 쓰러졌다 일어난 후
로 더는 그런 밤은 없게 되었어도, 미석은 밖에 말할 수 없
는 상황에 놓였을 때 바로 달려와줄 수 있는 사람을 잃는다
는 사실에 가슴이 쪼그라드는 것 같았다. 창오 아주머니와
의 작별은 그랬다.

　맛집을 소개하는 프로그램에 창오 아주머니네 가게가 소
개되었다. 직접 빻은 찹쌀가루에 발효종을 섞어 만드는 창
오네 도넛을 먼 데서도 사람들이 찾아오고 주문해 간다고
했다. 지금은 창오가 가게 일을 도맡고 있는 모양이었다. 미
석은 가게 전화번호를 찾아 입력해두었다.

　벌써 토요일 저녁이었다. 은제 이모에게 지리를 물어 창

오 아주머니네 가게로 갔다면 영문 모른 채 따라나섰을 엄마는 어떤 표정을 지었을까. 듣고 싶어했던, 그때 해주기를 바랐던 말들을 엄마는 뒤늦게나마 미석에게 하고 어루만져 주었을까. 나이들어가는 자식 안에 그때 성장하지 못한 한 아이가 숨죽인 채 웅크리고 있다는 걸, 그 슬픔을 쏟아낼 기회가 한 번쯤은 필요하다는 걸 알 리 없는 엄마가. 기운을 조금 차린 은제 이모가 호박죽을 한 그릇 먹는 것을 다 지켜본 후에야 엄마는 죽을 두 그릇이나 먹고 거실 소파에 머리를 기댄 채 꾸벅꾸벅 졸고 있었다. 나쁜 꿈을 꾸는 듯 미간을 찌푸린 채 반쯤 입을 벌리고, 검버섯이 목까지 핀 엄마는 늙고 불행하고 지쳐 보였다. 엄마가 잠든 모습을 이렇게 가까이서 보기는 오랜만이었고 그래서인가 엄마는 엄마로 보이지 않았다. 모르는 사람으로도 잘 아는 사람으로도 보이지 않았다. 미석은 풀썩, 소파 끝에 가만히 주저앉았다. 전의를 상실한 채.

침대방 쪽에서 이모가 샤워하는 물소리가 들리고 있었다.

거실 창의 흙탕물은 아까부터 누군가 굵은 펜으로 낙서해놓은 것처럼 보였다. 해가 저무는 저녁의 다채로운 하늘빛도, 가깝고 낮게 지나가는 비행기와 새떼들의 풍경도 모두 그 경계 안으로 들어오면 순식간에 하찮고 보잘것없어졌다. 저녁을 먹기 전에 미석이 베란다로 나가 물걸레 청소포로 창을 닦았지만 위층 베란다 난간에 줄줄이 늘어놓은 화분에서 흘러내린 흙탕물은 말끔하게 닦이지 않았다.

　이모에 의하면 십일층 주인과 알고 지내는 사람이 없다고 했다. 외출도 잘 안 하고 인사를 트고 지내는 입주민도 없고. 십일층 주인이 베란다 난간에까지 화분들을 올려두지 않았다면 아무도 그 집에 관심을 두지 않았을지 모른다고 덧붙였다. 아파트 바로 앞에 놀이터가 있어 만약 난간에서 화분이 떨어진다면 큰 사고로 이어질 가능성도 있었다. 오늘처럼 비가 오거나 그 집에서 물을 주는 날이면 십층 이모 집 베란다와 통창으로 흙물이 흘러내렸다. 문을 열고 있다가 흙탕물이 거실로 튀거나 널어놓은 빨래를 버리는 일도 허다했다. 마음대로 창을 열어둘 수도 없는 불편을 견디다가 하루는 이모가 떡을 사 들고 올라가 벨을 눌렀다. 문이 딱 안전 고리가 벌어지는 만큼만 열려서 이모는 십일층 주인의 얼굴을 제대로 보지도 못하고 말했다. 화분을 난간에서 내려줬으면 한다고. 그러자 십일층 주인은 다시 올라와서 그런 요구를 하면 경찰에 신고해버리겠다고 대꾸하곤 문을 쾅 닫아버렸다. 얼마나 사나운지 다리가 벌벌 떨리더라니까. 이모는 어깨를 움츠리며 말했다. 현관 드나들 때마다 머리 위가 오싹하다고 입주민들도 민원을 냈다. 관리사무소에서 십일층을 찾아가 필요하면 화분 치우는 일을 도와주겠다고 했다가 거절당했다. 철거하라는 공문을 보냈는데도 내 집 일인데 무슨 상관이냐며 십일층에서는 꼼짝도 하지 않았다. 현행법으로는 처벌할 규정이 없어서 지금은 관리사무소에서도 포기한 모양이었다.

엄마와 장을 보고 돌아오는 길에 미석은 아파트 입구에서 십일층을 올려다보았다. 밑에서 봐도 보통 이상 크기인 화분들이 디귿자 모양으로 올려져 있었다. 무게도 다 합치면 수십 킬로는 나갈 듯싶었다.

젖은 머리를 바짝 말리고 나온 은제 이모가 가스레인지에 주전자를 올렸다.

저거 해결해야지, 이모.

장 보고 들어올 때 꺼내 온 신문을 식탁에 놓고 미석이 앉았다.

아무리 애써도 안 되는 일이 있더라, 상대가 달라지지 않는 한.

찻잔을 두 개 꺼내면서 은제 이모가 말했다. 한 달쯤 견디다가 이모는 한번 더 십일층에 올라가 벨을 눌렀다. 십층에서 온 걸 알아차린 주인이 문을 도로 닫으면서 이런 소릴 했다. 집에 남자도 없으면서.

무슨 말을 하면 좋을지 미석은 입을 다문 채 찾으려고 했다.

가끔은 이런 끔찍한 상상을 하면 견딜 수 있어.

끔찍한 상상?

예를 들면 그 화분들의 주인이 원래 아들이었는데 그 아들이 죽었고 비통에 젖은 부모가 이제 아들 대신 키우고 있는 거다, 같은.

은제 이모는 씁쓸하게 웃으며 캐모마일 티백을 찻잔에 넣었다. 미석은 냉장고에서 얇게 썰어둔 레몬을 꺼내 잔에 담고 다시 앉았다.

가끔 처음 오는 손님이 우리 화실 앞에 차를 댈 때가 있거든. 그러면 하루종일 창밖을 내다보고 있는 건물주 할머니가 이층 창문에서 이때다 하곤 물을 한 양동이 쏟아붓는 거야, 그 차에. 거기 대지 말라는 거지. 손님들이 기겁해서 나가. 항의하러 가면 그 할머니가 그래. 자기가 평생을 바쳐 맨손으로 이룬 게 그 건물이라고, 내 거 내가 지키는데 누가 뭐라고 하냐고. 갑자기 그 할머니 생각이 나네.

거기도 힘든 이웃이 있구나.

은제 이모가 피식 웃었다. 미석은 앞에 앉은 이모 얼굴을 보며 묻고 싶은 질문들을 떠올렸다. 왜 결혼하지 않았는지, 외롭지는 않은지, 혼자 있을 때 이렇게 아프면 어떻게 하는지…… 만약 엄마가 이모에게 꺼낸다면 질색할 그런 질문들을 미석은 지우고 물었다.

이모, 저글링은 어떻게 하는 거야?

은제 이모가 미석네 집을 나가 살게 된 건 큰삼촌이 결혼해서 가정을 꾸린 후였다. 그렇게 미석이 고등학교 1학년 때, 드디어 혼자만의 방을 갖게 되었다. 이모가 살았던 부엌 옆의 작은방. 오랫동안 그 방에서는 이모가 쓰던 럭스 비누 냄새가 났다. 열일곱 살, 미석은 친구가 없었고 잠이 많았다. 한낮에도 불을 켜지 않으면 어두운 그 좁은 방에서 결석을 하고 온종일 잠을 잘 때도 있었다. 그 외에 하는 일이라곤 일주일에 한 번씩 우편으로 수강하는 연필 스케치 교재를 받고 그림 한 장을 그리는 게 다였다. 부엌에서 엄마가 음식을 할 때마다 냄새가 고스란히 흘러들어오는 방 안에는 이모가 두고 간 중고서적들과 몇 종류의 영어사전, 앞집 담벼락을 타고 피어오르는 담쟁이덩굴이 내다보이는 작은 창문, 그리고 개미떼가 있었다. 방 구석구석, 작고 새카만 개미들이 느리게 긴 행렬로 움직였다. 저녁을 먹을 때 이모가 한번은 난처한 얼굴로 방에 개미가 있는데, 라고 말끝을 흐렸던 게 떠올랐다. 가족들 누구도 그 말에 관심을 보이지 않았다는 것도. 개미들은 누워 있는 미석의 목과 종아리로 무람없이 지나다녔다. 처음에는 소스라치게 놀라서, 그 후엔 자포자기 상태로 내버려둘 수밖에 없었던 끈질긴 개미들. 미석은 누운 채로 양손에 공기를 움켜쥐곤 맥없이 허공에 던졌다 받는 시늉을 하다 옆으로 돌아누워버렸다. 베개 옆으로 개미 한 마리가 기어가고 있었다. 미석은 그 방에서 처음으로 은제 이모 생각을 했다. 자신을 안에서 마냥 걸어 잠그고 있을 때는 보이지 않고 깨달을 수도 없었던 것들에 대해서도.

어떻게 하긴. 일단 공을 위로 던져. 그리고 떨어지기 전에 받아.

이모가 대답했다.

뭐야 시시하게.

그걸 계속 반복하는 거야.

미석은 버릇처럼 거실 창으로 눈을 돌리는 이모의 얼굴을 봤다. 더 묻고 싶은 게 있어도 어쩐지 지금은 아닌 것 같아 미석은 입을 다문 채 이모가 보는 것을 봤다. 흙탕물로 더러워진 거실 창을. 은제 이모는 그 창 앞에 매일 앉아 있다가 늦봄부터는 뻥튀기가 눅눅해져서 과일 장사로 대체한다는 뻥튀기 장수를 기다렸다가 지갑을 들고 나간다고 했다. 아침이면 창 왼쪽, 택배 물류 창고에서 같은 시간에 먹이를 주는 기사를 기다리느라 쪼르르 나와 있다는 고양이 어미와 새끼들을 하염없이 내려다보고. 목이 잠겼는지 이모가 큼큼, 작은 소리를 내며 신문을 접었다.

안 일어나면 좋을 일들이 사람들한테 매일 일어나.

이모가 식탁에서 일어났다.

미석의 눈에 흙탕물 자국은 이제 창에 일부러 낸 깊은 상처 같아 보였다. 꾸준히, 조심스럽게 구축해온 한 여자의 세계에.

이모가 찻잔을 씻는 사이에 미석은 양말을 신고 외투를 걸쳤다.

어디 가려고? 은제 이모가 눈을 크게 뜨고 물었다.

말려 말려, 쟤가 겁도 없이, 그러다 큰일나. 엄마가 웅얼거리며 손사래를 쳤다.

편의점에 갔다 올게, 맥주가 없어서.

미석은 십층을 나왔다. 그리고 엘리베이터 버튼을 누르지 않고, 비상구 문을 열고 계단을 올라갔다. 아직 밤 아홉시 전이었고 남의 집 벨을 누르기에 너무 늦은 시간은 아닐 것이었다.

장릉章陵 매표소 앞에서 엄마는 이모를 밀치고 먼저 지갑을 꺼냈다. 주민 할인을 받느라 이모가 신분증을 꺼내는 동안 미석은 엄마가 접었다 펼쳤다 하는 지갑을 유심히 보았다. 역사문화관을 지나 홍살문 쪽으로 걸어가면서 은제 이모는 여기가 인헌왕후 능과 선조의 아들인 원종의 능이 있는 곳이라고 설명했다. 이모는 앓고 일어난 사람답지 않게 이마에 윤기가 돌았고 좋은 데 가는 사람처럼 반짝거리는 재질의 짧은 패딩에 폭이 좁은 롱스커트를 입고 부츠를 신고 있었다. 초등학생들을 데리고 온 몇 쌍의 부부 외에 관람객은 많지 않았다. 쌀쌀하긴 해도 어제보다 기온이 오르고 하늘도 맑았다. 햇빛을 받은 소나무와 전나무들 그림자가 길게 교차돼 뻗은 길을 따라 세 사람은 걸어올라갔다. 신성한 지역임을 알리는 홍살문을 지나자 언덕 위에 쌍릉의 둥근 부분이 보였다. 길은 두 개로 나누어져 있었다. 선왕의 혼령과 왕이 오르는 왼쪽의 돌길, 신하들이 오르는 오른쪽 흙길. 주말이면 제법 찾아오는 사람들이 많다고 했다. 이모는 여기까지 집에서 오 킬로미터 정도를 걸어서 자주 오는 모양이었다.

아침 일찍 일어난 엄마가 아버지 식사하시기 전에 집으로 돌아가야겠다고 했을 때 미석이 불쑥 제안했다. 그냥 하루 더 있다가 내일 같이 가자고. 아버지 밥이…… 엄마가 말끝을 흐렸다. 그러니까 이제 아버지한테 밥 짓기랑 인덕션, 레인지 쓰는 방법 엄마가 알려드리셔야 해. 엄마는 확신이 없는 표정으로 고개를 끄덕였다. 작은방으로 들어가 미석은 아버지에게 두번째로 긴 메시지를 보냈다. 지난 금요일에는 밥 짓는 방법을, 이번에는 전기포트에 물을 끓여서 누룽지를 불려 먹는 순서를. 아침 일곱시에 출근해 오층짜리 건물의 배관과 변기를 고치고 주차장을 관리할 수 있다면 그 정도는 배우고 할 수 있을 것이다.

걸음이 느린 엄마를 기다렸다가 은제 이모가 말했다. 전에 집에서부터 걸어오는데, 시청 앞에서 한 할머니가 길을 묻더라고. 장릉 가는 길 좀 알려달라고.

할머니가 혼자?

엄마가 이제 추워졌는지 패딩 모자를 쓰고 물었다. 두세 시간 후면 해가 질 터였다.

응, 혼자. 그래서 저도 지금 거기 가는 길이니까 같이 가요, 했지. 그 할머니 취미가 능만 찾아다니는 거래. 왜 있잖아, 서오릉, 태릉 같은 데. 역사 공부도 되고 시간도 잘 가고 운동도 돼서.

바람에 날려 흐트러진 이모 뒷머리를 엄마가 손으로 쓸었다.

자식들 다 키우셨나보네요, 했더니 말씀을 안 하시더라고.

뭘 그런 걸 물었어, 가족이 없을 수도 있지. 햇볕을 쬐려는 듯 등을 구부리고 누운 모양의 봉분을 보며 엄마가 대꾸했다. 벌써 피곤한지 엄마는 아까 계양천에서와 달리 능에 관심이 없어 보였다.

장릉 가는 길에 엄마는 잠깐이라도 계양천 산책로를 걷고 싶어했다. 이모가 막 이사를 왔던 지난봄 그곳에서 본 벚꽃이 장관이었다고. 지금은 썰렁하지, 그러면서도 이모는 두 사람을 풍무동 쪽 입구에 먼저 내려주고 차를 대러 갔고 미석은 엄마와 천을 따라 걸었다. 날이 갠 일요일이라 그런지 운동을 하러 나온 사람들이 많았다. 운동복을 다 갖춰 입고 혈기 왕성하게 활보하는 산책자들 사이를 엄마는 지그재그로 피해 걷다가 한가운데만 제외하고 얼어붙은 천에서 유영하는 새들을 보느라 걸음이 처졌다. 엄마는 동생이 사준 운동화를 신고 롱패딩을 입고, 막냇동생이 사준 키플링 가방을 크로스로 메고 역시 막내가 사준, 가장자리에 여우 털이 달린 모직 장갑을 끼고 있었다. 천을 따라 양쪽으로 겨울 벚나무들이 길게 이어져 있고, 꽃이 필 때를 상상하다가 미석은 갈대숲 가까이에서 몸통이 크고 다리가 긴 흰 새를 보고 저게 저어새인가, 중얼거렸다. 엄마가 고개를 쑥 내밀고 그 새를 눈여겨보다가 말했다.

저어새가 아니라 왜가리야.

왜가리?

부리가 누리끼리하잖아. 저어새는 부리가 주걱같이 뭉툭한데다 검거든. 쟤 지금 혼자 있잖아. 단독생활하거나 두세 마리 정도만 무리 지어 다녀. 습성이 그래. 봐, 다리를 꽁지 바깥쪽 뒤로 뺐잖아. 왜가리 맞네.

그럼 저 떼로 몰려다니는 새들은 오리들인가?

미석은 천 아래쪽을 가리켰다. 엄마는 몇 걸음 더 내려가 수십 마리쯤 떼지어 천천히 유영하는 새들을 굽어보고 말했다.

쟤네들은 흰뺨검둥오리네. 부리 끝이 노랗고 몸통이 다갈색이잖아.

미석은 코까지 마스크를 잘 눌러쓴 엄마 얼굴을 새삼 돌아봤다.

어떻게 그렇게 잘 알아?

엄마가, 어디서 컸는지 모르는구나.

......

꿈도 많았는데, 그때는 커서 이런 여자 노인이 될 줄 몰랐지. 자식한테 짐만 되는.

마스크로 가려져 있지만 엄마는 웃고 있는 것 같았다. 소리 없이, 눈가에 주름이 졌다.

이젠 겁만 남았다. 무슨 일이 생기면 어쩌나, 네가 어디로 가버리면 어쩌나.

가벼운 충격이 미석을 스쳐갔다. 자기 안의 자라지 못한 아이가 엄마에게 듣고 싶은 말이 있는 것처럼 엄마에게도 그런 게 있을지 모른다는 짐작이 들었다. 입이 떨어지지 않았다. 그래도, 지금 하지 않은 말들을 엄마가 알아들어야 하는데. 전해지면 좋은 말들. 미석은 슬그머니 엄마의 외투 밑자락을 잡았다. 나이를 먹어서도 왜 어린애같이 말하고 행동하게 되는 걸까. 얼굴이 달아올랐고, 미석은 한 가지만은 알 듯했다. 엄마에 대해서도 이모에 대해서도, 자신에 대해서도 잘 모르는 채로 여기까지 살아왔다는 것.

잘 보면 여기 어디 황조롱이나 물총새 같은 것도 있을 텐데.

흰 뿌리가 드러난 앞머리를 날리며 고개를 두리번거리던 엄마가 은제가 기다리겠다며 두 팔을 흔들고 걸음을 재촉했다. 유방암으로 투병중인 이모에게로. 그 사실을 안 이 년 전 8월에 엄마는 안방 문을 걸어 잠그고 들어가 하루 동안 나오지 않았다. 엄마에 대해 미석이 확실하게 아는 것이 있다. 엄마는 더이상 울음을 터뜨리지 않을 거고 겪어왔던 역경 앞에서 늘 그랬듯 의욕적인 태세로 아침에 한 시간 기도문을 외울 거고 대문 앞을 안방처럼 쓸고 무단 투기한 쓰레기를 발견하면 골목이 떠나가라 고함을 칠 것이다.

장릉 산책길에서 은제 이모가 가장 좋아하는 데라는 연지蓮池는 꽝꽝 얼어붙어 있어서 연못이 아니라 작은 스케이트장처럼 보였다. 정자각 근처에서 봤던 젊은 부부가 아이들을 데리고 연지로 걸어들어가 사진을 찍었다. 주변을 둘러싼 상수리나무, 갈참나무의 휘어진 가지들이 연지 안으로까지 뻗었고 얼음 표면에 마른 나뭇잎들이 얼어붙어 있었다. 여름이 오면 연잎과 연꽃이 핀다는 그 자리로, 미석은 엄마와 은제 이모를 나란히 서게 했다. 가족 한 사람 한 사람과 모두 여행을 다녀오고 나면 이모는 또 어떤 계획을 세울까. 엄마가 한쪽 팔로 은제 이모 어깨를 감싸고 뭐야 뭐야, 높은 소리로 웃는 순간 이모가 엄마에게 머리를 기댔다. 그때 미석은 조용히 셔터를 눌렀다.

엄마 지갑 속에는 아직 그 복사본 사진이 들어 있었다. 어려울 때라 백일사진은 찍지 못하고 돌날 동네 사진관에서 찍었다는 미석의 가장 어린 시절 사진. 마음이 사나워져서 원치 않는 게 튀어나오려 할 때 미석도 두꺼운 책에 끼워둔 그 흑백사진을 들여다보곤 한다. 자신의 운명을 살아내려고 하는, 놀라고 겁먹은 눈으로 정면을 똑바로 응시한 생명을.

역광이 쏟아져 들어왔다. 미석이 휴대전화를 든 손을 내렸고 이제야 상대가 먼저 말하지 않는 건 묻지 않게 된, 각자의 작은 비밀들을 간직하고 있는 사람들이 미끄러져 넘어질까봐 살금살금 얼음 위를 빠져나왔다.

재실齋室을 둘러보고 왔던 방향으로 돌아나가려는 미석을 은제 이모가 불렀다. 아니 이쪽으로 걸어야지, 저기 쓰여 있잖아. 이모가 손으로 가리킨 쪽에는 문화재청에서 나무에 달아놓은 **한방향 걷기**라고 쓰인 푯말이 노란 화살표와 함께 군데군데 묶여 있었다. 서로의 안전을 위해서. 미석은 엄마와 은제 이모를 따라 재실 왼쪽에서 매표소로 이어지는 완만한 언덕길을 올랐다. 엄마가 앞장섰고 은제 이모가 뒤따랐다. 일정한 간격이 생겼고 출입구를 향해 단일한 방향으로 걸었다. 마음이 드물게 가라앉는 느낌이 들었다. 저글링을 할 때는 이미 떨어진 공은 보지 말고 손에 남아 있는 공을 계속 던져서 받으려고 하는 게 중요하다는 은제 이모 말을 지금 이해하게 된 듯. 늦은 오후가 땅에 드리워졌고 이 여행은 예정보다 길어졌다. 계획에 없던 일을 했고 오늘도 그럴 것이다. 이모 집을 떠나기 전에. 그리고 오늘밤엔 십일층이 아니라 십이층으로 올라가서 작은방의 몬스테라 화분과 편지를 문 앞에 놓고 올 것이다. 일주일만 베란다 난간에 올려놓고 물을 주었으면 한다는 부탁을 적어서. 그것이 십일층 주인에겐 악의처럼 느껴져도 좋으리라. 이 일은 미석 혼자만의 잘못일 테니까.

개인 사정

인주는 백화점 지하의 건강보조식품 매장에서 일했다. 그
릇 도매시장에서 주방용품을 팔기도 했고 우산을 판 적도
있지만 지금만큼 쾌적한 공간에서 일한 적은 없었다. 인주
는 밝고 청결하고 넓은 데를 좋아했다. 집 근처 정거장에 백
화점으로 한 번에 가는 버스도 있었다. 그때껏 겪어봤던 사
람들에 비하면 점장과 동료들 모두 직장에선 보기 드물게
괜찮은 사람들이었다. 매장에 있는 시간만큼은 눈에 띄지
않으면서 할일을 다 하고도 남는 직원이 되려고 했다. 이제
야 인생이 평탄하게 흘러가나보다고 느낄 때도 있지만 인주
는 방심하지 않았다.
　에니어그램으로 치면 인주가 9번 유형이라고 말해준 사

람은 매니저 홍 언니였다. 인주가 입사한 지 한 달이 조금 지났을 때였다. 1번 올곧은 사람과 8번 강한 사람 사이에 끼어 있다는 조화로운 사람. 대학에서 일어를 전공했다는 홍 언니는 심리학에 관심이 많았다. 그게 아들 때문이라는 사실은 더 가까워진 후에야 알게 됐지만. 홍 언니는 손님이 없을 때 매장에서도 몰래 책을 읽었다. 집중해서 책을 읽는 사람의 모습은 어딘가 달라 보였고, 사람들은 책 읽는 사람의 말은 흘려듣지 못한다. 동료들도 그랬고 인주도 그랬다. 홍 언니가 인주에게 그런데 9번 유형이 조화를 원하는 이유는 갈등이 생기는 걸 두려워해서인데, 라고 무심코 말했을 때도.

입춘 아침에 영하 구 도까지 떨어진 서울 기온이 7일 금요일에는 올겨울 최강 한파로 이어졌다. 일기예보는 꼼꼼히 챙겨봤다. 대설주의보가 있으면 버스가 아니라 지하철을 타야 평소처럼 출근할 수 있으니까. 기온이 떨어질수록 매장에 고객들이 몰렸다. 동료 중 인주가 마지막 순서로 직원 식당에서 점심을 먹고 있는데 배경음악이 멈추더니 안내방송이 흘러나왔다. 고객님과 근무 직원의 건강과 안전을 위해 현 시각으로 긴급하게 영업을 종료하고자 하니 모두 매장을 나가달라고, 가능하면 빨리. 무슨 일이 생긴 걸까. 점심을 먹던 직원들 모두 웅성거리며 식당을 빠져나가고 인주도 머뭇거리다가 자리에서 일어났다. 하향 엘리베이터마다 고객들이 줄을 서 있었다. 오층부터 인주는 직원 전용 계단을 이용해 지하로 내려갔다. 이미 지하 식품 매장에서는 손님들이 거의 다 빠져나간 상태였고, 무전기를 든 직원들이 분주히 오가고 매장마다 급히 마감 정리를 하느라 층 전체가 혼란스러워 보였다. 홍 언니와 동료들도 상기된 얼굴로 매대를 정리하고 있었다.

"23번 환자가 우리 백화점에 다녀갔대." 홍 언니가 매대를 덮는 흰 천의 한끝을 펼치며 말했다. "언제요?" 인주는 천을 받아서 앞쪽 매대부터 덮으며 물었다. "지난주 일요일에, 가방 매장에." 가방 매장이라면 이 매장에서 멀지 않은 곳이었다. 홍 언니는 별일이 없어야 하는데, 하고 연거푸 중얼거렸다. 뜸을 들이다가 인주는 물었다. 그럼 이제 어떻게 되는 거냐고. "긴급 휴업이지, 사흘간." 그렇게나 오래요? 인주는 저도 모르게 그렇게 말해버릴 뻔했다.

동료들과 헤어지고 방향이 같은 홍 언니와 둘이 백화점 정문 앞을 지날 때 인주는 제복 차림의 관계자들이 안내문을 붙이는 것을 보았다. 바람이 목깃으로 파고들어 패딩 후드를 뒤집어썼다. 백화점을 나오자 긴장이 풀렸는지 홍 언니가 명동성당 쪽을 가리키며 "어디 가서 달달한 거라도 한잔 마시고 갈까?"라고 물었다.

홍 언니에게 아들이 있다고 해서 이름을 물었을 때가 생각났다. 우리 애? 은톨이야, 은톨이. 인주는 버릇처럼 손가락을 세워 앞머리를 빗어내렸다. 그러면 상대방의 눈을 덜 마주보게 되니까. 학교도 그만두고 방에서 나오지 않는 열일곱 살짜리 은둔형 외톨이가 내 아들의 정체라고 홍 언니는 빙글빙글 웃으며 말했다. 인주는 왜 그렇게 됐느냐고 묻고 싶었지만, 대답을 듣고 나면 상대방이 말한 그 크기만큼의 무언가를 자신도 열어 보여야 한다는 데 망설였다. 홍 언니는 서슴없이 말했다. 내가 부모 노릇을 못한 거지. 정신건강복지센터 상담사가 방문한 날, 아들은 자신의 방문을 두드리는 그들이 물러날 때까지 방문 안쪽에다 머리를 쿵쿵 부딪쳤다고 했다. 그 소리를 듣는데 진짜 내 몸이 부서지는 거 같았어. 홍 언니는 그 말을 할 때는 웃지 않았다. 주근깨가 많은 갸름한 얼굴이 더 홀쭉해 보였다. 위로할 말을 찾지 못해서 인주는 고개만 끄덕거렸다. 아들의 속마음을 알고 싶어. 홍 언니는 한숨을 내쉬듯 말했었다.

"좋다, 이렇게 한낮에 카페에 앉아 있으니까."

홍 언니가 작은 병맥주를 인주의 잔에 부딪치곤 맛을 보듯 한 모금 마셨다. 세시가 조금 넘은 시간이었다. 카페도 거리도 여느 때와 달리 한적해 보였다.

"휴가라고 생각하자고, 앞으로 사흘 동안."

"그럼 오늘이 휴가 첫날인 거죠?"

인주는 확신을 갖고 싶었다. 주말이 지나면 다시 직장으로 돌아갈 수 있다고. 홍 언니는 인주에게 이제부터 뭘 할 거냐고 물었다. 술기운 때문인지 홍 언니의 뺨이 붉었다. 아직 거기까진 생각해보지 못했다.

"참, 그 사람 만나면 되겠네." 괜한 걸 물었다는 표정으로 홍 언니가 다시 창가로 눈을 돌렸다. 인주는 잔의 표면을 손가락으로 문지르면서 언젠가는 홍 언니에게 이렇게 말할 기회가 있었으면 좋겠다고 생각했다. 사실 지금부터 뭘 해야 좋을지 모르겠다고. 송과는 지난 연말에 헤어졌는데, 아직 그걸 믿지도 받아들이지도 못하고 있다고.

"우리, 괜찮을까요?" 인주는 이제야 궁금해지기 시작한 것을 물었다. 뭐가? 홍 언니가 눈을 크게 뜨고 물었다.

"그 23번 환자와 어떤 연관성 같은 거요."

"한 공간에 있다고 해서 다 전염되는 건 아니라고 하니까. 우리는 밀접 접촉자가 아니지만 그 고객한테 가방을 팔았던 직원은 걱정이 크겠지."

그 직원은 지금 어디에 있을까. 홍 언니가 어깨에 걸치고 있던 외투를 다시 입는 사이에 인주가 재빨리 나가 계산을 치렀다.

명동역 입구에서 홍 언니는 쉬는 동안 그 바가지 머리 좀 어떻게 해봐, 라며 장난스럽게 눈을 깜박거리곤 계단을 내려갔다. 머리뿐 아니라 연말 이후로 많은 부분이 엉망이 되었다. 송을 찾아가야 한다고 인주는 자신을 부추겼다. 명동 골목을 지나 을지로역 쪽으로 걸어갔다. 로드 숍 매장마다 매대를 내놓고 마스크를 팔고 있었다. 한 장에 이천오백원. 마스크를 몇 장 사둘까 망설이다가 손에서 내려놓았다. 얼마 전까지만 해도 약국에서 팔구백원 했고 그게 정말 필요해질지 아직은 알 수 없으니까. 오후의 그늘을 천천히 밟고 인주는 계단을 내려가 다시 백화점 정문으로 갔다. 안내문 맨 위에 2월 10일부터 정상 영업이라고 크게 쓰여 있었다. 조금 기운이 나려고 했다. 주머니에 손을 단단히 넣고 버스 정거장을 지나쳐 남대문 쪽으로 방향을 잡았다. 이 시간에 집에 들어갈 수는 없었다. 방을 떠올리면 그랬다. 영하 십일 도까지 떨어진 아침에 비하면 추위도 걸을 만했다. 인주는 조금 더 걷기로 했다. 추위에 더는 견디지 못할 때까지.

토요일 아침에 인주는 어제 남대문시장에서 사온 호박고지와 고구마 줄기를 볶아서 상을 차렸다. 음력 1월 15일이었다. 밤이 되면 이 도시 어딘가에서 불놀이를 하고 인주가 떠나왔던 고향에서는 볏짚을 태울 것이다. 건나물과 밥을 구운 김에 싸서 꼭꼭 씹어먹었다. 살았던 데를 떠나왔어도 어떤 것들은 인주가 가는 데마다 따라다니다가 불현듯 앉은 자리에 떨어지곤 했다. 천성도 기억도 냄새도, 누군가의 목소리도. 오빠도 그랬다. 입이 깔깔해서 밥에 물을 부었다. 송과 헤어질 때, 아니 송이 전세금을 돌려주지 않을 때 오빠 생각을 잠깐 했다. 오빠라면 그 돈을 받아줄 수 있을 것 같아서.

송과 미래를 이야기한 적이 있었다. 인주가 백화점으로 일자리를 옮긴 지 일 년쯤 지난 무렵이었다. 인생이 평탄하게 흘러가기 시작한다고 느껴지던 때. 그 평탄하다는 게 구체적으로 뭐냐고 송이 물었다. 인주는 송의 귀에 속삭였다. "원치 않는 일이 생기지 않는다는 거." 송이 한쪽 입 끝을 올리고 웃었다. "진짜 근사하게 산다는 게 뭔지 몰라서 그래." 송은 한쪽 팔을 이마로 올렸다. 나 잔다. 얇은 솜이불을 덮어주고 방해가 되지 않도록 인주는 침대에서 내려와 자신의 조금 밝고 넓어진 원룸을 둘러보았다. 다시 가정을 만들 수 있었다. 이번에는 인주가 부모가 되는. 자신에게도 그런 놀라운 일이 벌어질 수 있다니. 가벼운 환희가 배 안에서 뜨겁게 일렁거렸다. 인주는 모로 누운 송을 보다가 숨을 들이쉬고 내쉴 때마다 움직이는 그의 등허리께에 손바닥을 갖다 댔다. 순간 그가 피하듯 몸을 움찔했고 인주는 얼른 손을 치웠다.

이 옥탑방으로 이사한 건 지난 1월이었다. 송이 인주에게서 자기 자신과 인주의 전세금을 모두 가져가버린 후.

설거지를 마치고 인주는 걸레로 방바닥을 훔치고 물기를 꽉 짠 후 한번 더 닦았다. 지난달 말부터 이어붙인 장판 사이로 물이 차기 시작했다. 일층에 사는 집주인이 새벽마다 인주의 방으로 이어지는 외벽의 긴 철제 계단을 올라와 옥상 물탱크에 물을 가득 채웠다. 물을 채우는 걸 잊어버린 날엔 변기 레버가 헛돌고 물이 내려가지 않았다. 인주의 방 바로 옆에 물탱크로 연결된 수도관이 설치돼 있었다. 아침마다 인주는 얇은 벽 너머로 노후된 수도관에서 들리는 물소리, 물탱크로 콸콸 쏟아지는 물소리에 놀라 잠에서 깨어나곤 했다. 물이 다 찰 때까지 기다리며 집주인은 옥상 바닥을 싸리비로 쓸고 또 쓸었다. 인주가 방바닥으로 물이 스며든다고 하자 주인이 난처한 표정을 지었다. "우리 아들이 미국에서 오면 손을 써볼게요. 그때까지만 좀 참아줘, 아가씨." 팔순도 넘어 보이는 노인이 선한 목소리로 부탁했다. 애초에 꼼꼼하게 살펴보지 못하고 선택한 방이었다. 그랬다고 해도 더 나은 방을 얻을 수는 없었겠지만. 싱크대가 유난히 비좁아서 김밥을 쌀 때 달걀지단을 부친 후 당근을 볶으려면 지단 접시는 방바닥에 내려놓아야 했고, 도마에 김을 펼치려면 당근 접시도 다 방바닥에 내려놔야 했다.

휴가 이틀째였다.

첫날인 어제는 집까지 걸어오면서 시간을 보냈고, 오늘은 정오도 안 된 시간에 텔레비전을 튼다. 전염병이 금방 수그러들 기세가 아닌 모양이었다. 확진자가 스물네 명으로 늘었다고 했다. 사람들이 떠난 우한의 거리엔 버려진 반려동물들이 물과 먹이를 찾아 어슬렁거리고 있었다. 개와 고양이들, 고양이와 개들. 인주는 스웨터를 한 벌 더 껴입고 어제 입었던 패딩을 걸치고 밖으로 나갔다.

사람들에게 종종 인주는 거짓말을 했다. 회식 자리에서
는 먹지 못하는 것도 먹을 수 있다고 했고 아플 때는 아프지
않다고 말했다. 괜찮지 않을 때도 괜찮다고 웃었다. 하고 싶
은 게 뭐냐는 질문을 받으면 특별히 없다고 둘러댔다. 누가
가족 관계를 물을 때도 그랬다. 오빠만 한 명 있다고 대답했
다. 거짓말이기도 하고 그렇지 않기도 했다. 사실 오빠는 인
주에게 잘못한 게 없을지 몰랐다. 자신이 오빠를 피하는 이
유에 대해 아직 생각할 시간이 필요했다.

서울숲역 3번 출구를 막 빠져나오려던 참에 다시 진동이
울렸다. 받지 않을 거야. 인주는 마저 계단을 올라갔다. 지
상으로 올라와 역 입구에 몸을 기대고 인주는 휴대전화의
통화 버튼을 거칠게 눌렀다. 갈라지고 가라앉은 소리. 오빠
목소리가 낯설게 들렸다. "좀 보러 와줄래." 오빠가 침착하
게 말했다. 오빠 말이 사실이라면 정말로 술을 마신 것 같
지 않은 목소리였다. 인주는 대답하지 않았다. 백화점이 긴
급 휴업에 들어갔다는 뉴스를 봤다고 했다. "어차피 쉬어야
한다면서. 진짜야, 이번엔 얼굴만 좀 보자." 오빠는 자신이
매번 그렇게 말했다는 걸 잊은 사람 같았다. 전화기를 든 채
인주는 목적지로 걸음을 옮겼다. 계약직으로 입사한 후 그
핑계를 대고 만나지 않은 지 이 년도 넘었다. 확진자가 다녀

간 백화점 매장과 안내문과 한산한 명동 거리를 인주도 뉴스 화면에서 보았다. 인주는 오빠에게 다른 매장으로 대체 근무를 나왔다고 둘러 말했다. 망설이다가 오빠는 나한테 누가 또 있냐, 했다. 서울숲 안내데스크를 지난 첫 갈림길에서 인주는 멈칫거렸다. 술을 마시지 않을 때의 오빠는 제법 오빠 같은 면이 있기도 해서. "기차 타면 잠깐이잖아." ATM에서 현금을 인출하곤 용산역으로 가는 상상을 했다. 그렇게 하고 싶지 않아서 인주는 "오빠도 나를 바보로 아는 거야, 그치" 하고는 재빨리 전화를 끊고 벚꽃길 쪽으로 방향을 틀었다.

백화점에 입사하기 전에 인주는 평화시장의 오래된 이불 가게에서 일했다. 이불은 가짓수가 많았고 이모라고 불렸던 나이 지긋한 직원들은 세상이 어떻게 변해도 사람들에게 변치 않는 필수품 중 하나가 이불이라는 자부심이 있었다. 인주는 뒤쪽까지 재봉선이 깔끔한 간절기용 차렵이불을 가장 좋아했다. 하나만 있어도 여름에는 더운 대로, 겨울에는 덧이불로 사용할 수 있어서. 별다른 일이 생기지 않는다면 계속 이불을 팔면서 살아도 괜찮을 거라고 여겼다. 그릇을 팔 때도, 우산이나 양산을 팔 때도 마찬가지로 일했다. 인주는 그게 자신의 장점이라고 알고 있었다. 이불집을 그만두게 되는 날은 짐작보다 빨리 찾아왔다. 직원들 모두 정신없이 바쁜 웨딩 시즌이었다. 혼수 이불을 보고 나간 예비 신부의 가방에 매두었던 스카프가 없어졌다고 했다. 스카프 한 장이 수십만원이나 한다는 게 믿기지 않았지만 그런 고가를 구태여 가방에 묶어둔 것도 인주는 이해하기 어려웠다. 그 손님을 상대한 점원 중에 인주도 포함돼 있었다. 스카프는 찾지 못했어도 누군가는 책임을 져야 하는 분위기였다. 그때는 그만두는 일로 자신을 보호한 게 후회되지 않았지만 오빠와 지냈던 시절을 떠올리면 마음이 복잡해졌고 오빠 생각을 하면 더 그랬다.

열일곱 살에 인주는 집을 나왔다. 여섯 살 터울의 오빠가 집을 나갔던 나이였다. 오빠와 같이 살고 있던 여자는 자신을 새언니라고 부르게 했다. 오빠보다 훨씬 나이가 많다고 했고 정말 새언니가 되려고 했을 수도 있었다. 오빠를 많이 좋아하는 것 같았으니까. 쪽문을 열면 시멘트 바닥이 보이고 부엌 겸 방으로 들어가는 문이 있는 방 하나짜리 좁은 집이었다. 오빠를 찾아간 인주에게 여자가 상냥한 목소리로 말했다. "딱 한 달 만이에요." 두 달이 넘었을 때 저녁 밥상 앞에서 새언니가 14K 금반지가 없어졌다고 했다. 그때 바로 오빠 집을 나왔어야 했다고 인주는 오랫동안 자책했다. 그랬더라면 오빠는 그 시원하게 잘 웃는 여자와 가정을 꾸렸을지도 모를 텐데. 며칠 후 여자가 인주에게 "내 반지 돌려주면 좋겠는데"라고 말하자 그때껏 모른 척하던 오빠가 자리에서 벌떡 일어나 여자에게 말했다. "씨발, 걘 그런 애가 절대 아니라고요." 인주는 수저를 내팽개치고 자리에서 일어난 오빠를 올려다봤다. 여자는 모를 거였다. 어렸을 적부터 중요한 사실을 말할 때면 앉았다가도 그 자리에서 바로 일어나는 오빠의 버릇을. 여자가 짐을 싸서 나가버렸고 인주는 상고를 졸업할 때까지 오빠와 살았다. 그후로 오빠가 누구와 진지한 관계를 이어가는 걸 본 적이 없었다.

한번은 회식 자리에서 홍 언니가 상담받고 온 이야기를 해준 적이 있었다. 언제 사랑받고 있다고 느낍니까? 라는 질문에 선뜻 대답을 못하고 나온 게 내내 마음에 걸린다고. 동료들은 돌아가면서 그게 언제인지 말하기 시작했다. "의외로 없는걸, 그렇지?" "그래도 생각하면 있을 거야." "아플 때 친정 엄마가 죽 끓여줄 때." "잘생긴 수영 강사가 다정하게 내 손을 잡고 팔 돌리기를 가르쳐줄 때." 동료들은 웃음을 터뜨렸고 인주는 먹는 척하던 가지나물을 접시에 내려놓았다. 나는 언제 사랑받고 있다고 느낄까…… 인주는 그 질문이 우호적이지 않으며 어딘가 잘못돼 있다는 생각이 들었다. 왜 그런지 이유를 설명할 수가 없어서 가슴이 답답해지려고 했다. 걘 그런 애가 절대 아니라고요. 그때가 정말 마지막이었을까. 그건 너무 오래전이고 아무도 기억하지 못할 만큼 짧은 순간에 불과한데다, 심지어 그 말을 한 오빠마저도 잊어버렸을 일인데. "어, 인주씨 왜 울어?" 누군가 식당 상호가 적힌 냅킨을 건네주었다. 인주는 예전의 그 한 마디가 자신에게 어떤 감정을 남겼고 지금 어른이 된 자신을 부드럽고 강한 펀치처럼 치고 있다는 데 당황해서 흘러내리는 눈물을 닦아내지도 못했다. 평범하게 보이는 그 질문은 보여줄 준비가 안 된 자신의 틈새를 겨냥하고 있는 것 같았다. 홍 언니가 옆자리로 옮겨와서 인주의 한 손을 그녀의 두 손으로 감싸고 있었고 그 손을 뿌리치고 싶어서 인주는 꼼짝도 하지 않았다.

대구역에서 인주는 택시를 탔다. 아직 두시도 안 된 시각이었다. 오빠를 만나고 바로 돌아가도 저녁 전엔 집에 도착할 수 있다. 이 년 전에 왔을 땐 오빠 상태가 다른 때보다는 나아 보였다. 택시는 사거리를 지나 서대구 인터체인지에서 창원 방면으로 달렸다. 바람에 날리는 솜털 모양의 새털구름이 가볍고 넓게 펼쳐져 있었다. 역에서 도청교를 지나 이십여 분쯤 가면 한때 부모와 살았던 동네가 나온다. 산중턱의 집들은 철거되었고 동네 이름도 전혀 다른 뜻으로 바뀌었다. 열일곱 살에 집을 떠난 후 인주는 그곳에 다시 가본 적이 없었다.

일요일, 오늘 아침 홍 언니는 매장 직원들 모두에게 휴가 마지막날 잘 보내고 내일부터 다시 파이팅 하자는 단체 문자를 보냈다. 월요일을 기다리며 인주는 P병원 앞에서 하차

했다. 이 병원은 처음이 아니었다. 오빠는 이번에도 자발적으로 입원을 결정했다고 한다. "언제 치료가 필요한지 누구보다 내가 잘 알고 있어야 해." 이런 말을 아무렇지도 않은 표정으로 할 때의 오빠는 더이상 알코올중독자나 남들 말처럼 못 배운 사람으로 보이지 않았다. 오빠가 이 세상에서 제일 듣기 싫어하는 말이 그 두 가지였다.

인주는 개방 병동 면회실 테이블에 앉아서 무음으로 틀어진 텔레비전 화면을 보았다. 동료들과 홍 언니가 같이 보자고 했던 영화가 아카데미에서 작품상을 받은 모양이었다. 체르노빌 원전 사고로 폐허가 되었던 도시가 비쳤다. 콘크리트를 뚫고 자란 초록의 나무들과 녹슨 대관람차가 너무 비현실적으로 보여서 눈을 한 번 감았다 떴다. 그 도시를 지금은 죽음의 이미지를 주제로 한 관광지로 운영하고 있다고 한다. 사람이 살 만큼 방사능 수치가 낮아지려면 수백 년은 더 걸릴 도시. 노인들은 고향인 그곳에서 여생을 마치겠다며 돌아와 살고 있다. 더 잘 보기 위해서 의자를 당겨 앉자 화면이 일기예보로 바뀌었다. 꽃샘추위는 오늘로 끝난다고 했다. 문이 열리는 소리가 들리고, 환자복이 아니라 밝은 하늘색 면 셔츠에 카키색 카디건을 입은 오빠가 면회실로 들어왔다. 오빠가 다른 사람처럼 보여서 인주는 한 손으로 앞머리를 쓸었다.

"왔네, 진짜 와줬어." 오빠가 고개를 크게 끄덕거리며 웃었다. 인주는 눈을 가늘게 뜨고 오빠를 봤다. 오빠에게는 아직 남자로서의 삶이 남아 있고 하려고만 한다면 목공 일도 다시 시작할 수 있을 터였다. 지나치게 술을 마시고 자신을 깎아먹는 시간은 충분히 보냈다. 그렇지 오빠? 그런 눈으로. 인주는 어색하게 미소 지었다. 마주앉은, 이제 겨우 마흔 살인 오빠가 환한 옷으로 가려도 빼빼 마른 주름투성이 노인처럼 보여서.

"맨날 무채색만 입는 줄 알았더니, 그 파란 코트도 잘 어울린다." 오빠는 생수병을 인주 앞으로 내밀며 말했다.

"어떻게 지냈어?" 목소리가 잘 나오지 않았다.

"그냥 숨쉬고 지냈지." 오빠는 인주를 만난 게 정말로 기쁜 듯 목청을 높였다.

"이번에는 뭔데?" 인주가 묻자 오빠가 명쾌하게 대답했다. "이번에는 연못 정도?" 그 당당한 소리에 인주는 소리 없이 웃었다. 인주가 웃자 오빠도 따라 웃었다. 그들은 소리 내지 않고 웃을 줄 알고 소리 내지 않고 눈물을 흘릴 줄 알았다. 그들이 가진 유일한 공통점은 그것뿐일 수도 있었다. 집을 떠날 때 오빠가 당부처럼 한 말을 인주는 잊지 않았다. "절대로 사람들 앞에서 울지 마. 너를 얕잡아 볼 거야."

치료가 필요하다고 느낄 때마다 오빠는 인주에게 전화를 걸어서 말했다. "난 지금 깊은 바다에 빠진 거라고. 그러니까 도움이 필요한 거야." 술이 덜 깬 오빠는 횡설수설 말했지만 자신이 무슨 말을 하고 있는지만은 정확하게 안다고 인주는 느꼈고 그 느낌이 맞기를 바랐다. 인주가 보기에 오빠는 십 년이 넘도록 물에 빠진 사람처럼 살고 있었다. 오빠 말대로 어느 때는 끝이 보이지 않는 바다에, 어느 때는 강에, 호수에. 그럼 헤엄쳐 나와, 라고 인주는 냉정하게 말하지 못했다. 아무리 얕은 곳이라고 해도 혼자 물에 빠져 허우적거리는 중이라면 도움이 필요할 테니까. 오빠는 술을 마시면서 일했고 자신을 포함한 주변의 모든 것을 엉망으로 만든 후에는 모아둔 돈을 치료에 썼다. 때때로 인주의 적금도. 그런 사람이 내 오빠다, 라고 인주는 송에게도 말해본 적이 없었다. 사람들 앞에서 가족에 관해 이야기해야 할 때는 나를 졸업시켜주고 재워준 사람이 오빠였다라는 사실만 말했다.

웃음기가 사라진 오빠 얼굴이 팍팍하고 까칠해 보였다. 정수리께도 지난번보다 더 벗어졌고. 혼자서는 연못에서도 빠져나오지 못하는 가난하고 집도 없고, 모든 여자가 다 떠나버린 오빠가 인주에게 물었다. "일은 할 만하지?" 인주는 그럼 그럼, 여러 번 고개를 끄덕였다.

인주가 근무하는 층에 백화점측에서 어렵게 입점시켰다는 빵집이 있었다. 일찍 출근하는 날이면 인주는 그 빵집 앞에 가보곤 했다. 직원들이 이른 시간부터 흰 유니폼에 앞치마를 두르고 발효시킨 반죽을 만지고 굽고, 누군가는 수프를 끓이는 모습을 지켜보았다. 우리 밀과 발효 액종으로 만드는 빵으로 유명한 데라고 했다. 그건 기술이 필요한 일이었고 인주는 자신에게도 필요한 게 무엇인지 알 것 같았다. 같은 층에 있는 선물 포장 코너나 구두 수선실 사람들을 유심히 지켜보았던 이유도 그래서였다. 주어지는 대로 일을 하느라 뭔가를 배울 기회를 놓쳐버렸을지 몰랐다. 기술이란 걸 배울 틈도 없이.

"진짜 필요한 게 뭔지 알아버렸어." 인주가 장난스럽게 말하자 농담으로 알아들었는지, 오빠가 "또 남자야?"라고 우스갯소리를 했다. 인주는 다시 웃다가 고개를 수그리고 테이블에 올려둔 오빠의 거칠고 상처 많은 두 손을 응시했다. 아버지가 저지른 그 일을 계기로 오빠와 인주는 일찍 집을 떠났으며 전혀 다른 사람이 돼버렸다. 오빠는 가장이 되는 것을 극도로 회피하는 남자로, 인주는 어떻게든 결혼해서 남들 보기에도 좋은 가족을 갖는 게 꿈인 여자로. 인주는 작게 고개를 흔들었다. 많은 일들이 뜻대로 되지 않을 것이다.

"인주야, 실은 부탁이 있다." 오빠가 몹시 난처한 표정으로 인주를 마주봤다.

잠들기 전이면 인주는 마음에 대해 생각하고 평가하는 버릇이 있었다. 인주는 그것을 오늘의 마음이라고 불렀고 누가 들으면 유치하다고 놀릴지 몰라서 아무에게도 말한 적은 없었다. 오늘의 마음은 아픔, 오늘의 마음은 흔들림, 오늘의 마음은 후회. 때에 따라서 오늘의 마음은 닫힘. 마음이 가볍거나 내키거나 편한 날은 드물었고 일 년에 몇 번 안 되는 그런 드문 날은 마음이 편한 채로 잠들 수 있었다. 때때로 인주는 마음을 돌보는 일이 지친다고 느꼈다. 볼 수도 만질 수도 없지만 자신의 마음은 꼭 누군가 물을 넣어 불다 만 조그마한 물풍선처럼 생겼을 거라고 상상했고 여전히 그런 나약한 상상을 한다는 데 실망해서 잠을 설치기도 했다. 오빠에게 마음 붙이고 싶다, 라는 말을 들었을 때 그래서 인주는 놀랐다. 그런 표현은 들어본 적도 해본 적도 없었으니까.

규이. 그애의 이름이라고 했다. 오빠가 마음 붙여 살고 싶다는 아이.

인주는 병원 앞 버스 정거장에서 시간을 확인했다. 오빠가 삼 년을 같이 살았다는 여자의 집으로 가는 시외버스는 삼십 분 후에 오고 그사이 인주는 택시를 타고 다시 기차역으로 갈 수도 있었다. 오빠는 말했다. 여자가 집을 나갔다고. 집에 가면 애가 혼자 있을 거라고 했다. 오빠는 치료중이고 엄마라는 사람은 집을 나갔고 빈집에 일곱 살짜리 아이 혼자 남아 있다. 인주는 초조해졌다. 늦어도 여덟시에는 기차를 타야 하는데. 임시 휴업, 아니 휴가는 사흘이었고 오늘이 마지막날이다. 오빠는 불안한 듯 자리에서 벌떡 일어나 테이블 주변을 서성거리며 말했다. "걔가 어떤지 좀 봐 줘, 한 번만." 인주는 고개를 가로저으며 오빠를 올려다보 았다.

주변에 파란 방수포를 둘러친 우사들과 농가형 주택들이 여러 채 보였고 다리를 건너자 조립식 건물처럼 보이는 집 들이 군데군데 있었다. 오빠가 준 메모에 적힌 번지수 앞에 서 인주는 망설였다. 오빠는 그애가 나이보다 키가 크고 눈 썹이 짙어서 금방 알아볼 거라고 말했다. 아이는 생각보다 키가 크지도 않고 눈썹이 그다지 짙지도 않았지만 인주는 열린 문 안쪽에서 줄넘기하는 남자애가 오빠가 말한 애라 는 걸 알아보았다. 아이가 오빠가 좋아하는 야구팀의 빨간 색 티셔츠를 입고 있었으니까. 인주가 대문 안으로 들어서 자 아이는 줄넘기를 멈췄다. 아이가 빤히 바라보다 한 발 다 가와 말했다. "아줌마가 벌써 오실 줄 몰랐어요."

"내가 누군지 아니?" 아이가 무표정한 얼굴로 고개를 끄 덕거렸다. "아줌마가 올 거라고, 조금만 기다리고 있으라고 했어요." 생각보다 오빠한테 용의주도한 면이 있는 것 같아 서 인주는 어이가 없어지려고 했다. 지금부터 세 시간 후 대 구역으로 가기만 하면 된다. 그러면 무사히 집으로 돌아가 내일 출근할 수 있었다. 현관 새시 문 옆의 잘라서 말려놓은 우유갑 묶음과 한쪽의 덜 찬 쓰레기봉투, 마당 한쪽의 바람 빠진 축구공을 둘러보다가 인주는 목도리를 풀며 아이에게 물었다. "안으로 들어가도 되니?"

　아이가 귤이 든 그릇을 인주 쪽으로 밀며 물었다. "아저
씨는 잘 있어요?"

　집은 주방 겸 거실에 방 하나인 구조였고 사 인용 조립식
식탁을 빼면 가구라곤 없다시피 했다. 그래도 거실 창밖으
로 기우는 햇살을 받은 나무들이 보였고 그것 때문에 숨통
이 좀 트이는 기분이 들었다.

　"엄마는 언제 오신다고 했니?" 인주는 묻고 싶지 않은 것
을 물었다.

　아이가 또박또박 말했다. "우리 엄마는, 이제 안 올지도
몰라요."

　"엄마가 그렇게 말했어?"

　"아뇨. 그냥 엄마가 믿는 하느님이 오실 거라서 엄마도
거기 가야 한다고 했어요."

　그제야 인주는 아이를 똑바로 보았다. 자기 엄마에게 어
떤 문제가 있다는 걸, 자기가 버려졌다는 걸 명확하게 아는
듯한 아이의 눈을. 인주는 그애에게 뭘 해주어야 할지 몰라
가만히 보기만 했다. 경계심이 없어 보이는 그애를.

　"아저씨랑 진짜 닮으셨네요." 아이가 귤을 까면서 덧니가
보이도록 씩 웃었다.

　"오빠랑 내가 닮았다고? 그럴 리가." 인주는 끌어안고 있

던 가방을 바닥에 내려두었다.

"작은 눈이랑 걸음걸이가요."

"작은 눈이라고?" 인주는 벌어지려는 입을 한 손으로 가렸다.

"아저씨가 웃을 땐 손으로 입 가리는 거 아니라고 했는데." 아이가 고개를 수그리고 빙글거렸다.

누군가 금방 치운 듯 정돈된 집안을 둘러보면서 인주는 아이가 일곱 살이 아니라 열일곱쯤은 돼버렸을지 모른다고 짐작했다. 자격이 없는 부모와 살다보면 그렇게 되기 마련이니까. 상상대로라면 집안은 온통 난장판에 라면 봉지나 과자 봉지들이 널렸어야 하고 아이는 씻지도 않고 꾀죄죄해 보여야 하는데. 아이는 자신이 정한 규칙대로 일어나고 시간표대로 먹고 운동하고 청소를 하는 것처럼 보였다. 오빠의 걱정과 달리. 아이가 잘 있는지 확인했고 이제 이것으로 되었다. 인주는 두 손바닥으로 식탁을 짚고 일어나며 아까부터 궁금했던 것을 물었다. "그런데, 이게 무슨 냄새지?"

아이가 머리를 긁적거리다가 하는 수 없다는 듯 화장실을 가리켰다.

까만 콩처럼 마르고 딱딱해 보이는 똥들이 바닥에 깔린 욕조 구석에 작은 토끼 한 마리가 몸을 웅크리고 있었다. 잘못 보면 잿빛 털실 뭉치 같아 보였다. 인주는 토끼와 아이를 번갈아 보았고 아이도 토끼와 인주를 번갈아 봤다. 눈이 마

주치자 아이가 재빨리 말했다. "훔친 게 아녜요." "그렇게
묻지 않았어." 인주는 침착한 목소리로 말했다. 아이가 당
황해서 진짜 거짓말을 하지 않도록.

"저 위쪽으로 올라가면 야산이 나오는데요. 거기 올라가
려면, 거기서는 혼자서도 놀 게 많으니까요, 전원주택 주차
장을 지나가야 해요. 이상한 소리가 들려서 가봤더니 이 토
끼가 차 밑에 웅크리고 있더라고요. 뒷다리가 아픈 것 같았
어요. 차 밑은 위험하니까 제가 귀를 잡고 주차장 옆 화단
에 올려놓고 왔거든요. 그다음날 가보니까 꼼짝도 안 하고
그대로 있는 거예요. 아줌마 같아도 쟤를 또 그냥 두시겠어
요?"

인주는 귀밑머리를 너무 바짝 밀어서 추워 보이는 아이를
일별하고 세숫대야에다 물을 담아서 욕조 바닥에 내려놓았
다. 토끼가 움찔거리며 몸을 더 둥글게 말자 뒷다리 하나가
힘없이 툭 불거져 나왔다. 인주는 아이를 데리고 화장실에
서 나와 문을 닫으며 물었다.

"혹시 집에 청경채나 치커리 같은 거 있니?"

아이는 고개를 흔들며 그게 뭐냐고 물었다. 그제야 그애
가 일곱 살처럼 보여서 서둘러 냉장고를 열어보았다. 아이
가 혼자 지내기 시작한 지 일주일째라고 했나. 아이의 엄마
는 집을 떠나고서도 며칠 후에야 오빠에게 연락했다고 한
다. 오빠가 봐주라고 한 건 사실 다른 것들일지도 몰랐다.

아이가 충분히 먹고 마실 만한 것들. 그리고 오빠가 모르는 토끼 같은 것들도.

토끼에 관해서라면 인주는 조금은 알았다. 바닥에 내려놓은 가방을 다시 메고 인주는 아이에게 이 근처에서 가장 큰 마트가 어디냐고 물었다.

휴무일이면 송의 직장 근처에서 그를 기다리곤 했다. 송은 서울숲에서 가까운 지하철역 관리팀에서 일했다. 카페에 혼자 오래 앉아 있는 것은 편하지 않아서 송을 기다리는 대부분의 시간을 인주는 서울숲에서 보냈다. 한겨울이 아니라면 산책할 데도 많았고 철마다 피는 꽃들도 종류가 다양했다. 혼자 오래 시간을 보낼 수 있는 데를 공원 외에는 알지 못했고 그곳은 인주가 아는 가장 넓고 깨끗한 공원이기도 했다. 인주가 그 숲에서 가장 잘 아는 데는 생태숲이었다. 특히 사슴 우리나 토끼 사육장 앞에서 시간을 보내곤 했다. 누굴 기다리는 시늉을 하지 않아도 되는 데였다. 눈인사하고 지내는 사육사도 생겼다. 원래는 꽃사슴 포육장으로 쓰려고 만들어둔 곳이라고 했다. 유기된 토끼들이 불어나기 전까지는. 송을 기다리면서 인주는 한 가지를 더 기다렸다. 사랑받고 있다고 느낄 수 있는 순간이 다시 오기를. 송을 사랑하고 있다면 그건 송을 통해서 느껴야 하는 거라고 믿었다. 마음이 제멋대로 금이 간 날에는 그런 자신이 얼마나 어리석은지 알아차리고 싶지 않아서 더 맹목적으로 그를 기다리는 수밖에 없었다.

인주는 아이에게 불고기와 소시지부침으로 저녁을 차려주었고 아이는 마트에서 사 온 건초를 꺼내 토끼에게 주었다. 숟가락으로 밥을 크게 떠먹는 아이 맞은편에 앉아서 창밖을 내다보았다. 멀리 불이 켜진 집의 밝은 창들과 보름을 하루 지났어도 둥글게 보이는 노란 달. 이미 늦은 저녁인데도 몇 시간 후, 아니 내일 자신이 어디에 있을지 몰라서 인주는 아득해지려고 했다.

아이는 토끼가 든 케이지를 무릎에 올려둔 채 창가에 앉았다. 월요일 아침 열한시가 가까운 시간이었다. 지금 매장은 한창 오전 손님으로 붐빌 때였다. 그동안 환자가 다녀가지 않은 면세점도 선제적 차원에서 영업을 중지했고 출입문과 에스컬레이터, 엘리베이터 등 내부의 모든 시설물을 열한 차례나 소독하면서 영업 준비를 마쳤다는 단체 문자를 받았다. 그러나 월요일 아침에 인주는 백화점이 아닌 동물병원으로 가고 있었다.

개인적인 사정이 생겨서 휴가를 내고 싶다고 아침에 전화로 부탁하자 홍 언니는 좀 놀라는 기색이었다. 사흘이나 쉬었는데…… 혹시 무슨 일이 생긴 건 아니지? 인주는 전화기를 들고 고개를 저었다. 홍 언니는 무급휴가로 처리하겠다는 말 끝에 말할 사람이 필요하면 언제든지 연락하라고 했다. 저기 있잖아. 출근 시간이라 바쁠 텐데 홍 언니는 전화를 서둘러 끊을 기색이 없어 보였다. 어제 은톨이 자녀를 둔 다른 부모들을 만나고 왔다고 했다. 그런 데가 있었느냐고 인주는 물었다. 그냥 서로의 경험을 이야기하는 것만으로도 조금은 마음이 나아졌다고, 홍 언니는 차분한 소리로 말했다. 그러니까, 무슨 일이 있으면 나한테 말해도 돼. 전화를 끊고 나서 인주는 홍 언니에게 자기는 어떤 동료일까, 잠깐 생각했다. 가끔은 누군가에게 일곱 살 때 겪은 일에 대해 말하고 싶은 순간도 있었다. 너무 깊은 얘기가 상대방을 당황스럽게 만들고 결국 멀어지게 할까봐 인주는 그래본 적이 없었다.

버스는 다리를 건너 시내로 향했다. 토끼는 관절에 이상이 있어 보였다. 뒷다리가 계속 밖으로 빠져나왔고 절뚝거림 정도가 심했다. 마트 반려동물 용품 코너에서 아이는 버릇인 듯 신중한 표정을 짓고 이 베이지색 케이지를 골랐다. 아이는 케이지를 고를 때도, 행주로 테이블을 닦을 때도, 운동화를 신을 때도 입을 꾹 다물고 눈썹을 살짝 미간으로 모았다. 아이가 차창을 내다보다가 인주에게 물었다. 아저씨도 옛날에 자기처럼 불행했었느냐고.

인주는 그 질문이 무슨 뜻인지 얼른 이해하지 못해서 아이에게 "너는 지금 불행한 거니?"라고 되물었다. 아이가 또 미간을 한 번 모으더니 말했다. "아무래도 제 나이에 엄마가 없다는 건 좀 그러니까요." 아이는 담백한 소리로 대꾸하곤 인주를 올려다봤다.

엄마가 없는 게 아니라 엄마가 집을 나간 거지. 인주는 그렇게 말하고 싶었다. 아이 입에서 불행이란 단어를 듣게 될 줄 몰랐다. 오빠는 불행했을까. 오빠와 인주는 그 일을 겪은 후 한 번도 같이 울어본 적도 그 이야기를 꺼내본 적도 없었다.

만약 부모의 계획이 성공했다면 한 농로에 세워진 렌터카 안에서 사십삼 세 A씨와 사십일 세 아내, 열세 살 아들과 일곱 살 딸 등 일가족 네 명이 숨진 것을 렌터카 업체에서 발견해 경찰에 신고했다는 기사가 났을 것이다. 경찰은 차 안에 번개탄과 작은 화로가 있었고, 자동차 문은 잠겼으며 외부에서 침입한 흔적은 없어 보여 생활고를 겪던 사십대 부부가 자식들을 데리고 극단적인 선택을 했다고 추정했을 것이다. 그러나 일은 부모 뜻대로 이루어지지 않았다. 렌터카 업체에서는 자정까지 차를 반납하기로 한 손님에게서 아무 연락이 없자 GPS를 추적했다. 이삼 년 전에 그 업체의 렌터카에서 일가족이 사망한 채 발견된 사건이 있었기 때문에. 아버지가 빌린 흰색 자동차를 인주는 기억했다. 매캐한 냄새가 차 안에 피어올랐다. 렌터카 직원의 신고로 구급차와 소방차가 달려오는 것을 부모는 알지 못했다. 그들은 사망하기 전 모두 구조되었다. 오빠와 인주의 목숨은 그땐 아버지 손에 있었다. 그래서 아이들도 데리고 갑니다, 라는 유서를 썼을 거였다. 아버지는 덧붙였다. 부모 없이 자랄 애들이 불쌍해서.

열일곱 살 때 집을 나가면서 오빠는 인주에게 말했다. 내가 먼저 나가서 발판을 마련해볼게. 그 말이 너무 신파 같아서 인주는 오빠 이불 속으로 기어들어가 눈물을 흘렸다. 그때 오빠는 불행했을까.

수의사는 토끼가 퇴행성 관절염에 걸렸다고 진단했고 퇴행성이라 완치하기는 어렵다면서 소염진통제를 처방해주었다. 토끼 발톱을 깎는 사이에 인주와 아이는 대기실에 앉아 있었다. 완치하기 어렵다는 말에 아이는 시무룩해 보였다. 그러면서 우물거리는 소리로 토끼를 기르는 일에 자신이 없어졌다고 했다. 왜? 인주가 묻자 아이가 "아줌마, 소와 사자가 사랑한 얘기 아세요?" 했다. 인주는 고개를 지었다.

"소는 사자를 위해서 열심히 풀을 뜯어다 줬고 사자는 풀을 좋아하진 않지만 소가 자기를 위해 준비한 거라서 싫다는 말을 못했어요. 소도 사자가 자기를 위해서 사냥을 해 온 먹잇감들을 아무 말 안 하고 맛있게 먹는 척을 했고요. 그런데 시간이 흐를수록 서로 견딜 수가 없어진 거예요. 그래서 헤어진 거잖아요."

"네가 저 토끼를 좋아한다고 말하는 거니?" 인주는 진지한 목소리로 물었다.

"아뇨. 제가 제 방식대로만 얘를 사랑하게 될까봐서 그래요. 서로 자기 하고 싶은 대로 사랑한 소와 사자처럼요."

인주는 아이 말을 집중해서 들었다. 아이는 이런 말을 누구에게 들었을까.

"이 토끼에게 넌 아무 해도 끼치지 않을 거야. 넌 이 토끼한테 잘 크는 것밖에 바라는 게 없으니까."

아이는 고개를 끄덕거렸다. 그러다 뭔가를 생각하는 듯 멈추더니 다시 끄덕거렸다.

"내가 어제 한 말 기억하니? 토끼가 좋아하는 게 뭐라고 했지?"

"당근이랑 물, 그리고 건초요."

"그래, 똥은 자주 치워주고 물도 자주 갈아주고. 그런 기본적인 것만 잊지 말고 돌봐줘도 토끼는 괜찮을 거야."

"그런데 아줌마, 아까 제가 한 질문엔 대답 안 해주실 거예요?"

아저씨도 옛날에 자기처럼 불행했었느냐는 질문. 인주는 아이에게 물었다. 그런 질문은 왜 한 거냐고.

"엄마 떠나고 나서 아저씨가 그랬거든요. 아픈 사람은 아픈 사람을 버리지 않는다고요. 그래서 생각해보니까 제가 불행해 보이는 걸 아저씨가 아프다고 말한 것 같아서요."

규이라는 아이가 인주를 뚫어지게 쳐다보았다. 오빠와 닮지 않은 눈썹과 옆으로 길고 큰 눈. 그런데도 인주는 언뜻 알 것 같았다. 오빠와도 소원해진 건 누군가의 아버지가 될 오빠를 보는 게 두려워서였을지 모른다는 것을. 오빠도 자신에 대해 그랬을까. 오빠는 인주가 만나는 사람에 대해서 한 번도 먼저 물어본 적이 없었다.

규이가 "오늘 저녁엔 뭘 먹을 수 있어요?"라고 눈을 빛내며 물었다.

오빠는 이 아이를 두고 내가 떠날 수 없다고 생각한 거야. 퇴원할 때까지 아이를 나한테 맡긴 거야. 그리고 난 지금 바보 같은 짓을 하는 거고. 오빠의 아이도 아닌 아이다. 제 엄마에게마저 버림받은 아이. 이것은 누구에게 더 슬픈 이야기일까. 그러다가 인주는 저맘때의 어린아이를 집에 혼자 둘 수 있는 합법적인 기간이 얼마나 되는지 모른다는 데 생각이 미쳤다.

평년 기온을 웃도는 수요일에 인주는 생전 처음 입어본 파란색 코트의 주머니에 손을 찌른 채 기차를 기다리고 있었다. 지난 일요일 이곳에 내려온 이후 혼자가 돼보기는 처음이었다. 어제는 잠자리에 들기 직전까지 화장실과 주방을 청소했고 깍두기를 담그고 카레와 볶음밥을 해서 한끼 먹을 만큼씩 냉동시켰다. 규이가 일주일도 먹고 남을 만큼. 규이는 불을 무서워했지만 전자레인지를 돌릴 줄은 알았다. 수건과 옷가지들을 세탁해서 말렸고 규이와 토끼 산책도 시켰다. 그런 눈에 띄지 않는 일을 하는 데도 이틀이나 걸린다는데 인주는 새삼 놀랐다. 오후에는 병원으로 한번 더 면회하러 갔다.

"어때?" 전과 똑같은 옷을 입은 오빠가 물었다. 오빠는 웃고 있어서 그런지 회복되고 있는 것 같아 보였다. "뭐가?" 인주는 부루퉁한 투로 물었다. "그냥 다." "오빠가 그랬잖아, 세상은 다 돌아가게 돼 있다고." 두 사람은 한 손으로 입을 가리고 동시에 웃었다. 인주는 이번에는 어떻게 입원을 결정하게 되었느냐고 오빠에게 물었다.

"술을 마시다보니까 옛날엔 안 그랬는데 그날은 배가 고픈 거야. 냉장고를 뒤져보니까 아무것도 없더라. 냉동실을 열었더니 반건조 곶감이 있더라고. 그거 내가 좋아하잖아. 쟤 엄마가 꽤 괜찮은 여자였거든. 곶감을 먹는데 술기운에도 맛이 씁쓸한 게 어딘가 이상하게 느껴지는 거야. 혹시나 하고 곶감을 뒤집어서 속을 봤더니 온통 곰팡이가 피어 있더라. 곶감 속이 그냥 잿빛이었어. 꼭 화장한 재같이. 그래서인지 그게 그렇게 무섭게 느껴지는 거야. 겉은 멀쩡했는데 속은 다 썩어 있더라고. 그 재가 얼마나 고운 잿빛이었는지 말야. 곶감 속이 너무 조용해서 정신이 번쩍 나는 것 같았어. 제대로 된 걸 먹을 수도 있었는데. 난 아닌 거잖아. 겨우 곶감 하나도. 우습지만 그래서 다시 알게 됐다. 내가 지금 또 깊은 물속에 빠져서 허우적거리고 있고 혼자서는 안

288

된다는 걸."

오빠가 자리에서 일어나 말하지는 않았지만 인주는 고개
를 끄덕거렸다.

인주는 오빠에게 대구로 올 때 기차 안에서 만난 아주머
니 이야기를 했다.

"그날 아침 일찍 그 아주머니가 2호선을 탔는데, 한 청년
이 손잡이를 붙들고 서선 계속 혼잣말을 하더라는 거야. 교
대에서 내려야 해 전화를 하자 전화를 하자. 교대에서 내려
야 해 전화를 하자 전화를 하자. 고개를 좌우로 흔들어대면
서 말야. 너무 시끄러워서 사람들이 불평하니까 청년이 당
황해서 더 큰 소리로 그 말을 반복하더라는 거야. 교대에서
내려야 해 전화를 하자 전화를 하자. 그 아주머니가 참다못
해서 그럼 그러지 말고 그냥 전화를 하세요, 라고 싫은 소
리를 했더니 청년이 거의 울부짖는 소릴 내더라는 거야. 교
대에서 내려야 해 전화를 하자 전화를 하자. 그때 청년이 손
에 들고 있던 전화기 벨이 울렸대. 청년이 허겁지겁 통화 버
튼을 누르자 곧장 스피커 폰으로 연결되면서 한 남자 목소
리가 들리더래. 승객 여러분, 우리 아들이 아픕니다, 출근
시간에 죄송합니다, 교대역까지만 참아주시기를 부탁드립
니다, 정말 죄송합니다…… 매일 같은 시간에 그 칸에 타
는 청년이래. 원래 아버지가 직장까지 같이 다녀줬는데 며
칠 전부터는 혼자 다니는 연습을 시키는 거라고, 같은 시간

에 타는 다른 승객이 덧붙이더래. 아주머니 말로는 한 스물 조금 넘어 보이는 청년이라던데. 다행히 그날도 교대역에서 혼자 잘 내렸대. 청년을 아는 승객들이 별거 아닌 말도 걸어주고. 아주머니가 그 얘기를 하고 또 하더라. 아버지 목소리가 진짜 죽을죄라도 진 것같이 들려서 자기가 몸 둘 바를 몰랐다고. 청년이 아픈 사람인 걸 빨리 알아차리지 못해서 미안했다고 아주머니가 울었어, 기차에서. 임종을 앞둔 친정 어머니를 보러 가는 길이었는데. 아주머니도 다 큰 자식이 있다고. 모르는 아주머니가 옆자리에서 우는 걸 난 가만히 보기만 했어, 오빠. 위로를 어떻게 해야 하는지 몰랐고, 앞으로도 할 수 없을지 모르지만 그런 걸 할 수 있으면 좋겠다고 생각했어. 누군가와 같이 살아가려면."

오빠도 고개를 끄덕거렸다. 서로 중요한 말은 하지 않았다. 단지 다른 사람에게는 하지 못하는 말들을 주고받았을 뿐이었다. 큰 의미가 없는, 그냥 다른 가족들이 함께 저녁밥을 먹을 때 주고받는 이야기 같은.

기차가 선로로 들어왔고 인주는 자리를 찾아 앉았다. 규이와는 대문 앞에서 작별인사를 했다. 규이가 언제 다시 오느냐고 묻지 않아서 인주가 먼저 말했다. 조금만 기다리고 있으면 아저씨가 올 거라고, 꼭 올 거라고. 인주는 물이 더 차올랐을, 어쩌면 오기 직전에 깔아둔 커다란 비치 타월마저 흠씬 젖어버렸을지 모를 방을 떠올렸고 인주가 안쓰러워 보여서 헤어지자는 말을 하지 못했다는 송을 떠올렸다. 이 제는 찾아가지 않을 사람. 모르는 청년의 일로 가슴 아파하는 아주머니에게 인주는 말했다. 왜 슬픈 이야기는 사람들을 가깝게 만들어줄까요. 인주는 이제 알 것 같았다. 그 슬픈 이야기들이란 사실 슬픈 이야기가 아니라 살아가는 이야기에 가깝기 때문이라고.

그러나 기차가 덜컥 움직이며 선로를 벗어날 때 인주는 알지 못했다. 그후 오랫동안 오빠를 만나지 못하게 될 거고 얼마 후 홍 언니에게 해고 통보를 전해받을 것이며 23번 확진자는 시작에 불과해지고 확산하는 감염병 때문에 물이 차는 방에서 긴 시간을 혼자 보내게 된다는 미래의 일을. 어떻게 그런 일을 알 수 있을까. 인주는 차창에 머리를 기댔다. 그새 더 자란 앞머리가 눈을 가려 얼른 머리를 흔들었다. 밖을 내다보려고. 깨끗한 햇빛과 구름과 하늘. 인주는 노곤했고 허기가 졌다. 그러면서도 이 휴가 동안 자신이 안 것에 대해 말하고 싶어졌다. 누구에게든. 사흘은 처음 생각했던 것처럼 두렵지 않았고, 끝나지 않는 날들이 이제 시작된 것일 뿐이라고.

* 소설에서 규이가 들려주는 소와 사자 이야기는 신민주·주용국, 『대인관계 의사소통』(학지사, 2019)에서 빌려왔다.

리무버블 스티커의 마음

김미정(문학평론가)

인간을 표상해온 것들

조경란의 『가정 사정』 속 오십 세 전후의 중장년 인물들이 옛 가족 주위를 떠나지 않고 함께 지내는 이야기를 읽으면서, 인류가 이제야 비로소 나이듦을 사유하게 되었음을 실감한다. 이 실감은 우선 서울 남서쪽 어딘가에 터전을 일구고 살아온 소설 속 인물들에게 찾아온 미묘한 변화나 동요와 관련되지만, 이들로부터 나이듦의 다른 의미를 생각하게 되었다는 점에서 기인한다.

참변으로 가족을 잃은 부녀가 함께 나이들어가는 이야기(「가정 사정」), 인생 절반쯤을 살아온 이들에게 문득 찾아온 내적 동요(「내부 수리중」), 관계에서 소외·배제되는 이들의 불안한 심정(「양파 던지기」), 어린 시절의 상처에서 자유롭지 못한 어른(「한방향 걷기」), 글쓰기를 통해 자기긍정을 꾀하는 이들(「분명한 한 사람」), 다양한 이유로 서로를 살필 수밖에 없는 사람들(「너무 기대는 하지 마세요」, 「이만큼의 거리」, 「개인 사정」) 등 『가정 사정』 속 삶·일상·감정의 스펙트럼은 사뭇 넓지만 그럼에도 이 풍경은 너른 의미에서의 '나이듦'이라는 말을 진지하게 경유하지 않고는 제대로 읽어낼 수 없는 것들이다.

나이듦의 반대편에 놓인 것은 예의 그 젊음이다. 나이듦이나 젊음은 단지 생물학적인 단어만은 아니다. 여기에서 새삼 기억해두고 싶은 것은, 젊음의 시간과 가치를 특권화하며 진행되어온 근대의 시간이다. 인간의 시간이란 본래 계절의 순환이나 대지의 리듬에 상응했다. 하지만 시간을 계량하고 척도화하는 기술적 계기—단적으로 시계나 시간표 등—와 연동되면서 인간의 시간은 과거-현재-미래라는 선조적linea이고 목적론적인 시간관에 의해 재편된다. 그러면서 시간은 존재 모두에게 동일하게 경험되는 것처럼 여겨지게 되었다. 종마다, 개체마다 시간은 다르게 체감될 것이 분명하지만, 척도로서의 시간은 그 모든 차이를 균질화한다. 성장, 발전, 진보는 나아갈 곳 많은 젊음의 이미지와 등치되었고, 늙음은 더 나아갈 미래와 희망이 없는 이미지로 고착되었다. 젊음이 곧 근대의 알레고리가 된 것도 바로 이 척도로서의 시간 혹은 진보의 시간관 속에서의 일이다.

하지만 젊음은 그 자체로 어떤 본질이기 전에, 젊음 아닌 것들—가령 아이, 노인—이 후경화後景化됨으로써 성립한 것이기도 했다. 그것은 심신 건강, 성장, 발전, 진보, 생산, 희망 같은 계열어들과 함께 '인간'의 의미내용을 구성하기도 했다. 이 인간의 가치와 시간이 곧 근대 이래 세계의 준거이자 문명의 동력이었음은 더 강조하지 않아도 될 것이다. 근대적 의미에서의 문학도 사실상 젊음의 형식이었다. 한자문화권에서 근대 프로젝트의 시동을 걸던 즈음 동아시아 삼국의 문화 기획자들은 공히 '청년'이라는 기표를 중심에 두고 그 의미내용을 채워갔다. 또한 근대소설의 핵심 장르였던 교양소설도 (남성)청춘의 고뇌를 특권화한 양식의 일종이었다. 통상 문학과 소설에 들러붙어 있던 젊음과 청춘이란 근대가 추구하던 바로 그 인간의 가치와 시간의 표상이었던 것이다.

그러나 지금, 우리의 시대는 진보와 희망의 서사에 질문을 던지고 있다. 다양한 이유와 맥락에서 성장주의에 의문을 갖거나 혹은 척도로서의 시간이 야기한 폭력을 이야기하고 있다. 이것은 문학의 관념이나 형질 변화와도 무관치 않을 것이다. 고대 그리스 서사시를 '인류의 유년 시절의 장르'에 비유하고, 근대소설을 '성숙한 남성의 장르'라고 비유하던 이[1]라면, 오늘날의 문학과 소설을 그보다 더 나이 먹은 인류의 장르로 설명했을 것이다. 오랜 세월, 후경에 놓여 있거나 기피되던 나이듦에 대한 사유가 부상하는 것은 분명 시대정합적이다. 이런 의미에서 지금 조경란의 연작소설집 『가정 사정』의 무게는 만만치 않다.

비혼 여성의 발견, 그 전형성 너머

『가정 사정』을 읽는 중 나이듦의 문제를 비로소 환기하게 된 인류의 사정이 겹쳐졌다는 것은 관념적이거나 사변적인 이야기가 아니다. 나이듦은 신체라는 물리적 매개를 통해 체감된다. 즉, 신체를 가지고 있기에 골몰하게 되는 인간의 문제 중 하나다. 몸이 없을 때 어떻게 나이듦을 체감할 수 있을까. 그 변화에 대한 통절한 느낌을 몸이 아니고서 어떻게 확인할 수 있을까. 이 세계의 변화 역시 늘 몸으로 감각되는 것 아닌가.

「너무 기대는 하지 마세요」에서 노모를 돌보는 상희는 코로나19 유행으로 인해 구직에 어려움을 겪고 있다. 삼 년 만에 이력서를 쓰고 있는 그녀는 반년 전만 해도 이런 변화

---

1) 게오르그 루카치, 『소설의 이론』, 김경식 옮김, 문예출판사, 2007.

를 예상치 못했다. 마흔 즈음만 하더라도 "얼마나 갑작스럽고 얼마나 다른 방식으로"(194쪽) 오십 세가 찾아올지 짐작도 못했다. 이력서를 쓰면서 그녀는 자기에게 없는 것(아버지, 기술, 젊음)과 남은 것이 무엇인지 셈하고 있다. "오십이 넘어도 비빌 언덕 하나 없다고 느끼고 이미 너무 무거워진 하루 앞에서 헉헉거리기만 할 뿐"이며 "당장 내일을 걱정해야"(217쪽)하는 이 중장년의 일상 앞에서, 하늘의 뜻을 알게 된다는 지천명知天命 같은 말은 아득한 고담준론일 뿐이다.

이러한 그녀의 현재가 젠더와 계급과 연령 등을 근거로 꾸려져온 이 세계의 상황이 함축된 장면임은 충분히 짐작된다. 일용직이나 단순 업무 보조 아르바이트라도 감지덕지해야 하는 상황은 중장년 여성에게 자연스럽게 여겨진다. 아저씨, 할머니, 할아버지 등과 마찬가지로 '아줌마'는 어떤 존재를 몰인격화, 몰개성화하는 호칭이지만 유독 거기에 멸칭의 뉘앙스가 담겨 있다는 사실도 상희를 통해 떠올리게 된다. 노부모 간병과 봉양이 비혼 여성 자녀에게 전담되는 것도 상희의 사정만은 아니다. 그러니 마흔 중후반에 스스로 목숨을 끊은 상희 남동생의 사연도 그저 소설 속 설정이라고만 할 수는 없을 것이다.

소설은 이들이 중장년에 이르기까지의 누적된 시간 모두를 언표화하지는 않았으나, 이것을 소설 속 일개인이나 한 가족의 특이한 사정이라고만 하기는 어렵다. 소설집의 다른 인물들에게도 이런 내밀한 사연은 빈번하게 발견된다. 통상적인 생애주기로 수렴되지 않는 그녀/그(들)의 일상을 엿보며, 소설 바깥의 그녀/그(들)의 사정까지 짐작할 수 있다. 이를테면 상희와 비슷한 시기를 살아온 이들은 아마도 1990년대에 이십대를 보냈을 것이고, 몇 번의 연애와 불안정한 일자리를 거쳐 지금 이곳에 이르렀을 것이다. 나아가 그들이 거쳐왔을 시절에는 개성과 자유를 설파하던 분위기가 만연했으며 아직은 그 결과가 체감되지 않을 때였을 것이다.

예컨대 1990년대 내내 프리터freeter 같은 말은 옆 나라에서 유행하던 것이었지만, 훗날 세월이 지나 2010년대가 되어 그때의 프리터가 결국은 나이 먹은 빈곤층이 되어갔다는 어두운 통계가 흘러넘쳤을 때 이것은 더는 그들의 판단 착오나 개인적인 실패에 대한 이야기가 아니게 되었다. 상희들이 나이를 먹어가는 동안 '자유로운 삶'이라는 기표에서 낭만성은 흔적없이 지워져갔다. 그 사정은 한 시대를 겪어온 모두에게 대동소이할 것이다. 그녀(들)의 젊은 시절 설파되던 개성과 자유가 결국은 누구를 위한 개성과 자유였는지, 그것이 결과적으로 어떤 삶의 양태를 만들어갔는지, 그리고 그사이 젊음이 어떻게 칭송되고 동시에 착취되었는지 지금 이 소설 속 상희의 일상을 엿보며 생각하지 않을 수 없다.

다시 소설 이야기로 돌아와본다. 상희가 다시 얻은 일은 오피스텔 모델하우스 홍보 일이다. 날씨에 따른 부침도 크고, 사람들의 노골적 멸시도 견뎌야 한다. "작은 굴욕들이 쌓여서 마침내 나를 무너뜨릴지도 모른다고 생각해서도 안 돼."(202쪽)라는 그녀의 다짐은 처절하다. 혼자 사는 중년 여성은 "집에 남자도 없으면서."(「한방향 걷기」, 245쪽) 같은 사납고 모욕적인 언사에 수시로 노출되지만 그것에 대처할 방법은 마땅치 않다. 여기에는 분명 이제껏 한국사회에서 좀처럼 가시화되지 않아 온 중년 비혼 여성의 삶의 전형성이 있는 것이다.

그럼에도 그 전형성만으로 설명하기 어려운, 그러한 전형성으로 포획되지 않는 삶·일상·감정이 조경란 소설들의 핵심이다. 세상을 한없이 미분시키는 그녀의 시선은 삶과 세계를 유형화시키지 않으려는 신중함을 품고 있다. 그리하여 이 소설들을 읽으며, 예컨대 성숙함을 준거로 하는 어른의 통상적 이미지를 다시 생각하게 되는 것도 자연스럽다. 생물학적으로 나이를 먹고 경험이 거듭되면 자연스레 어린 시절의 상처는 잊혀지고 극복되는 것일까. 나이를 먹을수록 의연해지고 지혜로워진다는 속설은 어쩌면 목적론의 시간관 속에서 만들어진 나이듦의 표상 중 하나 아닐까. 마흔 아홉의 어른에게도 "누구에게도 말하지 못한 잦은 밤들의 두려움"이 "뒤늦은 분노"나 "생경한 울음"(241쪽)으로 되살아날 수 있다. "혼자 울기 적당한 장소를 찾는 건 나이들수록 어려운 일"(「분명한 한 사람」, 154쪽)이기도 하다. 그러니 삼십 년 넘게 하루도 빠짐없이 반복되는 일을 묵묵히 하던 사람이 문득 가족을 두고 집을 나가거나(「분명한 한 사람」), 자기 삶을 스스로라도 긍정하기 위해 양파를 던지며 마음을 단속하는 것(「양파 던지기」)도 이상할 것이 없다.

중장년에게 가족의 의미가 무엇인지도 이런 맥락에서 생각해볼 수 있다. 『가정 사정』 속 가족이란 "한 차양 밑에 모여 서로 무심히 다른 쪽을 바라보는 사람들"(「가정 사정」, 17쪽)의 데면데면한 이미지에 가깝다. 가족은, 구성원의 갑작스러운 부재를 견디며 사는 남은 자들의 이름(「가정 사정」, 「양파 던지기」, 「이만큼의 거리」)이거나, 좀처럼 지워지지 않는 상처를 남기는 이름(「내부 수리중」)이다. 나아가 가족은 폭력의 진원지이자 학대가 은폐되는 장소이기도 하고(「한방향 걷기」), 자녀 살해를 합리화하는 이름(「개인 사정」)이기도 하다. 이 소설들에서 문득 환기하게 되는데, 가족은 무람없음도 양해되는 관계이지만 그렇기에 서로에게 가장 쉽게 상처 주는 관계다. 결혼 제도야말로 이러한 딜레마로부터 분리될 생애사적 계기의 하나지만, 거기에서 다시 탄생한 새로운 가족은 프랙털처럼 기존 가족과의 관계를 반복하며 사회를 지지하고 구성원을 재생산한다. 그러니 옛 가족을 떠나지 않고 새로이 가족을 갱신하지 않는 조경란 소설 속 인물은 결과적으로 이 세계의 지속과 재생산에 고분고분하지 않은 인물들이기도 한 셈이다.

즉, 소설이 적극적으로 의도한 것이 아니었을지라도 이성애 중심 가족의 이데올로기가 균열하고 가족 아닌 관계의 가능성이 다양하게 상상되는 장면들은 주목해서 읽어야 한다. 조경란의 이 소설들은 이쯤에서 '궁극에는 가족밖에 남지 않는다'는 식의 사회적 통념도 싱거운 믿음으로 만들어버린다. "가족은 답이 아니라 문제다"[2]라는 간명한 아포리즘을 여기에 겹쳐 읽어도 좋을 것이다. 이 소설들이 '그럼에도 불구하고 가족'이라는 식의 메시지로 수렴되지 않는다는 점, 그리고 그것이 다른 관계에 대한 상상을 확장시킨다는 점들은 거듭 강조해두고 싶다.

서울 남서쪽 어딘가의 힘

앞서 '가족 아닌 관계'라고 적었듯 『가정 사정』 속 인물 관계도는 가족의 언저리를 다양하게 넘나든다. 하지만 이

---

2) 전희경, 「시민으로서 돌보고 돌봄 받기」, 『새벽 세 시의 몸들에게』, 김영옥·이지은·전희경 공저, 메이 편, 생애문화연구소 옥희살롱 기획, 봄날의책, 2020, 45쪽.

관계는 대안 가족, 대체 가족 같은 유사 가족 이미지와 거리
가 멀다. 이 소설들 속 관계는 직계 이외에 이모와 조카, 동
료, 이웃, 동물 식으로 확장되는 수형도의 이미지에 가깝다.
그리고 지금 강조해둘 것은 이 관계가 서울 남서쪽 어디쯤
의 구체적 장소성과 무관치 않다는 점이다. 이 소설들에서
가족의 헐거움을 보충하는 것은 단언컨대 그들이 물리적으
로 거주하는 장소의 힘이다. 서울 지하철 2호선과 7호선을
타고 서쪽 어딘가를 오가는 사이 실제로 마주칠 것 같은 양
장점, 세탁소, 분식점, 도넛 가게, 빌라, 공원, 화실, 백화점
매장, 지하철 역사 등은 단순한 공간적 배경이 아니다. 이곳
은 소설 속 인물들이 거주해온 수십 년의 세월과 구체적 삶
이 함축된 장소다.

오랜 시간 떠나있다가 다시 찾은 동네에서 가장 먼저 찾
은 것이 옛 시절의 센베이였다는 노인의 사연(「분명한 한
사람」)은 장소라는 것이 신체의 감각과 늘 직결되어 있음을
암시한다. M. 프루스트 소설의 콩브레 에피소드가 강렬하
게 환기시킨 바 있듯, 미세한 감각의 기억은 늘 구체적 장소
및 시간과 관련되어 있다. 이 역시 인간이 육체를 가진 존재
라는 점에서 기인한다. 장소는 진공이 아니므로 그곳에는
늘 시간과 사람이 교차하고 있으며, 이에 따라 장소의 역사
성은 사람의 몸과 기억에 새겨진다. 또한 사람의 몸과 기억
도 늘 장소에 누적되고 흔적을 남긴다. 그러니 이 인물들을

지탱해온 것은 곧 그들이 머물거나 스쳐간 장소라고 해도 좋다. 이 소설집에서 장소란 곧 관계의 환유인 것이다.

예를 들어, 어머니를 향한 아버지의 폭력 앞에서 한 아이가 공포와 슬픔을 삼키고 있다. 아이는 간신히 파출소에 도움을 청하지만 엄마는 오히려 동네 창피하다면서 자신이 당한 폭력을 감춘다. 아이를 괴롭게 한 것은 구체적 공포 못지않게 이러한 이중구속적 상황이었을 것이다. 시절을 불문하고 아이들은 종종 가족이라는 이름 하에서 일어나는 일에 속수무책이고 안전하지 못하다. 하지만 결국 가족 아닌 이들의, 어쩌면 가족이 아니기에 건넬 수 있는 말들 덕에 아이들은 생존하고 어른이 된다. 이 지옥도에서 아이를 간신히 버틸 수 있게 한 것은 어쩌면 이웃 아주머니의 말("넌 잘될 거야",「한방향 걷기」, 242쪽)이다. 한 아이가 커가는 데에 한 마을이 필요하다는 옛말은 정확히 지금 여기에서 떠올려야 한다.

오늘날 세상에서 사라져가는 산수(계산법)도 소설 속 이런 장면과 인접해 있다. 양장점 주인은 수선 서비스를 해주거나 가격을 깎아주면서 단골을 만든다(「가정 사정」). 분식점에 세 명이 와서 일인분을 시키면 이인분을 내주는 인심으로 장사하는 이들이 있다(「내부 수리중」). 혹은, 할당된 시간을 넘기고도 자리를 쉽게 떠나지 않는 어린 알바생의 마음도 있다(「너무 기대는 하지 마세요」). 이것을 손쉽게 선하고 이타적인 개인의 이야기로 읽어서는 곤란하다. 예컨대 「이만큼의 거리」나 「개인 사정」에서 누군가의 부탁을 받는 이들은 선뜻 응하지 못하거나 복잡한 심경으로 간신히 응답한다. 조경란 소설 속 가족과 이웃은, 개개인의 선함에 호소되는 관계이 합이라기보다 각자의 약함이나 부족함을 아는 이들의 자연스러운 연합에 가깝다.

조경란 소설 속 그들은 누군가의 내밀한 사연을 들은 만큼 그에 응답해야 하는 세상의 이치에 부담을 느끼기도 한다(「개인 사정」). 부부 사이에서조차 하지 말아야 할 말과 생각들이 있고 동시에 그것을 서로 알아차리는 것도 중요하다고 말한다(「내부 수리 중」). 또한 혼자 울 수 있는 자기만의 공간이 필요한 이도 있다(「분명한 한 사람」). 이들에게는 서로의 궁극을 침해하지 않는 일정한 거리 두기가 필요하다. 그들은 자신이 누군가에게 온전히 곁을 내어줄 수 없는 상황에 처해 있다는 것도 알고 있다. 하지만 더 중요한 것은 그들이 자신의 취약함을 알기에 타인의 취약함을 알고 곁을 내어준다는 사실이다.

즉, 이 소설들 속 관계(동료-이웃-동물)는 도덕과 윤리의 문제 이전의 것을 질문한다. 도덕과 윤리란 늘 능동적이고 자립적이고 주체적이고 건강한 개체를 존재의 기본값으로 삼는 서사에 근거한다. 그런데 지금 조경란의 소설은 그 존재의 기본값을 질문하게 한다. 방금 적었지만 근대가 모든 존재의 기초 단위 및 이념으로 상정해온 것이 자립적인 개체였다. 이 말은 어원 그대로 '더이상 나눠지 않는 individual' 차이를 통해 존재를 상상케 해왔다. 우리는 개체 아닌 '나'를 상상하기 어려워한다. 그럴 수밖에 없는 것이 현실의 법, 제도, 이데올로기가 모두 개체를 기본 단위로 하여 세팅되고 지지되어왔기 때문이다. 예컨대 레오나르도 다빈치의 인체도의, 심신 건강하고 균형잡히고 안정된 성인 남성 개체의 형상도 바로 그것의 상징이었다. 근대가 상정한 이상적 인간상은 분명 약함과 아픔과 나이듦과 불안정함을 되도록 떨쳐야 하는 존재였다.

하지만 인간은 자립적 개체를 갈망하면서도 동시에 스스로의 취약함에 늘 넘어지는 존재다. 그러니 인간은 존재론적으로 서로에게 지팡이일 수밖에 없다. 이것은 도덕, 윤리를 이야기할 때 상정되는 주체와 다른 존재 양태를 상상케한다. 즉 약함, 아픔, 나이듦, 불안정함 등을 기본값으로 존재를 상상한다면 나 혹은 인간에 대한 관념도 달라질 것이 분명하다. 인간은 본래 약하고 아프고 나이들고 불안정한 존재이므로 늘 서로 살펴야 하고 살핌받아야 하는 것이 도덕, 윤리의 문제 이전에 자기보존을 위해서라도 당연한 일이 된다. 오랫동안 인류는 단단히 착각해온 것인지 모른다. 스핑크스의 수수께끼처럼, 아침에는 네 발로 걷다가 낮이 되면 두 발로 걷고 저녁이 되면 다시 세 발로 걸어야 하는 것이 인간의 피할 수 없는 운명이다. 인간의 낮은 그리 길지 않다. 따라서 나이듦, 늙음 등은 우리를 의기소침하게 만들거나 무기력하게 하는 말들이어서는 안 된다. 소설 속 다음의 말도 어쩌면 정확히 이와 관련될 것이다. "왜 슬픈 이야기는 사람들을 가깝게 만들어줄까요. 인주는 이제 알 것 같았다. 그 슬픈 이야기들이란 사실 슬픈 이야기가 아니라 살아가는 이야기에 가깝기 때문이라고."(「개인 사정」, 291쪽)

"슬픈 이야기"로 인해 가까워지는 관계는 임대인과 임차인 사이에서도(「양파 던지기」), 아르바이트 현장에서도(「너무 기대는 하지 마세요」), 글쓰기 모임에서도(「분명한 한 사람」), 이웃의 죽음을 추모하는 현장에서도(「이만큼의 거리」), 지하철 안 생면부지의 사람들 사이에서도(「개인 사정」) 예상치 못하게 만들어진다. 이것은 인간 모두가 지닌, 그러나 드러내기 저어해온 '약함'이라는 공통분모가 만들어낸 관계다. '슬픔'이라는 말에 함축된 약함, 아픔, 나이듦, 불안정함 같은 말들은 우리를 의기소침하게 하거나 위축되게 하는 말들이 아니다. 그것은 과연 "살아가는 이야기"에 값한다. 더는 기피되어야 할 것이 아니라 인간의 조건이고, 그렇기에 그 의미를 다르게 상상하고 재구축할 필요가 생기는 것이다.

  마지막으로 이 소설집에서 반짝이는 장면 하나를 떠올려 본다. 「이만큼의 거리」에서 주인공 동미가 잠시 일하게 된 세탁소 유리문에는 "여자는 편안하게, 남자는 깨끗하게"(177쪽)라는 문구가 붙여져 있다. 그녀는 이 문구가 늘 마음에 들지 않았다. 주요 서사가 마무리될 즈음 이 세탁소 유리문은 다시 등장한다. 주인공은 자신이 못마땅해하던 문구에 조카에게 받은 리무버블 동물 스티커를 붙인다. 이제 유리문에는 "편안하게, 깨끗하게"(189쪽)라는 글씨만 남는다.

  "여자는 편안하게, 남자는 깨끗하게"에서 "편안하게, 깨끗하게"로 바뀐 세계가 의미하는 것은 분명하다. 그 세계에 대한 작가의 지지 역시 선명하다. 하지만 작가는 이 장면에서 그냥 스티커가 아니라 리무버블 스티커를 사용했다. "주인아주머니가 마음에 안 들어 한다면 떼어내기도 쉬운."(188~189쪽)이라는 단서를 붙이면서 말이다. 요컨대, 서울 남서부 어느 동네에도 어느덧 변화가 찾아왔다. 그 변화는 익숙하던 것들의 사라짐을 의미하고 종종 쓸쓸함을 동반하지만 필요한 변화이기도 하다. 이때 작가는 달라진 시대의 가치를 긍정하면서도, 행여 그것에 동의하지 못할 이들을 쉽게 내치려 하지 않는다. 그리고 이 세심한 마음 씀은 조경란의 『가정 사정』 전체를 관통한다.

어쩌면 조경란의 글쓰기란 늘 이런 것 아니었을까. 강력한 접착제가 아니라 리무버블 스티커를 쓰는 마음과 같이 신중하고 사려 깊게 표현하고 그럼으로써 누군가에게 결국은 스며들고 마는 글쓰기. 힘들 때마다 내 옆에 단 한 명의 내 편은 반드시 있다고 믿게 하는 글쓰기. 내 안에서 분명히 무언가가 "약동"(「분명한 한 사람」, 153쪽)하고 있음을 긍정하게 하는 글쓰기. 이러한 글쓰기로 탄생한 『가정 사정』은 우리에게 사려 깊고 신중하고 다정하며 힘있는 격려를 건네고 있다.

작가의 말

'가정 사정으로 쉽니다' 어느 날 동네 초입의 식당 앞에 붙어 있는 안내문을 보았다. 코로나19가 발생하기 전의 일이었다. 나는 걸음을 멈추고 그 한 문장을 읽고 또 읽었다. '개인 사정'이 아니라 '가정 사정'이라고 쓴 데는 이유가 있을 것 같았다. 두 사정의 같고 다름에 대해서 닫힌 문밖에서 떠올려보려고 했다. 그 식당은 끝내 다시 문을 열지 않았고, 그와 별개로 가정 사정이라는 말에서 이전과 다른 안타까움과 슬픔을 느끼게 되었다. '가정의 사정들'. 나는 노트에 그렇게 썼고, 모든 집과 사람에게는 사정이 있으므로 이 소설은 단편소설 한 편이 아니라 여러 편의 이야기로 파생될 거라고 느꼈다. 일종의 충동이자 끌림이었다고 생각한다. 그

첫번째 단편이 2018년 2월 말부터 쓰기 시작한 「가정 사정」
이었다.

「내부 수리중」을 쓰던 2020년 2월부터는 코로나19의 상
황이 심각해지기 시작했다. 그때는 동네를 걸어다니다가
'오늘분 공적 마스크 없음'이라는 안내문을 보면 두렵기까
지 했다. 얼마 지나지 않아 거리 곳곳에 개인 사정으로 폐점
한다는 안내문이 나붙었다.

올해 2월까지, 스스로 마감 날짜를 정해서 이 책에 수록
된 여덟 편의 단편을 썼다. 그사이 지면이 생겨 「가정 사정」
만 발표했을 뿐. 아무에게도 보여주지 못한 단편들이 책상
서랍에 쌓여갔다. 이상하고 낯선 경험이었지만 한편으로는
마음이 차분해지기도 했다. 출간을 앞두고 원고들을 수정하
면서 어쩌면 나에게는 이러한 작업 방식이 잘 맞는지도 모
르겠다고 여기게 되었다. 자신과 한 마감 약속을 지키면서
한 편씩 한 편씩 천천히 단편을 쓰고 수정을 하는 반복적인
일. 그러면서 나는 바랐을까. 이 글들이 타인에게도 속할 수
있는 진실한 이야기가 되기를.

작업을 하는 동안 내 삶은 더욱 단순해졌다. 소설은 간헐
적으로 쓰지만 소설이 어때야 하는지에 대해서는 날마다 생
각한다. 그래서인지 예전에는 소설이 어떤 이상理想이었다
면 이제 소설은 생활生活이 되었다. 잘 써야지, 좋은 걸 써야
지, 하는 마음도 사라졌다. 오롯이 남은 것은 소설을 좋아하

는 마음뿐이다. 그게 청년 시절부터 내가 원했던 일이었으니 그 마음만은 변치 않을 것이다. 하고 싶은 일을 하고, 하고 싶은 일을 믿고, 믿는 일을 위해 노력하라는 헤세의 문장을 기억한다. 궁극적으로 내가 되고 싶은 사람의 모습도 그렇다.

그동안 책을 내면서 이렇게까지 세심하고 꼼꼼하게 교정을 봐준 편집자를 만난 건 처음이었다. 문학동네의 김수아, 정은진 편집자에게 감사드린다.

「개인 사정」이란 단편을 가장 마지막까지 붙잡고 수정하다가 이제 '이웃'에 관한 이야기가 더 듣고 알고 싶어졌다. 그럼 다음 소설집의 주제는 '이웃 사정'이 되려나 봅니다, 하는 사소한 농담으로 작가의 말을 마칠까 한다. 서로의 문제가 어떻게 만나고 작용하는지 지금보다 깊이 들여다보겠다. 이 소설집을 쓰면서 나는 이야기가 서로를 더 소중하게 만들어주며 살아갈 위안을 준다는 걸 경험했다. 무력하고 쓸쓸한 밤에. 이 책을 읽는 분들께도 그 감정이 가 닿을 수 있다면 좋겠다. 이렇게 여덟번째 연작소설집으로 오랜만에 독자들께 인사를 전한다. 모두 건강하시기를.

2022년 7월
조경란

문학동네 연작소설
가정 사정
ⓒ 조경란 2022

1판 1쇄 2022년 7월 14일
1판 2쇄 2022년 8월 23일

지은이 조경란

책임편집 김수아 | 편집 김도영 정은진
디자인 김이정 최미영
마케팅 정민호 이숙재 박치우 한민아 이민경 안남영 김수현 정경주
브랜딩 함유지 함근아 김희숙 박민재 박진희 정승민
제작 강신은 김동욱 임현식 | 제작처 상지사

펴낸곳 (주)문학동네 | 펴낸이 김소영
출판등록 1993년 10월 22일 제2003-000045호
주소 10881 경기도 파주시 회동길 210
전자우편 editor@munhak.com
대표전화 031) 955-8888 | 팩스 031) 955-8855
문의전화 031) 955-3578(마케팅) 031) 955-2675(편집)
문학동네카페 http://cafe.naver.com/mhdn
인스타그램 @munhakdongne | 트위터 @munhakdongne
북클럽문학동네 http://bookclubmunhak.com

ISBN 978-89-546-9994-5 03810

www.munhak.com